Stefan Frommann

The Best KISS of My Life

Die Glamourband KISS
hat die verrücktesten Fans der Welt.
Dies sind ihre unglaublichen Geschichten

Zungenvergleich: Gene und ich im Sommer 2017

» Einleitung «

Es war ein ausgelassener Abend, den ich mit zwei Freunden in einer Bar in Berlin verbracht habe. Es gab tschechisches Bier, deutsche Bretzeln und jede Menge verrückte Männer-Geschichten. Ich erzählte von meinen KISS-Reisen, die ich gerade beendet hatte. Von meiner Fahrt nach Prag, als die Polizei 200 Leute aus dem Zug holte, weil er so überfüllt war. Von der Weiterreise nach Budapest, wo die Bahn in einem kleinen Ort irgendwo im Nirgendwo endete. Die Gleise wurden repariert, also fuhr man uns mit Bussen weiter. Von Wien, wo mein österreichischer Freund Sascha und ich völlig unerwartet zu einem Meet and Greet mit der Band kamen. Von Iffezheim, wo ein Gewitter den Bierstand neben mir weggeblasen hat und das Konzert nach acht Songs abgebrochen werden musste. Von Amsterdam, wo ich schrecklich sentimental wurde, weil ich dachte, es würde mein letztes KISS-Konzert werden. Ich berichtete von zwölf wunderbaren Shows, von denen keine war wie die andere, auch wenn sich meine Freunde ein wenig schwertaten, das zu glauben. Dann meinte der eine: „Seit wir uns kennen, erzählst Du nun schon solche Geschichten. Willst Du sie nicht endlich einmal aufschreiben? Ich würde so ein Buch gerne lesen." Und der andere nickte nur.

An dem Abend fiel die Entscheidung zu einem Buch, nicht zu diesem, aber zu einem KISS-Buch. Denn natürlich hatten sie Recht: Seit meinem elften Lebensjahr bin ich KISS-Fan. Und seitdem begleitet mich die Band wie ein Teil meiner Familie durchs Leben. Denn was auch immer ich getan oder erlebt habe, KISS waren immer irgendwie dabei. Das begann in der Schule, ging an der Uni und später bei der Arbeit weiter. Das begann bei der ersten Liebe und endete bei meiner Frau, mit der ich seit 35 Jahren verheiratet bin, und sie gab damals ihr Ja-Wort schließlich auch KISS.

Also habe ich begonnen, über mich zu schreiben. Ich habe Erinnerungen aus fünf Jahrzehnten geweckt. Aber je mehr ich schrieb, desto mehr musste ich an die Menschen denken, die ich auf meinen Konzertreisen getroffen hatte. Fans wie mich. Und mehr noch: Fans mit den gleichen Gefühlen. Und mir wurde klar: Wenn KISS auch Teil ihrer Familien sind, dann wären wir alle irgendwie verwandt. Also begann ich, Kontakte zu intensivieren und stellte fest: Bei jedem, den ich neu kennenlernte, war es ein bisschen, als hätte ich ein lang vermisstes Familienmitglied wiedergefunden. Also beschloss ich, mein Buch zu einem Familienalbum zu machen.

In diesem Buch findet man die Geschichten von 30 KISS-Fans aus 16 Ländern. Sie alle haben dieser Band mehr gegeben als nur ihre grenzenlose Liebe. Und niemand hat dabei auch nur einem Dollar nachgeweint, den er für KISS ausgegeben hat. Reich geworden sind wir am Ende alle. Denn ohne KISS wäre unser aller Leben leerer gewesen, viel grauer und lange nicht so spannend.

Gene zeichnet mir auf mein Foto eine Maske, bevor er es signiert

» Kapitel 1 «

EINE REISE, DIE NIEMALS ENDET

April 1976, Berlin/Deutschland.
Haben Sie diese Platte? – oder: Wie alles begann

Es ist Frühjahr 1976. Berlin ist eine geteilte Stadt. Ich wachse im freien Westen auf, der zur Bundesrepublik gehört, aber von einer Mauer umgeben ist. Die Freiheit hat also unübersehbare Grenzen, und man steht an ihnen fürchterlich lange an, um über eine holprige Transitstrecke, die man nicht verlassen darf, nach Bayern oder Niedersachsen zu fahren. Dort erst beginnt die tatsächliche Freiheit.

In Berlin West bedeutet Freiheit, dass Discos und Kneipen lauter sind als woanders und immer geöffnet haben. Sie bedeutet billige Studenten-WG's, langhaarige Weltenveränderer, schrille Farben an Häuserwänden und U-Bahnhöfen, quietschbunte Mode und grenzenloses Shopping im KaDeWe, dem „Kaufhaus des Westens".

Musik hört man im American Forces Network, kurz AFN, dem Radiosender der US-Streitkräfte. Nur dort gibt es echten Rock, und man versucht, alles mit seinem Kassettenrekorder aufzunehmen, um für wilde Partys gerüstet zu sein. Oder man telefoniert beim Radiohören, das würde man heute wohl als Chatten bezeichnen, und diskutiert über die neuesten Songs und Trends.

Ich bin gerade elf, meine Eltern haben als erste Fremdsprache in der Schule für mich Latein gewählt. Das hilft einem später für viele andere Dinge, heißt es. Errare humanum est (Irren ist menschlich). Es hilft einem nämlich überhaupt nicht, englischsprachige Songs zu verstehen. Unsere Generation wächst noch nicht mit einem Deutsch auf, in dem mehr englische Worte stecken als ein durchschnittlicher Amerikaner für den Alltag verwendet. Wer kein Englisch in der Schule lernt, der wird auch keines verstehen, und so wird mein erster Kontakt mit KISS ein recht lustiger.

Ich höre bei AFN einen Song, der mich total begeistert. Er ist von KISS, von denen ich zuvor noch nie irgendetwas gehört hatte. Zu meinem Glück sagt der Moderator danach, wie der Song heißt. Ich schreibe also schnell mit: *Schaudidautlaut*.

> **»** ***Ich gebe dem Verkäufer meinen Zettel mit dem Song. Er schaut drauf und fängt an zu lachen***

Mit meinem Zettel ausgerüstet fahre ich mit dem Rad in die Spandauer Altstadt, das dauert von mir etwa eine halbe Stunde. Fahrradfahren ist in den 70er-Jahren noch kein Abenteuer wie heute, man kann sogar ganz ohne Helm richtig schnell fahren, weil es auf den Straßen lange nicht so viele Autos gibt. Ich bin also relativ fix auf dem Marktplatz. Dort befindet sich Radio Wotzka, der größte Platten- und Hifi-Laden der Gegend. Singles kosten dort sechs Mark, das sind umgerechnet drei Euro. Radio Wotzka hat wie die meisten Musikläden einen Tresen, an dem man die Platten vorher hören kann. Man hält dafür einen ganz normalen Telefonhörer an ein Ohr. Von weitem sieht das immer aus wie eine riesige offene Telefonzelle, wenn man in den Laden kommt.

Ich gebe dem Verkäufer meinen Zettel: „Haben Sie das?" Er schaut drauf und fängt an zu lachen. „Schaudidautlaut, ja?" „Genau, und es muss von KISS sein." „Ich glaube", sagt der Mann, „ich habe eine Idee, was das sein könnte." Manchmal, wenn ich am Radio nicht so schnell mitschreiben kann oder der Moderator den Namen eines Titels nicht nennt, singe ich das Lied, das mir gefällt, dem Verkäufer einfach vor. „Schaudi Schaudi Schaudidautlaut." Das ist für ihn dann natürlich noch viel lustiger, weil ich ja gar kein Englisch kann und schon gar nicht weiß, was ich da eigentlich singe und überhaupt: Das, was ich da vortrage, ist ja meist gar kein Englisch, sondern Fantasyish, ähnlich wie die Sprache im „Cirque du Soleil". Manchmal habe ich Glück, und mir reicht schon die richtige Melodie, um eine Schallplatte zu bekommen, das ist dann nicht ganz so peinlich. Der Verkäufer von Radio Wotzka jedenfalls genießt seit einer ganzen Weile mein absolutes Vertrauen. Der Mann versteht mich. Diesmal mache ich es ihm aber auch relativ einfach, denn ich habe den Namen des Titels, und der Verkäufer scheint ihn zu kennen. Er kommt zurück und sagt: „So, hier wäre Schaudidautlaut."

Er sieht, wie aufgeregt ich bin und sagt: „Hör Dir das Lied vorsichtshalber noch mal an. Nimm Platz vier." Ich greife zum Hörer und halte ihn mir ans linke Ohr. Das weiß ich, weil ich bis heute auch mein Handy immer ans linke Ohr halte, keine Ahnung, wieso. Es knistert leise, und dann geht es los: Zwei Gitarren, ein Riff. Ja, das ist es! Das ist Schaudidautlaut!

Ich höre das Lied gar nicht zu Ende, zahle und verlasse mit einem breiten Lächeln den Laden. Ich fahre mit meinem Rad noch schneller nach Hause als ich gekommen bin, die kleine Plastiktüte mit der Single darin weht an meinem Lenker. Mein Plattenspieler ist ein kleiner kompakter Apparat mit einer roten Box zum Abnehmen. Weit weg stellen vom Plattenteller kann ich sie nicht, dafür ist das Kabel zu kurz. Aber warum sollte ich sie auch woanders hinstellen, der Sound würde dadurch nicht anders werden, er bleibt immer mono. Meine erste Stereoanlage bekomme ich erst vier Jahre später zur Konfirmation.

Ich hole also meine erste KISS-Single aus der Tüte und lese mir den Titel laut vor: „Schaudidautlaut." Auf dem Cover steht es in gelber Schrift allerdings so: „Shout It Out Loud". Okay, so wird das also geschrieben, weiß ich ab sofort Bescheid. Ganz sanft lege ich den Arm des Plattenspielers auf die neue Single. Ein zartes Knistern, Gitarrenriff, Gänsehaut. Ich spiele das Lied in zunehmender Lautstärke so häufig hintereinander, dass das Knistern schon bald deutlich lauter wird, dafür kann ich das Lied beinahe komplett mitsingen. Ich weiß nicht, was ich da singe, aber es klingt verdammt gut. Nach Party. Mehr noch, nach Freiheit.

Das ist ein gutes Gefühl, eines, das ich lange nicht mehr spüren durfte. Ich durchlebe gerade keine einfache Zeit. Vor einem halben Jahr ist meine kleine Schwester an Leukämie gestorben, sie wurde gerade fünf Jahre alt. Ich hatte sie unheimlich lieb, aber wer hatte das nicht, sie war so ein Engel, wir nannten sie alle Püppi. Sie hatte sogar schon eine eigene Single: „Paloma Blanca", einen spanisch anmutenden Song von George Baker, der in Wirklichkeit Holländer ist und Johannes Bouwens heißt. Ich habe ihre Single bis heute aufbewahrt. Im Refrain heißt es „I'm just a bird in the sky", mir gefällt dieser Gedanke. Vögel sind die freiesten Lebewesen von allen.

Seit ihrem Tod liegt ein dunkler Schleier über unserer Familie. Meine Eltern streiten sich immer häufiger. Sie werden sich in den kommenden Jahren auseinander streiten, was die Sache für mich von da an noch ein bisschen schwieriger macht.

»Ich verstecke mein Taschengeld zwischen meinen Büchern, keine Ahnung vor wem

Mit elf bekomme ich von meinen Eltern 35 Mark Taschengeld im Monat. Ich sammele es in einer kleinen quadratischen Blechdose, die ich zwischen meinen Büchern verstecke, keine Ahnung vor wem. Ich krame sie hervor und mache Kassensturz. Das geht ziemlich schnell: Es liegt noch ein gefalteter 10-Mark-Schein darin und ziemlich viel Kleingeld. Ich nehme alles mit, schnappe mir noch einmal mein Rad und fahre zum Marktplatz.

Der Verkäufer ist irritiert, als ich erneut vor ihm stehe: „Du schon wieder?" „Ja, ich hab' eine Frage: Gibt es von Schaudidautlaut eigentlich auch eine Langspielplatte?" Er nickt. Sie kostet 17,90 Mark, verdammt viel Geld für mich damals, aber ich will sie unbedingt haben. Ich kaufe mein erstes KISS-Album, es heißt „Destroyer".

„Möchtest Du nicht reinhören?" Ich winke ab: „Nein, danke." Das Einzige, das ich will, ist schnell damit nach Hause radeln. Ich bin so gespannt. Ich lege die Seite A auf den Plattenspieler und setze die Nadel auf. Das sanfte Knistern geht über in ein kurzes Hörspiel, bevor die Gitarren eines der berühmtesten Riffs der KISS-Geschichte anstimmen, das von „Detroit Rock City". Ich liebe diesen Song auf Anhieb, er ist eine Rock-Symphonie. „Destroyer" wird eine Reise in eine neue Welt, sie dauert 35 Minuten und drei Sekunden. „Shout It Out Loud" ist erst das siebte Lied auf dem Album. Als ich bei ihm ankomme, ist mir längst klar: Ich habe nicht nur einen neuen Lieblingssong, ich habe auch eine neue Lieblingsband.

August 1979, Toronto, Kanada
Unfassbar! Hier sind ja alle KISS!

Ich weiß noch gut, was für ein verdammt heißer Tag dieser 4. August 1979 ist. Toronto ist keine attraktive Stadt im Hochsommer. In der City gibt es kaum Bäume oder Sträucher, die Luft steht, überall riecht es nach Pizza. Toronto ist eine nackte Stadt, ihr Herz schlägt auf der Yonge Street zwischen Bay und Eaton Centre. Und gerade dort übt sie auf mich eine ungeheure Faszination aus, die sogar die Rohheit dieser jungen Metropole vergessen lässt.

In flachen Häusern findet man in den 70er-Jahren kleine, dunkle Läden. Dort gibt es einfach alles, was Teenager anzieht. Die heißesten Plattenimporte aus Japan, coole Rockshirts zum Sofortdrucken, bunte Haschischpfeifen, Klamotten der NBA-Stars Jordan und Barkley, viel Zeugs, das es im doch verhältnismäßig spießigen Deutschland zu der Zeit noch nicht gibt.

Ich bin 14, und auf mich wirkt diese Zauberwelt so magisch, dass es mich nicht einmal wundert, dass gefühlt jeder Zweite auf der Yonge Street wie ein Bandmitglied von KISS geschminkt herumläuft. Es passt einfach zu der Coolheit Torontos, und irgendwie traue ich den Menschen dort sogar zu, crazy genug für eine solche Verkleidung zu sein. Vielleicht sind ja die Kanadier die Verrücktesten unter den Coolen, und die Coolsten sind nun mal KISS-Fans.

Es ist mein erster Tag in Toronto, und ich komme entsprechend aufgeregt von meinem City-Bummel zurück zu meinem Onkel, den meine Mutter und ich besuchen. Unser Besuch ist mehr eine Flucht. In diesem Jahr hat uns mein Vater endgültig verlassen. Wenn ich ihn einmal im

Monat treffe, sagt er stets, ich würde das noch verstehen, wenn ich erst erwachsen bin, aber ich habe es nie verstanden. Und da meine Mutter 15 Jahre nach unserer Kanadareise im Alter von 54 Jahren stirbt, stirbt auch meine Hoffnung, dass sich unser aller Verhältnis irgendwann normalisieren könnte.

Mein Onkel wohnt in der Alexander Street zwischen Yonge und Jarvis, also sehr zentral. „Toronto ist der Hammer", sprudelt es aus mir heraus. „Überall so abgefahrene Geschäfte. Aber der Knüller sind die Leute. Die laufen hier alle rum wie KISS!" Meine Mutter lacht. Sie weiß, was mir das bedeutet und freut sich für mich. Mein Onkel dagegen schüttelt mit dem Kopf. Er sagt: „Bei aller Verehrung für deine Lieblingsband, aber das tun die Menschen in Toronto normalerweise nicht. Ich vermute ja eher, dass KISS hier heute Abend spielen werden und sich deshalb so viele geschminkt haben werden." W A S ?

» ***Die Grenzer verlangten von der Band, das S aus dem Logo zu entfernen. Und zwar überall***

An der Stelle muss ich kurz ausholen und erklären, dass ich mein erstes KISS-Konzert 1976 in Berlin verpasst habe, weil die Band nicht erschien. Nicht viele Musiker kamen in den 70er- und 80er-Jahren nach West-Berlin. Sie mussten ihr Equipment durch die sowjetisch besetzte DDR fahren, was an den Grenzen viel Wartezeit bedeutete und manchmal auch richtig ärgerlich werden konnte, wenn sich die Grenzsoldaten ein paar sinnlose Repressalien ausdachten. Im Fall von KISS war es ein bisschen komplizierter. Die Grenzer verlangten von der Band, das S aus dem Logo zu entfernen. Und zwar überall. Es erinnere in seiner Schreibweise an die Zeit der Nationalsozialisten und sei deshalb in der DDR untersagt. Bevor die Trucks der Band die Transitstrecke nach West-Berlin passieren dürften, sollte also zunächst überall das Logo abgekratzt werden. KISS sagten daraufhin die Show in Berlin ab und drehten kurzerhand um.

Jetzt also, hier in Kanada, bietet sich mir auf einmal ganz unerwartet die Chance, sie endlich live zu sehen. Hier schert sich niemand um das zackige S, das sich Gitarrist Ace Frehley einmal als eine Art Blitz ausgedacht hatte für eine Band, in der zwei Mitglieder jüdische Wurzeln haben, die also mit der Schutzstaffel (SS), Adolf Hitlers Partei-Polizei, ganz bestimmt nichts gemein haben.

Mein Onkel arbeitet selbst im Musikbusiness, er ist Manager von großartigen Liedermachern wie Gordon Lightfoot, Murray McLaughlan und Bruce Cockburn. Er ist mit 16 nach Kanada ausgewandert und hat dort sein Glück gefunden. Ein wildes Glück zwischen ständigen Partys, wechselnden Frauen und allerhand Drogen. Er trägt bereits mit Mitte 30 eine Perücke mit langen blonden Haaren und sieht damit ein bisschen aus wie Brian Connolly, der Sänger von „Sweet". Erst in diesen Ferien sehe ich ihn zum ersten Mal mit fast kahlem Kopf, als wir ein paar Tage in den Wäldern nördlich von Toronto sind und im Lake Muskoka baden gehen.

Am Morgen nach dem ersten Konzert

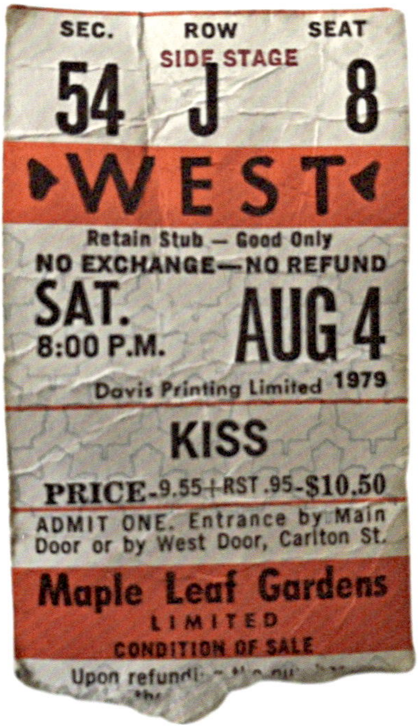

Mein erstes Ticket kostet 10,50 $

Mein Onkel führt ein paar kurze Telefonate, und findet nicht nur heraus, dass KISS tatsächlich an dem Abend in Toronto spielen, er hat auch ein Ticket für mich besorgt, obwohl die Show längst ausverkauft ist. Es kostet 10,50 kanadische Dollar, das wären heute etwa sieben Euro oder US-Dollar. Er hilft mir auch dabei, meine Mutter zu überreden, mich mit 14 dort alleine hingehen zu lassen. Sie hat große Bedenken, aber von der Terrasse seines Penthouses aus kann man auf das Dach des Marple Leaf Gardens gucken, wo das Spektakel stattfinden wird. Das gibt meiner Mutter ein etwas besseres Gefühl. Sie drückt mir noch ein bisschen Geld in die Hand, für alle Fälle.

Mit 14 brauchst Du noch kein Geld für zehn Bier, wenn du zu einem Rockkonzert gehst. Du gibst es aus für … natürlich … ein Tour-Shirt und ein passendes Basecap. Beides trage ich noch vor Konzertbeginn und ziehe es in den nächsten drei Wochen nicht mehr aus. Das Shirt ist hinten bedruckt mit „Return of KISS“, vorne steht „Dynasty-Tour ′ 79“ drauf, ich habe es noch heute und kann nicht glauben, dass ich da jemals hineingepasst haben soll.

» ***Single und Album marschieren weltweit in die Charts, und ich marschiere in den Oberring des Garden***

Die Band feiert mit „Dynasty“ nach vier Solo-Alben eine Art Comeback. Musikalisch nicht wirklich überzeugend, weil KISS versuchen, auf den Disco-Zug zu springen, aber mit dem Hit „I Was Made for Lovin‘ You“ umso erfolgreicher. Deshalb steht die Tour unter dem Motto „Rückkehr von KISS“. Single und Album marschieren weltweit in die Charts, und ich marschiere in den Oberring des Garden, seitlich der Bühne, also in den Westflügel, Sektion 54, Reihe J, Platz acht. Es ist die Seite, auf der sich bei Konzerten Gene Simmons für gewöhnlich aufhält, aber das weiß ich 1979 natürlich noch nicht.

Umso überraschter bin ich, als es losgeht. Simmons stampft mit riesigen Schritten auf uns zu, immer der Zunge nach. Beinahe strafend schaut er hinauf zu uns, mit diesem starren Blick des Dämon, den er verkörpert. Er ist damals 29. Als ich das Gefühl habe, dass sich unsere Blicke treffen, ist es um mich geschehen. Wie eine aufgezogene Puppe springe ich von meinem Platz auf, bleibe das ganze Konzert stehen, starr, hypnotisiert von KISS – wie die Kids in dem späteren Video zu „I Love it Loud", die mit glühend-blauen Augen wie Zombies die Straße entlang gehen.

Ich weiß deshalb gar nicht mehr so richtig viel von dem Konzert, außer dass es einfach großartig ist. Es beginnt mit „King of the Night Time World" von „Destroyer", und Ace Frehley darf von seinem Solowerk „New York Groove" spielen, den letzten Song, der es vor „I Was Made for Lovin' You" unter dem Namen KISS in die Charts schaffte. Ich bin wie in Trance und klebe mit meinen Augen an Gene Simmons. Wie er erst Feuer, dann Blut spuckt, wie er zur Hallendecke schwebt, wie seine Zunge immer länger und länger wird und gefühlt beinahe an meine Nasenspitze stößt. KISS spielen „Detroit Rock City" erst als Zugabe, während der Abschieds-Tour ist das ihr Opener. Und dann stehe ich auf einmal in meinem ersten Konfettiregen, singe zum ersten Mal mit Tausenden „Rock and Roll All Nite" und denke: Das muss der Himmel sein.

KISS in den 70er-Jahren: Zwischen Frank N. Furter und Darth Vader

Eine Army, eine Navy, eine Merchandisingabteilung, die nicht einmal vor einem Sarg Halt macht. Ich lerne schnell, dass KISS vieles bietet, das andere Bands nicht haben. Als Fan wird man in den 70er-Jahren neben neuen Songs geradezu überflutet mit News und Postern in den gängigen Musikmagazinen, mit ständig neuen Sammelartikeln und den aberwitzigsten Ideen. KISS sind schon lange vor Erfindung von TikTok und Instagram Influencer, sie verkaufen den Rock'n'Roll auf eine Art, wie er noch nie angeboten wurde. KISS sind die Anführer einer rebellischen Jugend, und es macht mir wahnsinnig Spaß, Teil dieser Bande zu sein. Von Verkleideten, Geschminkten, Verrückten – und zum Teil von Verachteten.

KISS arbeiten hart, ständig erscheint neue Musik. Nach „Destroyer" folgen in kurzer Zeit „Rock and Roll Over", „Love Gun" und „Alive II". Und in den Covern der Langspielplatten stecken kleine Überraschungen, Gimmicks wie eine Papierpistole in „Love Gun" oder ein Aufkleber mit dem Covermotiv in „Rock and Roll Over", der in einzelnen Stücken abziehbar ist, um die Elemente an verschiedenen Stellen aufkleben zu können. Man fühlt sich als Fan gut aufgehoben, obwohl wir nicht einmal die Gesichter der vier Musiker kennen.

Die Band macht ein Mysterium aus sich und beschäftigt die Medien und damit uns Fans ununterbrochen damit. Es läuft eine endlose Jagd nach der wahren Identität von Paul Stanley, Peter Criss, Ace Frehley und Gene Simmons. KISS werden nicht mehr wie normale Rockstars behandelt, längst sind sie die ersten Superhelden, die nicht in Comicheften entstehen, sondern aus denen Comicfiguren werden. Einen großen Anteil daran haben die Plattencover. Der Künstler Ken Kelly macht mit seinen Artworks aus Fantasie magische Bilder. Paul Stanley schreibt nach Kelly's Tod im Juni 2022 auf Instagram: „Seine Fantasy-Kunst hat das überlebensgroße Bild von KISS perfekt eingefangen.“ Für die Superhelden ist in den 70'ern nichts zu groß, sie sprengen alle Limits des Musikbusiness.

» *Ich male mir Ace Frehley auf meine Jacke*

Es ist verdammt cool, in diesen Zeiten KISS-Fan zu sein, denn man gehört einer verschworenen Gemeinschaft an. Sieht man an der Jacke eines anderen einen Hinweis auf KISS, grüßt man, wie es sonst nur Motorradfahrer untereinander tun. Ich habe eine dieser dunkelgrünen Armyjacken und male mir das Cover von Ace Frehleys Soloalbum auf den Rücken. Natürlich habe ich Freunde, die sich die Gesichter von Paul, Gene und Peter auf ihre Jacken pinseln, wir sprechen uns ab.

KISS-Fans umgeben sich gerne mit anderen KISS-Fans. Man tauscht sich aus, diskutiert über die Band. Die Gerüchteküche liefert schließlich wöchentlich neuen Stoff, das Taschengeld geht fast komplett für Platten und Musikmagazine drauf. Überall findet man irgendetwas Neues von diesen vier Kerlen aus New York, die alles auf den Kopf stellen, ohne dabei jemals so verletzend, so schmutzig oder menschenverachtend zu werden wie andere Rockmusiker, die ihnen folgen und ihr Glück bewusst in Skandalen suchen. Im Gegenteil, Gene Simmons ist auch noch mit der einzigartigen Cher liiert, die sich in den 70er-Jahren in durchsichtigen Kleidern zeigt, was ihm noch mehr Bewunderung von den KISS-Anhängern einbringt.

Am liebsten war ich Ace

Meine selbstbemalte Jacke

Natürlich passieren auch während der immer gigantischer werdenden Shows Dinge, die für Gesprächsstoff sorgen. Ace Frehley etwa wird am 11. Dezember 1976 bei einem Auftritt in Lakeland, Florida, fast durch einen elektrischen Schlag getötet, weil das Geländer einer Treppe nicht geerdet ist und er danach greift. Gleich mehrfach fängt das Haar von Gene Simmons Feuer. Dass er als Feuerspucker auftritt, bleibt aber fester Bestandteil des KISS-Programms, und so folgen sieben bis acht (Schätzung Simmons) schmerzhafte Erfahrungen mit verirrten Flammen, zu leicht entzündbar ist dank massenhaft verwendeten Haarsprays sein Haar.

Und wenn mal nichts passiert, lassen KISS etwas geschehen. Sie sind die Chuck Norris der Musikbranche und machen das Unmögliche möglich. Als Marvel 1977 ein Comic-Buch über KISS veröffentlicht, wird das in roter Tinte gedruckt, die angeblich das Blut aller Bandmitglieder enthält, und natürlich bezeugt das ein Notar. An PR-trächtigen Ideen mangelt es KISS auch später nie. Sie schaffen es in einer Zeit, in der soziale Medien, youtube und Google noch Märchen aus 1001 Nacht sind, ihre Anhänger permanent zu beschäftigen und machen sie so glücklich. Trotz „I Was Made for Lovin' You".

Wer beim Erscheinen dieses Songs schon KISS-Fan ist, mag ihn nicht sonderlich. Weil ihn schnell zu viele andere mögen und weil er tanzbar ist, ohne den Kopf dabei bewegen zu müssen. Das ist nicht mehr wirklich Rock'n'Roll, andererseits rekrutiert „I Was Made for Lovin' You" ein Heer neuer KISS-Fans, was dafür sorgt, dass alteingesessene Anhänger endlich bewundert werden für ihre tollen Jacken, für ihre Sammelartikel und vor allem für die vielen Insidergeschichten und Gerüchte, die nur echte KISS-Fans kennen, aber auf einmal alle interessieren. „I Was Made for Lovin' You" holt KISS aus den Seitenstraßen heraus, aus dunklen Kellern und abgesperrten Klassenzimmern. KISS-Fans sind eine fantasiereiche Antwort auf die düstere Punkszene, das merken auch die neuen Anhänger und finden Gefallen daran.

Viele von uns hören neben KISS auch die Musik von Deep Purple, Uriah Heep oder Led Zeppelin. Das ist auch gar nicht schlimm. KISS thronen weit darüber, weil sie mehr als gute Musik bieten, sie lassen uns unsere Fantasien ausleben und nehmen uns dabei an die Hand. Wir möchten träumen und ein bisschen verrückt sein dürfen, und KISS befeuern beides. Dank KISS erleben die 70er-Jahre neben dem Disco-Hype eine friedliche Revolution der Andersdenkenden. 1977 erscheint die „Rocky Horror Picture Show". In Kinos wird mit Reis geworfen, aus Wasserpistolen gespritzt, man schminkt und verkleidet sich und tanzt vor seinem Kinosessel. 1978 erscheint „Star Wars", und die Kids tragen Darth-Vader-Helme und Lichtschwerter. Die Väter all dessen sind KISS.

Mit einem Schuss Rock'n'Roll, einer Prise Augenzwinkern, einem Wir-Gefühl, das andere Bands so niemals entwickeln konnten. Vier Rockmusiker werden zu den beliebtesten Faschings- und Halloween-Figuren. Sie werden Comic-Helden und Hauptdarsteller in einem drittklassigen Kinofilm („Phantom of the Park"), den ich mir mit meinen Freunden im „Savoy", einem von zwei Kinos im Berliner Stadtteil Spandau, so oft anschaue, bis wir jedes Wort mitsprechen können. KISS dekorieren die Zimmer von Millionen Teenagern auf der ganzen Welt. Ich male an meine Decke das Cover von „Rock and Roll Over" – in Ölfarbe. Das bringt mir viel Ärger mit meinem Vater ein, aber das ist es mir wert. Die Wände tapeziere ich mit ständig wechselnden KISS-Postern, und nur Farrah Fawcett kann sich dazwischen behaupten. KISS werden zu einem Lebensgefühl, das einen durch die ganze Jugend trägt. Und eigentlich bis heute anhält.

KISS in den 80er-Jahren: Auf einmal fallen die Masken

„Music from the Elder“ ist das KISS-Album, das vieles ändert. Nicht wenige Fans haben noch an den Popalben „Dynasty“ und „Unmasked“ zu knabbern. Ich habe ein ganz besonderes Verhältnis zu „The Elder“, was mit Bob Ezrin zusammenhängt, der es produzierte. Ich finde es 1981 mutig für eine Rockband, ein solches Konzeptalbum mit einer zusammenhängenden Geschichte herauszubringen. Gene Simmons hat sie erdacht, und verpackt ist sie in pompösem Fantasy-Rock. In Deutschland liegen erstmalig die Liedertexte in deutscher Sprache bei. Dafür ist das Cover das erste KISSfreie, zu sehen ist nur eine Hand an einer Tür.

KISS schreiben dieses Album für die Kritiker, nicht für die Fans, sie betteln damit um musikalische Anerkennung, aber leider bei den Falschen. Es wird ein gutes Album, aber kein gutes KISS-Album. Betagte Fans greifen heutzutage häufiger mal darauf zurück, manche schwärmen

1985 schenkt mir Bob Ezrin die Originalplatte von „The Elder“, er, Gene und Paul unterschreiben sie

inzwischen sogar davon, damals aber passt es einfach nicht in die Welt dieser Glamourband und wird ein kommerzieller Misserfolg. „Music from the Elder“ wird eines von nur zwei KISS-Alben, die keinen Gold-Status erreichen. Mit Platz sieben ist es in Norwegen am erfolgreichsten, in Australien landet es auf Rang elf, in UK auf 51, in den USA nur auf Platz 75, und gerade das tut KISS verdammt weh.

Gene Simmons singt „A World without Heroes“ und gibt den Schmuse-Dämon. Das ist einigen Fans nicht mehr ganz geheuer. KISS legen für das Album die langen Haare ab und vor dem nächsten Album nach 15 Jahren auch noch ihre Masken. Zu stark empfinden sie offensichtlich ihre Krise und glauben, nur eine Demaskierung würde ihnen hinaus helfen. Doch als Rockband haben sie während ihrer Pop-Jahre die Szene Bands wie AC/DC, Iron Maiden und Van Halen überlassen.

Mein Onkel in Kanada ist eng befreundet mit Bob Ezrin, der in Toronto geboren wurde und damals dort auch noch lebt. Er hat das legendäre Album „Destroyer“ produziert und ist den KISS-Fans seitdem gut bekannt. 1985 nimmt mich mein Onkel bei einem meiner Besuche in Kanada mit in Bobs Haus, und als er ihm dort erzählt, was ich für ein großer KISS-Fan bin, will Ezrin mir gerne etwas schenken und fragt: „Möchtest du lieber eine Gitarre von Paul Stanley oder die Original-Platte von The Elder haben? I know, es ist nicht die Destroyer, aber dafür gibt es sie nur einmal auf der Welt.“

Ich muss daran denken, dass Paul bei jedem Konzert eine Gitarre zertrümmert und ehrlich gesagt auch daran, was ich wohl für eine Gitarre an Übergepäck im Flugzeug zahlen müsste. Hey, ich bin gerade 20 und ein armer Student. Also entscheide ich mich für das Album, besser: Eine KISS-Originalpressung. Ein Karton, in dem zwei dicke Schallplatten enthalten sind, die eine ist die Seite A, die andere die Seite B, auf ihren Rückseiten sind sie jeweils spiegelglatt. Dazu die ersten drei Testpressungen. Eine unglaublich schöne Rarität, zumal Bob oben links in die Ecke des Kartons noch eine Widmung schreibt: „To Stefan, from your friend in Canada, Bob Ezrin.“

Zwei Jahre zuvor hatte er Pink Floyds „The Wall“ produziert. Er arbeitete mit Größen wie Alice Cooper, Kansas, Deep Purple und Lou Reed zusammen. So kam es auch, dass Reed bei den Credits einiger Songs auf „Music from the Elder" auftauchte. Das Album wird für mich nun etwas ganz Besonderes. Viele meiner Freunde bewundern es, weil sie noch nie eine Originalplatte gesehen oder in den Händen gehalten haben.

Viele Jahre später aber passiert etwas Seltsames: Es ist Mai 2017, und ich treffe Paul Stanley. Es ist spät abends nach einer Show in Dortmund. Ich hatte mir dieselbe Unterkunft gebucht und an der Hotelbar gewartet, in der Hoffnung, irgendwer von KISS würde vielleicht noch ein deutsches Bier trinken wollen, eines mit Schaum. Bis auf Gene Simmons, der erkältet sein soll, erscheinen tatsächlich alle unten. Tommy Thayer treffe ich sogar im Fahrstuhl. Er erzählt mir, dass sie Eric Singers Geburtstag feiern würden und man extra einen kleinen Raum dafür geblockt habe.

Als Paul vorbeikommt, rufe ich, aber er geht weiter. Ich hatte meine Originalplatte von „Music from the Elder" mitgenommen. Ich gebe sie dem Kellner und schicke ihn damit zu Paul, um ihn um ein Autogramm zu bitten. Ich bleibe bei dem Bodyguard am Eingang des Raumes stehen und beobachte alles. Paul nimmt die Platte, öffnet die Box und schaut sich auch die Vinylscheiben darin genau an. Dann gibt er sie dem Kellner zurück und sagt: „Nein, darauf werde ich nicht unterschreiben, tut mir leid." Ich winke von Weitem, und der Kellner hakt nach: „Warum denn nicht?" Paul sagt: „Das ist eine Originalplatte, sie ist sehr wertvoll, und ich werde sie mit meiner Unterschrift nicht noch wertvoller machen." Der Kellner bringt mir die Platte zurück, von der Tür aus rufe ich: „But Paul…!", aber der Securitymann schiebt mich dezent von der Tür weg. An diesem Abend bin ich maßlos enttäuscht, ich kann Pauls Reaktion einfach nicht verstehen.

» ***Das ist eine Originalplatte, sie ist sehr wertvoll, und ich werde sie nicht noch wertvoller machen***

Einen Monat später treffe ich Gene Simmons in München zu einem Interview. Ich bin seit 1989 Sportjournalist, aber natürlich habe ich immer davon geträumt, einmal die Chance zu bekommen, KISS zu interviewen. Ich hatte mich also lange um dieses Gespräch bemüht, und es wird ein sehr witziges. Meine Fragen sind die eines Fans, und seine

Antworten die eines Kumpels *(Lest selbst: Ich drucke das Interview am Ende dieses Kapitels ab)*. Wieder habe ich meine Originalplatte von „Music from the Elder" dabei und packe sie am Ende unseres Gesprächs aus. Gene fragt: „Oh, was ist das?", und ich erzähle ihm die Geschichte, wie ich sie bekam. Er sagt: „Das ist toll, das freut mich für dich. Möchtest du, dass ich sie dir unterschreibe?" Seitdem prangt sein Name riesengroß genau in der Mitte des Covers.

Zwei Jahre später treffe ich auch Paul Stanley für ein Interview, ich fliege dafür extra nach Toronto. Mein Chef hatte am 29. Oktober 2018 seinen Facebookeintrag zum Terroranschlag in Pittsburgh gelesen, bei dem ein Mann in einer Synagoge elf Menschen tötete. Pauls Gedanken dazu hatten ihn gepackt, und er bat mich, mit ihm darüber zu sprechen. Vor dem Treffen bin ich unsicher. So nervös, dass ich schon um 9 Uhr früh am vereinbarten Treffpunkt bin, obwohl wir erst um 16 Uhr verabredet sind. Ich weiß nicht, wie ich auf Paul reagieren würde, sollte er mir noch einmal eine solche Abfuhr wie in Dortmund erteilen. Meine Originalplatte von „Music from the Elder" nehme ich dennoch mit, diesmal allerdings nur die Box, sämtliche Platten lasse ich aus Sicherheitsgründen bei der langen Reise lieber zu Hause. Und das Treffen mit Paul wird unglaublich.

Wir trinken Tee und haben ein sehr tiefes Gespräch. Ich bin unheimlich erleichtert. Wir reden über seine Eltern, vor allem die Mutter, die in Berlin geboren wurde und als Jüdin vor den Nazis aus ihrer Heimat fliehen musste. Es ist ein bewegender Moment, einige Zeitungen in anderen europäischen Ländern drucken das Interview später nach. Am Ende unseres Gesprächs erzähle ich Paul die Geschichte von Bob Ezrin und meinem Onkel, und noch bevor ich die Box heraushole, sagt er: „Oh nein, du warst das damals?" Ich nicke, und er sagt: „Ich erinnere mich noch sehr gut. Wir waren in Deutschland, und auf einmal kommt an einem Abend jemand mit einer Originalplatte von uns auf mich zu und bittet mich, darauf zu unterschreiben. Ich habe das damals abgelehnt, lass mich dir bitte erklären, warum. Diese Platte war wohl unser größter Irrtum. Aber es gibt sie nur einmal auf der Welt. Ich war in dem Augenblick sehr enttäuscht, dass Bob Ezrin sie weggegeben hat, ich kannte ja nicht deine Geschichte dazu. Ich werde sie dir gerne unterschreiben, und ich bin froh, dass du sie jetzt hast."

Mein Herz geht auf wie eine Mohnblume am Morgen. Paul nimmt einen Stift und entdeckt das Autogramm von Gene Simmons in der Mitte und sagt: „Oh, wie ich sehe, hast du Gene auch schon getroffen. Hast du mit ihm auch ein Interview geführt?“ Ich nicke. Paul sagt: „Das war sicher ein ganz anderes Gespräch als unseres heute, oder?“ Ich sage: „Definitiv“, und wir lachen beide, während er auf die Plattenbox schreibt: „To Stefan, my new friend. Paul Stanley“.

„Music from the Elder“ ist nicht das Einzige, das bei KISS in den 80er-Jahren nicht so läuft wie es sollte. Irgendwie haben KISS ihre eigene Revolution verraten. Peter Criss und Ace Frehley verlassen die Band, und so stark sich das neue Quartett danach auch zeigt, es ist irgendwie nicht mehr richtig KISS. Während der Creatures-of-the-Night-Tour spielen sie keinen einzigen Song der vergangenen drei Alben, nicht einmal ihren größten Hit „I Was Made for Lovin' You“. Singleauskoppelungen wie „2000 Man", „Sure know something", „Shandi“, „Talk to me“, „A World without Heroes" – alle ausradiert, als habe es sie nie gegeben. Das verwundert mich. Und am 18. September 1983 kann ich die KISS-Welt nicht mehr verstehen.

» ***KISS haben mit ihrer Demaskierung beschlossen, dass ich erwachsen bin***

KISS zeigen sich in der Besetzung Simmons-Stanley-Carr-Vincent auf MTV mit viel Trommelwirbel nach zehn Jahren Versteckspiel zum ersten Mal ohne Schminke. Ich bin gerade 18. KISS haben mit ihrer Demaskierung beschlossen, dass ich erwachsen bin. Die Zeit der Träumereien ist vorbei. Ich nehme also innerlich Abschied und stelle mir meine Superhelden als Figuren ins Regal. Ich sehe KISS während der Lick-it-up-Tour 1983 in Essen. Sie verzichten nicht nur auf den fallenden Vorhang, sie verzichten erneut auch auf alles, was sie zwischen 1977 und 1982 an Musik herausgebracht haben. Sie rennen und hüpfen auf der Bühne umher wie Kids nach der letzten Schulstunde vor den Sommerferien. School's out. Sie sind außer Rand und Band und spielen beinahe alle Songs schneller als im Original, was sie nicht unbedingt alle besser macht. Die Setlist besteht aus fünf Songs von „Creatures of the Night“, vier von „Lick it up“, nur noch einem von „Destroyer“ („Detroit Rock City“).

Ich vermisse „Shout it out loud", ich vermisse Gene's Signature-Show bei „God of Thunder". Die großen 70er-Jahre werden zusammengefasst in „Love Gun", „Rock'n'Roll All Nite", „Detroit Rock City", „Cold Gin", „Firehouse" und „Black Diamond". Kiss sind noch immer eine Rockband mit guten Liedern, aber ohne die Magie, die sie groß gemacht hat und die mich seit meinem elften Lebensjahr gefangen hielt. Hat man die Zauberwelt verlassen, wirkt es komisch, wenn einem Gene ständig die Zunge entgegen streckt.

KISS in den 90er-Jahren: Das Starchild wird zum Phantom der Oper

Wieder erlebe ich einen dieser heißen Sommertage in Toronto. Juli 1999, mit meinem Freund Dman kehre ich zurück von einem großartigen Ausflug in den Algonquin Park. Faszinierende Sümpfe, malerische Felswände, Elche, Wölfe, Bären und ständig hungrige Moskitos. Ach, und ein plattgefahrener Waschbär auf dem Highway 60, für den wir sofort angehalten haben, als wir ihn sahen, dem wir aber nicht mehr helfen konnten. Für Stadtmenschen wie uns ist der Algonquin Park eine Märchenwelt. Wir hatten fantastische Tage dort, sind unheimlich viel gelaufen,

In Toronto sehe ich Paul als Phantom der Oper

ab und zu Kanu gefahren und haben verdammt viel gestaunt über die gewaltige Natur, die wir von Zuhause so nicht kennen. Jetzt bringe ich Dman zum Pearson-Flughafen, er muss zurück nach Deutschland. Ich bleibe noch ein paar Tage in meiner zweiten Heimatstadt und treffe kanadische Freunde und Verwandte.

Schon vor dem Hinflug hatte ich noch in Berlin gelesen, dass Paul Stanley für gut zwei Monate in Toronto als „Phantom der Oper" auftritt. Ich gehe zum Pantages Theatre und besorge mir ein Ticket. Genau zwanzig Jahre nach meinem ersten KISS-Konzert in Toronto sehe ich ein paar hundert Meter vom Garden entfernt Stanley nun in einer ungewohnten Rolle, aber: Maskiert. Es ist ein wunderschöner Abend, schon das Theater ist beeindruckend. Es liegt im Süden der Yonge Street, ist fast 80 Jahre alt und hat traumhaft schöne Deckenmalereien. Glenda Balkan spielt an Pauls Seite die Christine Daaé. Die Kostüme sind bunt und bezaubernd. Alles passt irgendwie zu Paul, zu KISS, das Geheimnisvolle, die Maske. Ich muss an diesem Abend häufig an „Music from the Elder" denken. Hätte dieses Album Erfolg gehabt, wäre diese Darbietung vielleicht ein KISS-Konzert geworden? Paul macht seine Sache wirklich gut. Er spielt das Phantom aus tiefstem Herzen, und seine Stimme ist einfach eine ganz besondere, ob als Starchild oder als Phantom.

Das „Phantom der Oper" bildet den außergewöhnlichen Abschluss eines Jahrzehnts, das für mich als KISS-Fan so viele Überraschungen parat hielt, dass ich ein bisschen ausholen muss. Zum Ende der 80er-Jahre waren KISS für mich irgendwie verloren gegangen. Die Meldungen in den Zeitschriften handelten beinahe ausnahmslos von Gene Simmons' Hollywoodplänen, er trieb seine Schauspielkarriere voran und damit vermutlich nicht nur Paul Stanley in die Verzweiflung, sondern neben mir vielleicht auch andere Fans der 70er-Jahre. Musikalisch folgen KISS wieder einer poppigeren Modeerscheinung, entgegen aller Beteuerungen von Simmons spielt während der Crazy-Nights-Tour sogar ein Keyboarder bei den Konzerten mit. Versteckt zwar, aber er ist auf der Bühne, was Simmons für KISS immer als No-Go bezeichnet hatte. KISS sind irgendwie aus den Fugen geraten. In dem vergangenen Jahrzehnt spielten mit Ace Frehley, Vinnie Vincent, Marc St. John und Bruce Kullick vier Gitarristen mit. Das ist wie bei einem Fußballverein, der ständig den Trainer wechselt, aber dadurch nicht besser wird.

KISS erkennen das. Mit „Revenge“ finden sie 1992 zu alter Stärke zurück und beenden ihre profillose musikalische Phase. Die quietschbunten Stofffetzen und Turnschuhe kommen in die Altkleidersammlung, das Image des neuen Jahrzehnts soll nahtlos an die 70er anknüpfen. KISS präsentieren sich in schwarzem Leder, Metallschmuck, mit wilderen Frisuren und Drei-Tage-Bärten. Das Plattencover zeigt in einem dunklen, kalten Ton ein Stück genietetes Metall, das Einschusslöcher aufweist. Und das Album ist gut, richtig gut. Bob Ezrin hat nach „Destroyer“ und „Music from the Elder“ als Produzent ein schönes Stück Hardrock zurechtgezimmert. „Revenge“ wird für mich eines der stärksten KISS-Alben. Und die neuen Fans, die es einen Hauch poppiger mögen, werden mit der Hymne „God Gave Rock'n'Roll to You II” entschädigt, dem Remake eines Russ-Ballard-Songs, den Stanley, Simmons und Ezrin überarbeiten und deshalb als Version zwei kennzeichnen.

Leider kommen KISS mit der „Revenge-Tour“ nicht nach Kontinental-Europa. Sie sind zu beschäftigt, die US-Fans zurückzugewinnen und spielen lediglich ein paar Shows in Großbritannien. Also fliege ich am 21. Mai nach London. In der Wembley Arena trägt Gene Simmons den Zopf nach hinten, nicht mehr nach oben und die Zunge im Mund und nicht mehr davor. KISS spielen 15 Songs aus den 70er-Jahren, sie legen gleich mit „I Stole your Love“ los, und es wird ein richtig starkes Konzert. Bruce Kullick an der Gitarre, Eric Singer an den Drums, da passt vieles gut zusammen. Musikalisch ist es eines der besten Konzerte, das ich jemals von ihnen sehe. Sogar „I Was Made for Lovin' You“ klingt wie ein Rocksong, was vor allem an Paul Stanleys überragender Stimme liegt.

Der Trend in diesen Jahren ist eigentlich ein anderer. Der Musiksender MTV nämlich legt zu Beginn der 90er-Jahre eine Unplugged-Serie auf, die zu einem nachhaltigen popkulturellem Phänomen wird. Die größten Stars präsentieren sich in Wohnzimmeratmosphäre, und die Fans lieben diese Konzertform. Paul McCartney schiebt 1991 die Idee mit Beatles-Songs an. Spätestens aber als Kurt Cobain 1993 in löchriger Strickjacke und mit Zigarette in der Hand mit „Nirvana“ bei „MTV Unplugged“ auftritt, drängen auch Rockbands in dieses Format. Cobains musikalisches Erbe wird zu einem Startschuss, nicht nur für Robert Plant und Jimmy Page, sondern – natürlich – auch für KISS.

KISS hatten in den 90er-Jahren begonnen, für die Fans sogenannte „Conventions“ zu veranstalten. Ich bin im August 1994 bei einer in Berlin, Peter Criss tritt dort als Special Guest auf, außerdem spielen zwei Coverbands. Im Februar 1995 beginnen KISS eine richtige „Convention-Tour“ in 32 Städten. Tommy Thayer leitet diese Treffen, ich habe mit ihm darüber gesprochen. Neben vielen alten Band-Requisiten gibt es bei den „Conventions“ häufig auch einen Auftritt von KISS zu bewundern. Sie spielen meist unplugged, weil das mehr Nähe ausstrahlt. Es ist also überhaupt nicht ungewöhnlich, dass auch KISS im August 1995 in New York „MTV Unplugged“ aufzeichnen. Und sie haben dafür eine gewaltige Überraschung parat: Paul Stanley kündigt den Zugabenteil mit den Worten an: „We've got some members of the family here tonight. We're talking about Peter Criss and Ace Frehley.“ Das Original-Line-up von KISS steht zum ersten Mal seit 1979 wieder gemeinsam auf einer Bühne.

»

KISS hatten in den 90er-Jahren begonnen, für die Fans sogenannte „Conventions“ zu veranstalten

Nur wenige Monate später, am 28. Februar 1996, platzt bei der 38. Grammy-Verleihung die Bombe, als KISS in Originalbesetzung und mit vollem Outfit inklusive Plateauschuhen, Nieten, Glitzer und dem legendären Make-up auftreten. Manager Doc McGhee hat es tatsächlich geschafft, Paul Stanley und Gene Simmons davon zu überzeugen, sich wieder in den Heldenstatus zu begeben und sich dafür auch noch mit Frehley und Criss zusammenzutun. Vollbremsung und U-Turn zurück in die Fantasiewelt! Wir dürfen wieder jung sein! Die Reunion-Tour geht samt Wiederbemalung durch die Decke. Jetzt interessiert niemanden mehr die musikalische Konkurrenz, denn KISS haben ein Alleinstellungsmerkmal. Die Band ist in aller Munde, die Tour spielt Millionen ein. Ohne Komplikationen läuft sie natürlich nicht ab.

Im Juni 1996 beginnt die „Alive/Worldwide-Tour“ und führt KISS am 1. Dezember 1996 nach Brüssel/Belgien. Es ist das erste Konzert in Kontinentaleuropa seit dem 21. September 1988 in Lillestöm/Norwegen (Crazy Nights Tour). Ich fliege schon ein paar Tage früher nach

London, und sehe KISS wieder in der Wembley Arena. Es folgen einige Konzerte von dieser Tour, unter anderen natürlich die beiden in Berlin am 4. Dezember 1996 und am 21. Mai 1997. KISS spielen an dem Tag vor 25.000 in der Waldbühne, einem außergewöhnlichen Amphitheater. Das Gerücht macht die Runde, sie würden danach ins Hard Rock Cafe kommen. Ich besorge mir eine Presseakkreditierung und fahre dorthin. Tatsächlich halten nach Mitternacht zwei Limousinen vor dem Eingang und Paul, Gene und Ace gehen ins Hard Rock Cafe. Stanley trägt eine modische Mütze wie ich sie bei ihm viele Jahre später während der KISS Kruise noch einmal sehe.

Paul und Gene sind sehr freundlich, sie reden mit vielen Leuten, auch ich stehe häufig bei ihnen, und mir fällt auf, dass beide keinen Alkohol trinken. Den trinkt Ace Frehley für sie mit. Es gelingt den beiden später nicht, ihn zum Gehen zu bewegen. Ace bleibt zurück, als Paul und Gene das Hard Rock Cafe verlassen. Er sitzt mit ein paar jungen Frauen noch ein Weilchen in einem abgetrennten Bereich. Er trinkt, lacht und trinkt noch mehr. Irgendwann gegen Morgen schleppt sich Ace raus zur Limousine und lässt sich zurück ins Hotel fahren. Das Tour-Leben bekommt ihm nicht sonderlich gut, das ist unübersehbar.

KISS bringen 1998 in Originalbesetzung das Album „Psycho Circus" heraus. Ich sehe mehrere Konzerte dieser Tour, bei der man am Eingang eine 3-D-Brille bekommt. Im Hintergrund werden Effektfilme abgespielt, wo zum Beispiel Paul Stanleys Gitarrenhals über das Publikum hinweg schwebt, bei mir kommt das nicht so groß an. Umso mehr die Musik, denn bis auf drei Stücke von „Psycho Circus" („Within", „Into the Void" und „Psycho Circus") spielen KISS ausnahmslos Lieder aus den 70er-Jahren. Außerdem bringen sie es zu neun Shows allein in Deutschland. Ende April legen KISS eine Tourpause ein. Paul Stanley wird in Toronto als „Phantom der Oper" gebraucht. Ende Mai bis Anfang August spielt er dort den Mann mit der Maske und noch einmal ab 21. September bis Ende Oktober. Silvester kehren KISS in Vancouver zurück und beenden ein turbulentes, aber großartiges Jahrzehnt. Die Familie hat sich zusammengerauft, KISS machen wieder richtig Spaß und das kulturelle Überleben der Band ist gesichert.

KISS in den 2000er-Jahren: Leinen los für die Kruise der Träume

Es ist ein wolkenloser Tag, ein bisschen windiger als sonst vielleicht, aber es ist ein angenehmer Wind, den der Herbst in Florida einem da entgegen bläst. Und ein ungerechter Wind, denn die Haare von Tommy Thayer, der inzwischen Ace Frehley abgelöst hat, liegen schräg vor seinem Gesicht, während sich die Frisur von Gene Simmons überhaupt nicht rührt. Paul Stanley trägt einen hellen Sonnenhut, aber was trägt Gene da, einen Helm?

Wir sind auf dem obersten Deck der „Destiny", einem stattlichen Kreuzfahrtschiff, das gerade Miami verlässt. 2300 Fans aus 32 Ländern haben sich zu einer irren Party versammelt, der ersten „KISS Kruise". Wir reisen mit der Band zu den Bahamas, unser Kapitän trägt den Namen Rock'n'Roll, und gerade hat er entschieden: Leinen los!

Ich hatte in Berlin im Radio von dieser Reise erfahren. Ich war mit dem Auto auf dem Weg zur Arbeit, als T-Bone, der amerikanische Moderator des einzigen Rock-Radiosenders der Stadt sagte, heute werde er etwas ganz Besonderes verlosen, eine Seereise mit KISS. Im Spiel habe ich traditionell kein großes Glück, deshalb habe ich gar nicht erst mitgemacht, ich dachte mir aber: Wenn eine solche Reise verlost wird, muss man sie auch irgendwo buchen können.

KISS-Pirat beim Bord-Minigolf

Halloween-Party mit Eddie

Heute, zwölf Jahre später, gebe ich es zu, und mein Chef möge es mir verzeihen: Ich habe fast den ganzen Arbeitstag damit verbracht, irgendwie auf dieses Schiff zu kommen. Eine Kabine zu buchen, passende Flüge zu finden, mir etwas auszudenken, was ich meiner Frau erzählen könnte, warum wir beide diese Reise antreten, und ich glaube, das war vielleicht das Schwerste von allem.

» ***Ich habe fast den ganzen Arbeitstag damit verbracht, irgendwie auf dieses Schiff zu kommen***

Als ich ihr abends die gute Nachricht mitteile („Schatz, wir machen beide eine Kreuzfahrt"), ist sie sprachlos. Von Miami zu den Bahamas. Sie strahlt. „Und jetzt kommt's: Mit KISS!" Sie fängt an zu lachen und zeigt mir einen Vogel. Sie hält das für einen Witz. Sie befürchtet, der Ausflug könnte in einer riesigen Männer-Sauf-Rock-Tour enden. Als wir am 13. Oktober 2011 aber einchecken und sie an Bord sieht, wie viele andere Frauen dabei sind, ist sie kaum wiederzuerkennen. So locker, so lustig, so jung habe ich sie lange nicht gesehen, und wir sind da bereits 23 Jahre verheiratet.

Nun stehen wir auf dem Lido-Deck, noch tragen wir nicht unsere neuen Kruise-Shirts, der Bordshop öffnet am Tag der Einschiffung erst um 19.30 Uhr. Ich habe acht KISS-Shirts aus vergangenen Jahren dabei, zum Auslaufen habe ich mich für das der „Psycho-Circus-Tour" entschieden. Im linken Arm halte ich einen Eimer mit viel Eis und ein paar Flaschen kaltem Bier. Wir haben uns zu den Skandinaviern gestellt, die sind trinkfest, werden dabei aber nie sonderlich ausfallend. Ich war mal sechs Wochen in Schweden und weiß: Das sind echt nette Partytypen. Ein paar einzelne Fans haben sich wie KISS geschminkt, das Konzert ist als „Unplugged Sail Away" ausgeschrieben. Paul, Gene, Tommy und Eric kommen völlig ungeschminkt auf die Bühne, die über den Pool gebaut wurde.

Die gewaltige Skyline von Miami wird langsam kleiner, und ‚The hottest band in the world' gibt ein Nachmittagskonzert für jung gebliebene Altrocker, die sich – je nach Kabinenwahl – den Trip zwischen 1000 und

3000 Dollar kosten lassen. Dafür dürfen wir unseren Helden Songs zurufen, die wir gerne hören möchten. Und so kommen sogar Lieder des unliebsamen Albums „Music from the Elder“ zur Aufführung. Bei einem wohligen karibischen Lüftchen und einem Genuine Draft, übrigens ein Bier, das auch einem deutschen Biertrinker schmeckt, wünschen sich einige tatsächlich Songs wie „Just a Boy“, „I“ und „Mr. Blackwell“. Gene singt „See you Tonite“ von seinem 78er-Soloalbum, Paul stimmt „Shandi“ an, einen Song von der „Unmasked“, den KISS sonst lediglich in Australien aufführen, weil er dort 1980 ein Hit war. Und dann spielen sie auf einmal das Lied, das ich mir vor jedem meiner Konzerte gewünscht hatte, aber noch nie live erleben durfte: „Hard Luck Woman“. Mir rollen Tränen über die Wangen, und sie bleiben nicht unbemerkt. Meine Frau nimmt meine Hand, sie spürt, das dies ein ganz besonderer KISS-Moment für mich ist.

Abends, beim KISS-Karaoke in der Disco, werden noch ganz andere Lieder gesungen, von den Fans wohlgemerkt. „Great Expectations“, die größte aller Simmons-Hymnen, zum Beispiel. Von einem schwergewichtigen amerikanischen Fan mit einer fantastischen Stimme. In diesen Tagen ist einfach so vieles normal, das eigentlich total crazy ist. Man darf nicht vergessen, dass einige Mitglieder dieser KISS-Navy inzwischen Großväter und Großmütter sind. Jetzt dürfen sie sich noch einmal wie Teenager fühlen, und man sieht jedem an, wie sehr er das genießt.

Und so gibt es für alle Altersklassen einen Arschbomben-Wettbewerb am Pool. Wir veranstalten eine Pyjamaparty, und lustigerweise lassen KISS vorher niedliche KISS-Pyjamas verteilen. Wir feiern eine Halloween-Party, bei der eine Schwedin pikanterweise mit Bodypainting den dritten Platz belegt, was bei einigen Amerikanerinnen vorsichtiges Rumoren auslöst, denn die blonde Skandinavierin ist ja eigentlich nackt und Nacktheit in der Öffentlichkeit ist in den USA eine heikle Sache, auch hier auf der Kruise der Verrückten.

Wir erleben eine Tattoo-Convention, ein KISS-Quiz, bei dem ich nicht glauben kann, was die Leute alles über KISS wissen, ein Minigolfturnier mit Gitarrist Tommy Thayer, einen Casino-Besuch mit Drummer Eric Singer, ein Q & A mit Manager Doc McGhee, der aberwitzige Anekdoten erzählt, vor allem von Ace Frehley. Und den Look-alike-Contest gewinnt ein „Gene Simmons“, den ich erst nach Ende der Reise am Taxistand in Miami zum ersten Mal ungeschminkt sehe. Er zieht einen sargähnlichen Koffer hinter sich her, in dem das gewaltige Kostüm eingepackt ist, das er all die Tage trug.

Und dann sind da natürlich die Konzerte, Abend für Abend, mit unterschiedlichen Sets, immer mit Konfettiregen und einer unbeschreiblichen Stimmung. Mit Songs, die KISS fast zwanzig Jahre nicht live gespielt haben. Es ist die Kruise der Träume. Eine Zeitreise, die jeder anders erleben wird und von der jeder andere Gefühle und Geschichten mit nach Hause bringt. Eric singt jeden Abend „Hard Luck Woman“, und jeden Abend hält meine Frau dabei meine Hand. Sie spricht seit dieser Reise übrigens nur noch von „unserer Lieblingsband“. In diesen Tagen schließt sich für mich ein Kreis. Seit 1976 folge ich KISS, und ich habe das Gefühl, ich müsste als Fan nach dieser Reise 2011 zurücktreten. Wie ein Spieler, der mit seiner Mannschaft alles gewonnen hat. Ich habe ja keine Ahnung, was noch alles kommen wird…

KISS in den 2010er-Jahren: Der Abschied, der kein Ende nimmt

„Das wird mein letztes Konzert!“ Ach Gott, meine Frau muss lachen, als ich das sage. Dabei meine ich das todernst. 40 Jahre lang habe ich KISS live spielen sehen. Jetzt breche ich auf nach Iffezheim, eine historische Galopprennbahn in der Nähe von Baden-Baden, auf der ich noch nie ein Konzert gesehen habe. Es wird mein Abschied, denn KISS sind auf ihrer finalen Reise, sie nennen sie „End of the Road“, und Iffezheim wird die letzte Show in Deutschland sein.

Im Januar 2019 hat diese zweite Abschiedstour begonnen. Zweite, weil KISS im März 2000 schon einmal für 13 Monate auf eine Farewell-Tour gingen, doch die entpuppte sich lediglich als Abschied von den beiden Original-Mitgliedern Ace Frehley und Peter Criss. Diesmal aber, so scheint es, meinen es Paul Stanley und Gene Simmons ernst. Ich sehe sie gleich im März 2019 in Toronto (wo sonst?) und bin überrascht, mit wieviel Power sie goodbye sagen. Vieles ist 2019 noch so wunderbar anders: Niemand fragt nach Hygienevorschriften, niemand weiß etwas von

Corona, niemand ahnt etwas vom Krieg in Europa. KISS spielen in Moskau und am nächsten Tag in Kiew. Die einzigen Bomben, die dort gezündet werden, sind die auf der Bühne bei KISS. Ich bin nach Toronto noch in Leipzig, Essen, Berlin, Hannover, Prag, London und eben Iffezheim.

Es ist ein großartiger Tag, bestimmt 35 Grad warm. Früh schon treffe ich mich mit ein paar Freunden, die in der Nähe leben und mich zum Konzert begleiten. Als wir auf die Anlage kommen, bin ich beeindruckt. Die alte Tribüne sieht so britisch aus, ein tolles Ambiente für mein letztes Konzert. Doch der God of Thunder macht mir einen Strich durch die Rechnung.

KISS spielen gegen die untergehende Sonne. Ich stehe ziemlich weit vorne, drehe mich immer wieder mal um, weil der Blick in Richtung Tribüne einfach atemberaubend schön ist. Zu meiner Rechten, ich kann nicht einschätzen, wie weit entfernt, braut sich etwas am Himmel zusammen. Eine Gewitterfront, deutlich schwarzer als die einsetzende Dunkelheit, zieht in unsere Richtung. Nach „Calling Dr. Love" ruft Paul Stanley auf einmal ins Mikrofon: „Leute, wir müssen an dieser Stelle schnell unterbrechen. Ein heftiger Thunderstorm zieht über uns hinweg!" Mit Golfkarts werden Simmons, Thayer, Singer und Stanley zur Tribüne gefahren. Über Lautsprecher warnen die Veranstalter alle, die auf dem Rasen stehen, sich in Sicherheit zu bringen. „Gehen Sie bitte ins Innere der Tribüne, sofort!"

In Toronto treffe ich Paul Stanley beim Tee zum persönlichen Gespräch

Die meisten tun das, mein Kumpel Andree und ich aber ziehen lediglich rüber zum nächsten Bierstand, denn dort geht die Party weiter. Wir bestellen zwei Pils und singen mit vielen anderen: „I wanna Rock'n'Roll all nite and party everyday." Es regnet heftig, aber irgendwie ist das auf eine rockige Art romantisch. Und vor allem lustig. Jedenfalls bis zu dem Moment, als eine kräftige Böe den Bierstand erfasst und ihn einfach wegbläst. Wir stehen mit unseren Bieren in der Hand da, gucken uns ungläubig an – und rennen. Rennen. Rennen. Rennen.

Klitschnass, aber heil und happy, kommen wir im Bauch der Haupttribüne an. Dort heißt es, der Sturm würde vorbeiziehen, das Konzert könne sicher bald fortgesetzt werden. Also besorgen wir uns ein paar neue Biere und warten hoffnungsfroh darauf, dass sich der God of Thunder austobt und den Weg für KISS wieder frei macht. Doch es kommt anders. Die Bühne sieht nach einer Weile leider sehr mitgenommen aus. Noch bevor die offizielle Durchsage kommt, ist allen klar: Dort kann nicht mehr gespielt werden.

» ***Junge, mach dir doch bitte keine Sorgen. Ich verspreche Dir, dass es das nicht war. Du wirst sie wiedersehen***

Das soll es jetzt gewesen sein? Das war mein letztes Konzert? In mir wächst die Traurigkeit. Ich checke noch am selben Abend, wo KISS in Europa noch auftreten. Fünf Konzerte stehen aus, alle in Großbritannien. Doch mein Dienstplan im Job lässt diesmal keine Reise dorthin mehr zu. Ich bin traurig und rufe meinen Onkel in Kanada an. Er lacht und sagt: „Junge, mach dir doch bitte keine Sorgen. Ich verspreche Dir, dass es das nicht war. Du wirst sie wiedersehen." Und der alte Fuchs hat wieder einmal Recht: KISS verlängern ihre Abschiedstour um ein Jahr und planen für 2020 einen weiteren Besuch in Europa. Doch dann bricht Corona aus.

Im März 2020 werden alle Europatermine abgesagt. Vermutlich wird es die längste Zeit, die Paul und Gene jemals zu Hause verbracht haben. Erst im August 2021 geht die Reise in Mansfield, Massachusetts, für sie weiter. Es dauert noch bis Juni 2022, bis KISS tatsächlich

Mein Abschied in Europa

In Berlin trifft sich die KISS-Familie am Kudamm

nach Europa kommen, um die ausgefallenen Shows nachzuholen. Gleich das erste Konzert ist in Dortmund, und natürlich habe ich ein Ticket dafür. Drei Tage vor der Show aber werde ich positiv auf Covid getestet. Ich liege vier Tage mit heftigen Kopfschmerzen flach. KISS spielen also in Deutschland – ohne mich, ich kann es nicht fassen. Doch ich hole das Konzert nach: In Hamburg, Helsinki, Frankfurt, Wien, Stuttgart, Prag, Budapest und in Amsterdam.

Und dann sitze ich in Amsterdam in meinem Hotelzimmer und werde sentimental. Jetzt ist also tatsächlich der Abschied gekommen. Das Konzert wird das letzte in Europa sein, von Holland aus fliegen KISS nach Australien. Ich schreibe am 21. Juli 2022 einen kurzen Abschiedsbrief auf Facebook, am Ende heißt es darin: „Es ist das Ende eines großen Traums, der uns alle reicher gemacht hat, nicht nur die Band. Ohne KISS wäre mein Leben lange nicht so bunt und fröhlich gewesen. Danke, KISS." Bei Rock and Roll All Nite stehe ich im Innenraum des Ziggy Domes mit einem Bier im Konfettiregen und weine.

Ich ahnte doch nicht, dass KISS ihre mehrfach verlängerte Abschiedstour noch ein weiteres Mal verlängern würden. Doch sie tun es. Die Party geht 2023 in eine weitere Runde: Prag, Amsterdam, Brüssel,

Finale in New York: Am 2. Dezember 2023 vor dem Madison Square Garden

Dresden, Berlin, Mannheim, Köln, London und Glasgow, ich hänge an meine 78 bisherigen Konzerte neun weitere dran. Und der Sommer 2023 wird noch schöner als der ein Jahr zuvor. Weil die KISS-Familie noch enger zusammengewachsen ist und ich noch mehr großartige Fans kennenlerne, die alle ein eigenes Kapitel in diesem Buch verdient hätten.

Wie Ruud van Empel, der lustige Holländer, der einfach überall dabei ist und immer gute Laune mitbringt. Wie Alexander Johansson, ein Schwede, der in Chicago im November sein 200. Konzert gesehen hat und bei einer Show sogar schon neben dem Mann am Mischpult sitzen durfte. Wie Frank Sonnewald aus Hamburg, den Gene liebevoll Frank the German nennt. Wie Robert Segina, Britta, Frank Twiehaus und Corinna, diese vier Partymonster, mit denen es einfach Spaß macht zu feiern. Und wie Andreas Wegner, der in Berlin vor dem Konzert ein großartiges Fantreffen im Hard Rock Cafe organisiert mit Schminken und Limo-Service.

New York außer Rand und Band. Zeitungsverkäufer in Manhattan

In Glasgow stand ich nach dem Konzert noch lange vor der Bühne, sammelte ein paar weiße und rote Konfettifetzen ein und steckte sie als Souvenir in eine kleine Tüte. Schottland war das Ende meiner europäischen Konzertreise. Ein Moment voller schöner Erinnerungen, von denen ich einige hier beschrieben habe. Natürlich erinnere ich mich auch an ein Konzert in Leipzig im Jahr 2010. Ich hatte gerade vorübergehend meinen Führerschein verloren, also überredete ich meine beiden Freunde Matze und Thorsten, mich nach Leipzig zu begleiten und sagte: "Wir nehmen mein Auto, aber Ihr müsst fahren." Es war ein tolles Konzert, und auf dem Rückweg nach Berlin fragte ich die beiden begeistert: „Kommt Ihr morgen Abend auch mit, wenn KISS in Berlin spielen?" Ich glaube, für einen Moment waren sie sauer auf mich, aber dann mussten sie lachten. Hatte ich sie wirklich nach Leipzig gelockt, ohne ihnen zu sagen, dass KISS am nächsten Tag in Berlin spielen würde? Ja, hatte ich. Und am 8. Tag schuf Gott die Notlüge.

An jenem Abend in Glasgow muss ich daran denken, wie schrecklich es wohl gewesen sein muss, bei Konzerten vor mir zu stehen, weil ich jedes Lied unheimlich laut mitgesungen habe. Ich denke daran, wie ich mich bei einem Konzert in Berlin mit meinen Freunden Ronnie und Zeuge in die erste Reihe gedrängelt habe. Unsere Jacken waren danach völlig zerrissen, aber das war uns egal. Ich erinnere mich, wie ich meine Lehrerin für KISS begeisterte, indem ich ihr auf einer Klassenfahrt „I Can't Stop the Rain" von Peter Criss' Soloalbum vorspielte. Sie fragte erstaunt: „Gibt es noch mehr so schöne Lieder von KISS?", und ich legte „Beth" nach. Ihr habe ich es zu verdanken, dass ich nicht mehr ausgelacht wurde, wenn ich mit einem kleinen Zettel in meinen Plattenladen ging, denn Gabriele Zigan war meine Englischlehrerin, und sie machte ihre Sache wirklich gut. So wurde aus Schaudidautlaut schließlich Shout it Out Loud.

Dezember 2023, New York/USA
Abschied in den Electric Lady Studios

Eine kleine Gruppe Fans steht in einer Seitenstraße in Greenwich Village und wartet auf einen großen Moment. Es ist der 4. Dezember 2023, zwei Tage nach dem letzten Live-Konzert von KISS im Madison Square Garden. Eine unbeschreibliche Woche gespickt mit Pre- und After-Show-

Gesangsaufnahmen in den Electric Lady Studios mit Zeremonienmeister Gene Simmons

Partys und zwei heißen Shows liegt hinter mir. Fans aus aller Welt sind zusammengekommen und machten New York zur Christmas Rock City. Und jetzt stehe ich 52 West in der 8. Straße und werde gleich Gene Simmons in den berühmten Electric Lady Studios treffen und gemeinsam mit ihm einen Song aufnehmen. Wir singen! So lautet der Plan. Christina Vitagliano, Genes Assistentin, holt uns hinein.

Was sind die passenden Worte zum Abschied?

Ein großes Schwarz-Weiß-Porträt von Jimi Hendrix, der die Studios 1970 gegründet hat, hängt über der Treppe. Hendrix empfängt einen darauf mit einem beinahe demütig gesenkten Blick. Dabei führt der Weg Stufe für Stude hinab in eine Schatzkammer des Rock and Roll. Hier blieb über Jahrzehnte die Zeit stehen, so scheint es. „Bloß nichts anfassen", mahnt Christina. Das Studio riecht nach Museum, nicht mehr nach Marihuana. Wir atmen Musik-Geschichte, auch wenn das Studio mittlerweile voll digitalisiert ist. In jedem Atemzug stecken große Hits und wundervolle Erinnerungen. Überall stehen Instrumente, Zeugen einer nie mehr zurückkehrenden Zeit der Träume. Hier das Fender Rhodes, auf dem Stevie Wonder einst spielte, dort der Marshall-Verstärker, den Angus Young an seine Schmerzgrenze führte. Patti Smith, Blondie, Clash, die Stones, Bowie, Zappa, AC/DC, sie alle haben ihre Spuren hinterlassen und hier Alben für die Ewigkeit aufgenommen. Auch KISS, „Dressed to Kill" und „Dynasty" sind in den Electric Lady Studios entstanden.

Gene setzt sich auf einen Barhocker in die Mitte des großen Studioraumes. Er begrüßt uns und erzählt zunächst ein paar Geschichten. Das kann er gut, weil er genau weiß, was wir hören möchten. Also erzählt er, wie er und Paul hier für andere Bands Backing Vocals gesungen haben.

Ein überdimensionales Bild von Jimi Hendrix begrüßte uns im Treppenhaus des Studios

100, manchmal auch 200 Dollar gab es dafür. Sie steckten das Geld sofort in ihre eigenen Produktionen. Er erzählt, dass Lenny Kravitz mit 13 von der Schule geflogen ist, „nur, weil er sich wie ich verkleidet hatte. Stellt Euch das mal vor!" Er führt uns ein in die Geheimnisse des Studios, erklärt uns das riesige Mischpult von Mitec, das in den 80er-Jahren das Nonplusultra war. Und wie das Leben in den Electric Ladies früher so aussah. Aufnahmen sind nicht gleich Aufnahmen, Bands nicht gleich Bands. Led Zeppelin hätten in nur 18 Stunden ein ganzes Album aufgenommen, erzählt Gene. Fleetwood Mac hätten dagegen für „Tusk" anderthalb Jahre benötigt. „Und KISS?", wollen wir wissen. „Am längsten haben wir für Destroyer gebraucht", sagt Gene. „Wegen Ace Fehley." Häufig glänzte der Gitarrist im Studio durch Abwesenheit. Paul oder Gene hätten ständig bei ihm angerufen, erzählt Simmons. „Meist sagte er, er könne nicht kommen, weil er gerade Karten spielt." Das sei eine Art Code von Ihm gewesen. In Wirklichkeit wollte er sagen: Ich bin zu betrunken. Dann hätten KISS einmal mehr Dick Wagner für Ace spielen lassen, einen ausgezeichneten Studiomusiker, der genauso häufig aus ähnlichen Gründen für Joe Perry bei Aerosmith aushelfen musste. Wagner schrieb auch viele eigene Songs, die meisten für und mit Alice Cooper.

Gene klatschte den Beat für uns

Dann verriet uns Gene endlich, welchen Song wir mit ihm neu aufnehmen würden. Es war der, mit dem wir zwei Tage zuvor den Madison Square Garden verließen: Rock and Roll All Nite. Er legte von sich eine Grundspur an, sang den Song also einmal komplett durch. Zwölf Mutige durften danach jeweils eine Zeile allein in den Strophen singen, der Rest stimmte beim Refrain mit ein. Und Gene dachte sich noch ein paar lustige Gesangseinlagen aus, die unsere Version deutlich vom Original unterscheidet. Was für ein Spaß! Seine Kinder Nick und Sophie hatten am Tag zuvor geholfen, die Musik neu einzuspielen. Sie kamen am Abend deshalb auch ins Studio, um zu sehen, was wir daraus gemacht haben. Ein unbeschreiblicher Tag, einen schöneren Abschied hätte ich mir nicht wünschen können. Wir fragten ihn: „Ist der Abschied für Dich genau so emotional wie für uns, Gene?" Und er verriet: „Bei Rock and Roll All Nite habe ich im Garden geweint. Ich habe mich zur Band gedreht, damit das keiner mitbekommt." Die meisten von uns weinten an diesem Tag. Als wir uns von ihm persönlich verabschieden konnten und er uns in den Arm nahm. Goodbye Daddy KISS!

Stefan Frommann, geb. 1965, Berlin, Deutschland

Erster Song: Shout it Out Loud | **Lieblingssong:** Detroit Rock City
Konzerte: 89 | **Favorit:** Gene Simmons | **Kiss Kruises:** 1 (I)

Das gefällt ihm: Gene lässt sich von Siri Herr und Erlöser nennen

„Ich habe so viele verrückte Sachen erlebt, das kannst du dir nicht vorstellen“

Ich warne ihn vor, meine Zunge ist nämlich auch ziemlich lang, ich komme damit bis an meine Nasenspitze. Gene Simmons lächelt milde. „Ich wische mir mit meiner Zunge gleich die Tränen aus den Augen, wenn Du mich weiter so zum Lachen bringst“, sagt er. „Ich könnte meine Zunge noch weiter herausstrecken, mein Freund, aber dafür ist mir der Boden hier zu dreckig.“ In den nächsten 70 Minuten reden wir darüber, wie es ist, ein KISS-Fan zu sein

? *Gene, als ich elf war, hörte ich KISS im Radio. Ein toller Song. Leider hatte ich bis dahin noch kein Englisch in der Schule und konnte den Titel nicht notieren.*

Gene Simmons: Oh, Du bist ein Ostdeutscher?

? *Nein, ich hatte als erste Fremdsprache Latein.*

Wieso tust Du so was? Mit Latein macht man doch kein Geld.

? *Das sagst Du als ehemaliger Lehrer? Ich habe mir den Titel phonetisch aufgeschrieben. Kennst Du das?*

Na klar. Soll ich es mal probieren?

? *Ja, schreib bitte mal auf: ‚Schrei es laut heraus‘.*

(Simmons schreibt Shrai es laut arous): Jetzt Du.

? *(Ich schreibe Schaudidautlaut). Wie ist das?*

Das ist great! Das Sch ist so deutsch.

? *Als ich meinen Zettel dem Mann im Plattenladen gab, hat er herzhaft gelacht, aber ich bekam meine Single – Shout it Out Loud.*

Gene schreibt auf Deutsch „Schrei es laut heraus“

Hast Du KISS damals wirklich besser gefunden als Boney M., Dschinghis Khan und Peter Maffay?

? Willst du mich verschaukeln? Ich bin noch am selben Tag wieder zum Laden und habe das ganze Album gekauft, meine erste LP.

Ah, ‚Destroyer‘, ein fantastisches Album. Es klang gut und sah gut aus. Das Cover war meine Idee. Ich wollte, dass wir aussehen wie Superhelden, denn die sterben nie.

? 1976 waren KISS auf Deutschland-Tour und wollten auch nach Berlin kommen. Die DDR-Grenzsoldaten ließen die Trucks aber nicht durch wegen der SS-Runen im Kiss-Logo.

Oh, daran erinnere ich mich noch gut. Wir haben West-Berlin deshalb gecancelt. Ich kann absolut verstehen, dass Deutschland, Ost wie West, sensibel war bei diesem Thema. Hier wollte niemand eine junge Generation mit einem kranken Geist verseuchen. Paul Stanley und ich sind doch Juden. Meine Mutter war im KZ, als sie 14 Jahre alt war. Fast meine ganze Familie wurde ausgelöscht. Wir sind ganz sicher keine Nazis.

? Für Deutschland habt Ihr Euch dennoch 1982 ein anderes S zugelegt, das eher wie ein Z aussieht. Für mich bedeutete das: Ich habe alle Platten und später CD’s doppelt gekauft. Einmal in deutscher und einmal in Originalschreibweise. Was hast Du eigentlich mit dem vielen Geld gemacht, das ich in KISS gesteckt habe?

(lacht): Glaub mir: Das Meiste habe ich gespart. Ich kaufe mir nicht wirklich viel. Ich besitze nur ein Auto. Zugegeben, ein sehr schönes Auto. Ich habe nur ein Haus, okay, ein sehr großes Haus. Ich besitze ein paar Grundstücke an unterschiedlichen Orten, das war es. Ich habe nur ein einziges Hobby und das ist nicht sehr teuer.

? *Welches Hobby ist das?*

Mich. Ich bin mein größtes Hobby. Weil ich so sehr an mir selbst interessiert bin, nannte ich mein letztes Buch ‚Me incorporated', das heißt so viel wie ‚Ich-AG'. Weißt Du, der Unterschied zwischen Träumern und erfolgreichen Menschen wie mir ist: Die Erfolgreichen tun etwas dafür, dass ihre Träume auch wirklich wahr werden.

? *Nicht alle haben die gleiche Chance dafür.*

Da hast Du Recht. Wer in Nordkorea, Iran oder in Teilen Afrikas lebt, wird von seiner Regierung daran gehindert, seine Träume zu verwirklichen. Notfalls würden sie dich deswegen sogar töten. Wer aber in einer westlichen Demokratie lebt, für den ist alles möglich, besonders in Amerika. Mich fasziniert dieses Amerika unheimlich.

? *Dabei bist Du gar kein Amerikaner.*

Nein, ich bin in Israel geboren. Amerika ist ein sehr, sehr junges Land, ein Mix aus allem in der Welt. Deutschland ist das fortschrittlichste Land Europas und wird das auch in den nächsten 100 Jahren sein. Trotzdem wird ein Deutscher im Vergleich nie so viel verdienen wie ein Amerikaner. Weil es dort keine Limits gibt. Müsste ich allerdings in Europa leben, würde ich in Deutschland bleiben.

? *Das überrascht mich. Wieso?*

Ihr habt eine so offene, junge Generation, die nicht an ihrer Vergangenheit klebt wie die in anderen Ländern. Die offen ist für Neues, das gefällt mir. Aber erzähl mal: Wenn das 1976 nicht geklappt hat, wann hast Du uns endlich live gesehen?

? *Das war 1979 in Toronto. Ihr habt gerade ‚I Was Made for Lovin' You' herausgebracht, Euren größten Hit. Wie sehr hat er KISS geprägt?*

Ein Gespräch mit Gene ist sehr unterhaltsam, er ist ein kluger, witziger Mann

Oh, frag mich nicht. Ich mag diesen Song noch immer nicht. Ich hasse es, singen zu müssen dü-dü-dü-düdüdüdü. In Amerika spielen wir den Song live eher selten. Aber in Europa liebt Ihr ihn. Hier kommen Ledertypen direkt von Metallica zu uns und singen bei uns dü-dü-dü. Es ist ein großer Song, den viele Leute mögen. Meinen Geschmack trifft er aber eher nicht.

? *Jahrelang blieben die wahren KISS-Gesichter geheim. Privat habt Ihr sie hinter Bandanas versteckt.*

Das war nicht ganz einfach. Aber wir hatten auch Spaß an diesem verrückten Versteckspiel.

? *Als Ihr 1983 Eure Masken abgenommen haben, bedeutete das für mich und viele andere junge KISS-Fans das Ende unserer Jugend.*

Nichts endet, mein Freund. Das ist alles Teil der Evolution. Ich mochte es nicht, das Make-up fallen zu lassen. Aber auch ich hatte keine Lust mehr, auf Schminke, Bomben und Highheels reduziert zu werden. Wir wollten endlich eine richtige Band sein, die gute Musik macht.

? *Trotzdem habt Ihr die Masken 1996 wieder angelegt. Wäre KISS ohne das Make-up heute annähernd so groß?*

Nein. Wir wären zwar bestimmt auch erfolgreich, aber ohne das Make-up wäre das hier nicht möglich. (Er deutet auf seine Handyhülle, die das Cover des Albums ‚Rock'n'Roll over' zeigt). Du siehst keine Gitarre, keine Drums, nur Gesichter. Das könnte keine andere Band tun. Wir haben einen KISS-Golfkurs in Las Vegas, einen KISS-Vergnügungspark in Graceland, eine KISS-Restaurantkette. Eine Marketingfirma hat ermittelt, dass die KISS-Masken die meisterkannten Gesichter auf der ganzen Erde sind. Als Europäer weißt Du natürlich, dass die Schweden einen König und eine Königin haben. Aber die wenigsten wissen, wie die beiden aussehen. Aber jeder Schwede weiß, wie KISS aussehen.

? *Es ist witzig, dass Du genau dieses Albumcover als Handyschutz hast. Ich habe mir das einmal in vier mal vier Metern an die Decke meines Kinderzimmers gemalt. Mein Vater flippte total aus, als er von der Arbeit nach Hause kam.*

That's Rock and Roll!

Oh, mein Gott, das kann ich gut verstehen. Grüß Deinen Vater bitte von mir und bestell ihm: Daddy, Dein Sohn hat sich gut entwickelt – trotz KISS (lacht). Eltern sind immer besorgt um ihre Kids. Ich habe zwei wundervolle Kinder. (Er zeigt mir Bilder von ihnen im Handy). Nick ist ein Riese, 2,05 Meter groß. Er schauspielert ein bisschen und schreibt eigene Songs. Und Sophie modelt und singt. Sie hatte bereits einen großen Hit: ‚Kiss me.'

? *Wie passend.*

Zehn Millionen Downloads. (Er spielt mir den Song vor. Er schunkelt dazu und sieht verdammt stolz aus). Ich möchte, dass Du auch meinen Sohn hörst. (Er schiebt mein Aufnahmegerät zur Seite, weil der Song nicht veröffentlicht ist). Ist das nicht ein großartiger Song?

? *Er ist wirklich gut. Hast du geholfen?*

Nein, die beiden haben alles selbst gemacht. Auf meine Meinung legen sie eh keinen großen Wert, das ist okay für mich. Wir schenken unseren Kindern ein Leben und sollten es dann machen wie die Vögel: Sie aus dem Nest stoßen, damit sie allein fliegen. Das habe ich getan. Ich liebe die beiden und bin verdammt stolz auf sie.

? *Ich habe 2011 an der ersten KISS-Kruise teilgenommen: Vier Tage auf einem Schiff mit 2500 Fans und der Band. Ihr habt drei Abende für uns gespielt. Es war wie ein großer Familienausflug.*

Genau so haben wir das auch empfunden. Leute aus 34 Nationen hatten zusammen Spaß. Keine Politik, keine Sorgen. Das war eine fantastische Sache, oder? Ich möchte Dir ein paar Dinge zeigen, die KISS so einzigartig machen. (Er zeigt mir Bilder von Fans, die sich KISS auf ihre Körper tätowieren ließen). Ist das nicht umwerfend? Wir sind deren Leben.

? Geht das nicht zu weit?

Von wegen. Vor vielen Jahren habe ich einmal ein Mädchen getroffen, die sich mein Gesicht in ihren Schritt tätowieren ließ. Mein geöffneter Mund war genau dort. (Er zeigt auf seine Hose und lacht). Jeder, der mit ihr Sex haben wollte, musste zuerst durch mich hindurch, das hat mir gefallen. Außerdem: Kennst Du den Spruch: Go fuck yourself? Ich habe es tatsächlich getan.

? Du hattest also Sex mit ihr?

Und das war strange, sage ich Dir. Aber wenn Du erst mal in einer Achterbahn sitzt, wird Dir alles um Dich herum egal. Verstehst Du, was ich meine? Aber das ist lange her. Ich habe so viele verrückte Dinge erlebt, das kannst Du Dir nicht vorstellen.

Belliebtes Live-Spielchen: Gene greift Tommy mit seiner Zunge an

? Erzähl Sie mir das Verrückteste!

Ich war einmal eingeladen, für die Football-Liga NFL in London die amerikanische Hymne zu singen. Am Tag zuvor hatten wir eine TV-Show, um das Event zu promoten. Der Regisseur bat mich, meinen Kaugummi rauszunehmen. Also habe ich ihn in sein Papier eingewickelt, jemandem in die Hand gedrückt und scherzhaft gesagt. Setz ihn für einen guten Zweck auf ebay. Der Kerl hat das tatsächlich getan. Und jetzt kommst Du: Wie viel hat das Kaugummi wohl gebracht?
Ich starte mit 150 Dollar. Simmons drängt mich zu erhöhen.

? 9000? 27.000? 50.000?

Simmons (sucht bei Facebook die Seite und hält mir sein Handy vors Gesicht): Da, guck – 247.000 Dollar!

? Oh Gott! Was fühlt man da?

Das kannst du nicht seriös empfinden. Ich bin heilfroh, dass es für einen guten Zweck geschah, so brachte es viel Geld für eine Kindernothilfe. Aber es zeigt, wie schnell man Geld machen kann.

Deshalb schreibe ich Bücher darüber. I like money.

? *Und Du weißt, wie man mehr aus Geld macht.*

Oh ja. Ich starte gerade ein Family-Office, eine private Vermögensberatung. Wer 100 Millionen bis eine Milliarde hat, kann dabei sein. Ich habe schon ein eigenes Logo, das gehört mir für 28 Jahre. (Er malt einen Geldsack mit einem Dollarzeichen in der Mitte). Ich benutze es für Bücher, Klamotten, Magazine, und es wird das Cover meines neuesten Buches. Darin erkläre ich, wie jeder reich werden kann, wenn er nur will.

? *Wie lange gehen Sie noch mit KISS auf Tour?*

KISS ist die am härtesten arbeitende Band im Showbusiness. Vergleich mich doch bitte mal mit Bono oder Mick Jagger. Sie sind beide sehr, sehr gut, aber steck sie mal in meine Drachenschuhe, von denen jeder zehn Pfund wiegt. Mein Panzer wiegt 12 Pfund. Die Arme und all das andere Zeug noch mal acht Pfund. Jetzt schick sie durchs Feuer und lass sie durch die Luft fliegen. Ich sage, das schaffen sie keine Stunde. Niemand arbeitet so hart wie wir. Ich bin jetzt 67, habe noch immer eigenes Haar, mein Schnickel funktioniert (er zeigt auf seine Hose) – alles ist prima. Klar ist aber auch: Wir können das alles nicht so lange machen wie die Stones oder McCartney. Dafür bräuchte ich Turnschuhe und ein leichtes T-Shirt für die Bühne. Aber mit unseren Klamotten und dem Make-up – das alles fertig zu kriegen, dauert Stunden. Noch bleibt uns ein bisschen Zeit, aber wir können das nicht für immer machen. Ich denke, mit 70 ist Schluss.

? *Gehen Bands wie die Stones oder Aerosmith auf Tour, setzt man die Show und die Musik ins Verhältnis zu ihrem Alter. Durch die Masken wird KISS immer mit den KISS der 70er-Jahre verglichen.*

Ich weiß, wir sind komplett zeitlos. Die Fans erwarten, dass sie bei uns alles vergessen dürfen, den Verkehr, die Politik, all ihre Probleme und Sorgen. Sie suchen eine magische Zeit, und genau die bekommen sie von uns. Wir blasen ihren Alltagsmist einfach eine Zeit lang weg.

**

Das Interview erschien in der „Welt am Sonntag“ im Juni 2017. Die “End of the Road”-Tour startete am 31. Januar 2019

Beaus Zimmer ist tapeziert mit KISS-Postern

» Kapitel 2 «

MEIN ERLEBNIS IN MAGIC MOUNTAIN

Beau Henderson, Rancho Cucamong, USA

Beau Henderson aus Rancho Cucamonga/Kalifornien ist ein KISS-Fan der ersten Stunde. Er ist Teil der Magie dieses neuen Musikphänomens aus New York City. Wenn er Geschichten aus den 70er-Jahren erzählt, hängen die Jüngeren an seinen Lippen. Besonders bei der Geschichte vom Magic Mountain. Der junge Beau erlebte dort ein ganz besonderes Konzert und wurde Teil des legendären Films „KISS meets the Phantom of the Park".

Freitag, 19. Mai 1978, ein ganz nomaler Tag für die meisten Menschen, ein ganz besonderer für die treuen Mitglieder der KISS-Army. Unter rund 7000 von ihnen würde es ein paar Glückliche geben, die Freikarten gewinnen für ihre Lieblings-Superhelden-Rockstars, für ein komplettes KISS-Konzert und einen Blick hinter die Kulissen bei den Dreharbeiten zu ihrem inzwischen zum Kult-Klassiker gewordenen KISS-Film. „Ich erinnere mich, dass ich ein paar Tage stundenlang den lokalen Radiosender TEN-Q angerufen habe, immer und immer wieder, um durchzukommen, und das war noch zu Zeiten der Wählscheibe, wohlgemerkt", lacht Beau Henderson. „Schließlich, nach ich weiß nicht wie vielen Anrufen, kam ich durch und hörte: Glückwunsch, Sie haben Karten für KISS gewonnen! Mein Finger war taub, aber ich war sooooo begeistert!"

Laut des Briefes, der den Tickets beilag, sollten die Dreharbeiten etwa 50 Meilen nordwestlich der Innenstadt von Los Angeles, in einem Vergnügungspark in den Hügeln von Valencia, Kalifornien, stattfinden, der Magic Mountain hieß. Ein paar Jahre später wurde er zu Six Flags Magic Mountain. Abgesehen davon und einem kurzen Satz über die Dreharbeiten war nicht viel über das, was man an diesem Abend dort erleben würde, bekannt, was die Kids erst richtig aufgeregt werden ließ.

» ***Ich hatte meine kleine Kodak Instamatic mit ein paar Bildern auf der Rolle dabei***

Beau brachte seinen besten Freund Eddie und einen anderen Kumpel mit, der ebenfalls ein Ticket gewonnen hatte. Keiner von beiden hatte KISS zuvor in einem Konzert gesehen, anders als Beau. Er hat sie entsprechend vorbereitet, indem er ihnen einen detaillierten Bericht über sein erstes KISS-Konzert gab, nur ein paar Monate zuvor im August 1977 für die ALIVE II-Aufnahme im Fabulous Forum in Inglewood/Kalifornien. Einer der Jungs, die ihn begleiteten, hatte seine 35-mm-Kamera mit Zoomobjektiv für die Konzertaufnahmen eingepackt, während Beau seine kleine Kodak Instamatic mit ein paar Bildern auf der Rolle dabei hatte, damit er auch ein paar Fotos machen konnte. „Es gibt einen großen Unterschied in der Qualität. Na ja, zumindest habe ich dokumentiert, was ich konnte", sagt Beau.

Es sind fast zwei Stunden bis Valencia, und Beau sagt, er kann sich an die Autofahrt nicht mehr erinnern. „Ich war im November des Vorjahres gerade 16 Jahre alt geworden, und es überrascht mich immer noch, dass meine Eltern mich die 150 Meilen hin und zurück fahren ließen. Ich bin mir fast sicher, dass ich vorher um Erlaubnis gefragt hatte…" Wahrscheinlich haben die Jungs unterwegs viel KISS gehört und darüber geredet, wie unglaublich diese Nacht sein würde, vermutet Beau. Seltsam – er hat noch nie in seinem Leben getrunken oder geraucht und kann sich überhaupt nicht erklären, warum er keine lebhafteren Erinnerungen an ein so großartiges Erlebnis hat. Aber wie bei den meisten Dingen im Leben, sagt er, weiß man erst Jahre später, welche Auswirkungen oder Bedeutung sie hatten, und irgendwann sind die meisten Details dann über

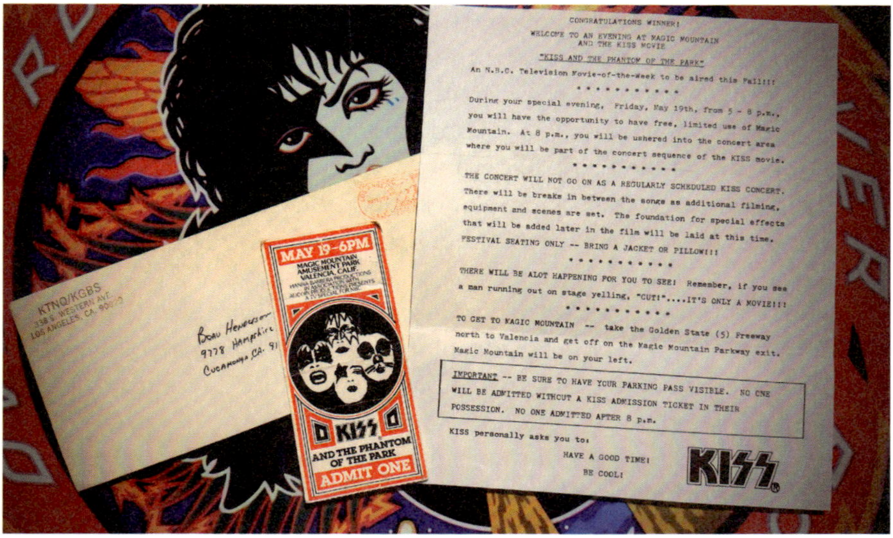

Der Brief, mit dem das Ticket kam. Have a good time! Be cool!

die Jahre verblasst. „Ich erinnere mich an die pralle Sonne am späten Nachmittag, als wir auf den Parkplatz von Magic Mountain fuhren und dann, mit dem Ticket in der Hand, über den heißen Parkplatz liefen, um hineinzukommen", erzählt Beau. „Obwohl der Park für uns geöffnet war und wir bis zur Show kostenlos mit allen Fahrgeschäften fahren konnten, waren wir mehr daran interessiert, den bestmöglichen Platz für die Show zu ergattern, also machten wir uns auf den Weg zu dem Bereich, der offensichtlich der Konzertbereich war."

Viele Leute haben die gleiche Idee, um einen guten Aussichtspunkt zu bekommen, und obwohl Beau und seine Freunde sich bis ganz nach vorne hätten drängeln können, entscheiden sie sich für einen Platz in der Mitte der Menge. Beau erkennt die Stelle noch heute sofort, wenn er sich Fotos von der Menschenmenge im Film ansieht. „Wir standen direkt vor dem großen KISS-Banner, das einige Leute hochhielten, und etwas rechts davon. Obwohl man unsere Gesichter nicht erkennen kann, weiß ich, dass wir genau dort waren, und es kitzelt mich, das zu sehen und zu denken: Ich war dort!"

Eine Gruppe von Leuten versammelt sich ganz rechts von der Bühne an einem Maschendrahtzaun, der errichtet worden war, um die Fans vom

Backstage-Bereich fernzuhalten. Ab und zu kann man hören, wie meist Mädchen den Namen eines Bandmitglieds rufen, wenn sie einen kurzen Blick auf sie erhaschen können. Beau macht mit seiner kleinen Kamera ein Foto von Paul, wie er sich mit jemandem unterhält, während er durch den gesperrten Bereich geht, sagt aber: „Da niemand die Jungs zu diesem Zeitpunkt ohne ihr Make-up gesehen hatte, konnten wir nicht sicher sein, wer wer war. Das Bild ist scheiße, aber hey, ich habe es versucht."

Es war eine magische Zeit in der Geschichte der Band. Das Geheimnis, die Mythologie und die Mystik, die hinter diesen scheinbar weltfremden Individuen steckten, waren zu dieser Zeit mit nichts anderem zu vergleichen. Auf ihren Plateauschuhen waren sie zum Teil weit über zwei Meter groß und taten Dinge, die unmöglich schienen, erzählt Beau. Er besitzt ein Paar der Dämonen-Drachen-Stiefel und trägt sie an Halloween beim Verteilen von Süßigkeiten. „Ich muss darin langsam und vorsichtig gehen, um nicht zu fallen und mir das Genick zu brechen!" Er bewundert die vier dafür, die darin rennen, springen und eine Treppe hinunter gelaufen kommen: „Das ist mir immer noch ein Rätsel", sagt Beau.

„Jüngere Fans werden nie erfahren, wie aufregend es ist, ein neues Bild der Band in Magazinen wie CREEM und CIRCUS zu sehen", sagt Beau.

Beau hat sich eine ansehnliche Kiss Cave zugelegt

Jahrzehnte vor dem Internet waren Zeitschriften wie diese so ziemlich die einzige Möglichkeit, die Band, die Kostüme, die Bühne regelmäßig zu sehen. „Wir verschlangen jede Geschichte und jedes Bild, das wir in unsere schmutzigen kleinen Hände bekamen." Fotos wurden sofort aus den Zeitschriften ausgeschnitten und an die Zimmerwände geklebt. „Die meisten von uns gestalteten ihre eigenen KISS-Tapeten aus Postern, Fotos, Postkarten und allem, was wir sonst noch finden konnten."

» ***Dann fragte ihn seine Mutter: Warum streckt der Typ ständig seine Zunge heraus?***

Im Fernsehen waren KISS leider selten zu bestaunen. Es gab entweder das kitschige, aber liebenswerte ‚Don Kirschner's Rock Concert', in dem die Werbeclips der Plattenfirma als eine Art Vorläufer des Musikvideos gezeigt wurden. Oder Dick Clarks episches ‚ABC in Concert', in dem die Bands tatsächlich live spielten. Diese Sendungen liefen leider sehr spät am Freitagabend, erst nach den Nachrichten und Johnny Carsons ‚Tonight Show', also um 23.30 Uhr oder noch später. Aber Beau blieb treu wach, egal wie müde er war, um diese Geschöpfe der Nacht zu sehen. Unvergessen bleibt die allererste Ausstrahlung von KISS zur Hauptsendezeit im Fernsehen, es war der Auftritt im ‚Paul Lynde Halloween Special'. Margret Hamilton aus ‚Der Zauberer von Oz' in ihrer kompletten Verkleidung als böse Hexe und Witchy-Poo aus der Samstagmorgen-Kindersendung ‚Lidsville' von Sid & Marty Kroft waren auch dabei. Es war so seltsam, diese Welten aufeinander prallen zu sehen. Beau verfolgte das zusammen mit seiner Mutter und musste sich von ihr Kommentare anhören wie: Warum streckt der Typ ständig seine Zunge heraus? Oder: Dieser Paul scheint nett zu sein. Oder: Ich mag das Lied, das der Katzentyp am Klavier gesungen hat. Beau sagt: „Diese seltenen Auftritte waren die einzige Möglichkeit, KISS zu sehen, und obwohl sie aufregend waren, verblassten sie im Vergleich zu einem echten KISS-Konzert völlig."

Heutzutage haben wir durch Heimvideos und Online-Plattformen Zugang zu allen Auftritten. Wenn man sie damals im Fernsehen verpasst hatte, war es das, es gab keine Wiederholungen oder DVRs, die eine sofortige Wiedergabe ermöglichten. Damals hatten aus Kostengründen nur wenige einen Videorekorder. Beau hatte großes Glück, die damalige Freundin seines Bruders hatte ein BETA-Gerät, sie nahm den KISS-Film für ihn auf, als er zum ersten Mal ausgestrahlt wurde. Dumm nur: Leider hatten Beau und sein Bruder kein eigenes Gerät zum Abspielen, und der Bruder trennte sich kurz darauf von seiner Freundin. Also lag das Videotape nur dumm herum und wurde erst Jahre später auf VHS überspielt…

Zurück zum Magic Mountain, wo es endlich dunkel wird. Beau und die anderen bekommen die Setlist der Love Gun Tour zu hören. Er ist genauso überwältigt wie beim ersten Konzert, er kann es sogar noch mehr genießen, weil es ihm vertraut vorkommt. Die beleuchteten Treppen zu beiden Seiten von Peter Criss' massivem Schlagzeug, die Wände aus Verstärkern und Sam the Serpent, eine übergroße Schlange, die rechts neben Gene Wache hält, ausgestattet mit einer Taschenlampe und Rauch, als sie am Ende von „Firehouse" Feuer spuckt. Aces rauchende Gitarre und Pauls schwebende Plattform während „Love Gun". Das epische Finale von „Black Diamond" mit den Bandmitgliedern in der Luft, während um sie herum Bomben und Flammen explodieren, ähnlich wie auf dem atemberaubenden Klappbild im Inneren von Alive II.

All diese Dinge in Natura zu sehen, war ein Wunder, besonders in den späten Siebzigern, als die meisten Bands nur ein paar Lichter und (vielleicht) eine Nebelmaschine hatten. KISS waren ihrer Zeit weit voraus, und jede andere Band durfte sich seitdem ein Beispiel an ihnen nehmen, um bessere Konzerte zu veranstalten. „In Magic Mountain bauten sie die Bühne auf dem Parkplatz direkt hinter der bald eröffneten und inzwischen legendären Holzachterbahn Colossus. „Wenn ihr euch das Video anschaut, seht ihr die Umrisse der Achterbahn hinter uns Fans und die Autos, die auf dem Interstate 5 Freeway hinter der Bühne vorbeifahren", sagt Beau. „Ich kann mir vorstellen, dass sich die Leute gefragt haben, was um alles in der Welt an diesem Abend in Magic Mountain los war!"

Die Show war fantastisch und jedes Mitglied hat sich an diesem Abend selbst übertroffen. Nach dem Konzert sagten sie dem Publikum, dass sie eine kurze Pause einlegen würden, um sich neu zu schminken. Dann würden sie zu weiteren Dreharbeiten für den Film zurückkehren. Es war schon sehr spät, und einige gingen nach Hause. Auch Beau und seine Freunde haben darüber nachgedacht, ihre Fahrt würde schließlich lang werden. Doch dann begannen die Produzenten mit den Aufnahmen von der Menschenmenge. „Das war der Moment unseres Ruhmes", sagt Beau. „Sie wiesen uns an, uns wie ein wütender Mob zu verhalten, sie riefen ‚Rip. Rip. Rip and destroy'. So wie man es im Film sieht. Ich weiß noch, dass ich damals dachte: ‚Das ist wirklich lahm'. Aber hey, wir würden in einem Film mitspielen! Einem KISS-Film! Also haben wir mitgemacht und aus voller Kehle geschrien." Wer den Film kennt, der weiß, dass dieses Geschrei den falschen KISS im Film galt.

Nach den Publikumsaufnahmen kommt tatsächlich die Band noch einmal heraus. Sie drehen die Kampfszenen mit ihren Klonen. Das dauert alles unheimlich lange, und es fällt einem schwer, bei all den Kameras und vielen Menschen auf der Bühne ernsthaft etwas zu erkennen. Beau berichtet von einem ständigen Kommen und Gehen, die Bandmitglieder sind nur bei Bedarf dabei. „Da wir keine Ahnung hatten, worum es in dem Film überhaupt ging, wussten wir auch nicht, warum es von jedem KISS-Charakter zwei Typen gab", sagt Beau. Die Aufnahmen ziehen sich so mühsam lange hin, dass die Jungs beschließen zu gehen.

Der Film wird später ganz sicher nicht das, was sich die Band – und auch die Fans – davon erhofft hatten. Er ist dennoch Teil der großen KISStory und hinterlässt bei Beau Henderson die Erinnerung an einen unvergessenen Tag. Heute hat der Grafikdesigner eine Frau, sechs Kinder und sechs Enkel. „Ach, hätten doch damals nur schon alle Digitalkameras und Smartphones gehabt!", jammert Beau heute. Man stelle sich nur all die großartigen Bilder und Aufnahmen vor, die man hätte in den sozialen Medien teilen können. Zu seinem Freund mit der 35-mm-Kamera hat Beau keinen Kontakt mehr, die beiden kannten sich nur aus dem Schuljahr und der Freund zog danach weg. Beau fällt nicht einmal mehr der Name ein. Er lacht: Erinnerungen verblassen halt mit dem Alter. Bis auf die an KISS.

Beau Henderson, geb. 1961, Rancho Cucamonga, USA

Erster Song: Strutter | **Lieblingssong:** Flaming Youth
Konzerte: 5 (seit 1977) | **Favorit:** Paul Stanley | **Kiss Kruises:** –

Gene im Doppelpack: Ryuji mit Orika Hanamura

» Kapitel 3 «

GESTATTEN, MISTER TIMMONS

Ryuji Hirasawa, Yokohama, Japan

Ryuji Hirasawa geht in Yokohama in die fünfte Klasse. Er ist gerade elf, als ihn sein älterer Bruder mitnimmt, eine neue Platte zu kaufen. Es ist die KISS „Alive", und der Bruder bietet an, sich das Album gleich mal gemeinsam mit ihm anzuhören. Ryuji hat keine großen Erwartungen. Led Zeppelin und Deep Purple, Bands, die sein Bruder sonst häufig hört, sind irgendwie noch nichts für ihn. Umso überraschter ist er von den Gefühlen, die KISS in ihm mit dem Live-Album auslösen. Ryuji ist begeistert: Ihre Musik findet er so viel eingängiger, außerdem gefallen ihm das coole Booklet und die Poster, die in Japan dem Album beigelegt sind. Vor allem Gene Simmons hat es ihm angetan. Aber zu dem Zeitpunkt hätte der junge Ryuji nie gedacht, dass er eines Tages so werden könnte wie er.

Es gibt zahlreiche heimische Musikidole, mit denen Jugendliche in Japan aufwachsen. Auch bei Ryuji ist das nicht anders, doch das ändert sich gerade. Nun sind es Queen, Aerosmith, Cheap Trick und andere, die er in Musikmagazinen und TV-Sendungen regelmäßig verfolgt. Neuerdings, aber dafür umso intensiver, ist es auch KISS. Er sagt: „Ich wurde regelrecht besessen von ihnen."

Als er 12 Jahre alt wird, hat er so viel Taschengeld gespart, dass er sich seine erste E-Gitarre kaufen kann, eine Les Paul, Typ Greco. Jetzt

Auch unmaskiert verblüffend ähnlich.

lernt er, die Songs von KISS selbst nachzuspielen und wird damit sein Leben lang nicht mehr aufhören, er wechselt lediglich auf vier Saiten. Seit 37 Jahren spielt Ryuji Hirasawa in Tribute-Bands wie „Kiss Japan“ und „Gene Timmons Band“, wobei er selbst dieser ominöse Timmons ist. Ryuji Hirasawa nämlich wird zu dem japanischen Double des KISS-Bassisten, mit Make-up und auch ohne.

Aus einer Schwärmerei wird eine Leidenschaft. „Ich liebe Gene Simmons, seit ich ein Kind bin“, sagt Ryuji. Inzwischen spielt er Bass wie Gene, er singt wie Gene, er bewegt sich wie Gene, er sieht aus wie Gene, ob geschminkt oder nicht, und das mit voller Absicht: „Ich habe Kostüme und Instrumente wie er, ich studiere sein Make-up, und jetzt arbeite ich sogar mit einer ungeschminkten Band und versuche ernsthaft, wie Gene ohne Make-up zu wirken. Ich trage die Haare wie er und ziehe die gleiche Kleidung an. Das ist meine Art, ihn zu würdigen, ohne dabei despektierlich zu sein.“

Simmons hat Ryujis Bemühungen schnell erkannt. Als sich die beiden 2003 in Japan das erste Mal treffen, trägt Ryuji Schminke und Kostüm. Gene sieht seinen japanischen Zwilling zum ersten Mal, aber er vergisst ihn nicht. Erst 2017 treffen sie sich erneut, diesmal ungeschminkt, und Ryuji schildert das Wiedersehen so: „Gene sagte zu mir: ‚Du bist doch der Typ, der damals wie ich gekleidet war! Du machst das richtig toll!‘. Ich war gerührt, dass er sich an mich erinnerte und sagte: ‚Du hast jahrelang Fans aus der ganzen Welt getroffen, und doch hast du so ein gutes Gedächtnis.“

Auf der Bühne bietet Ryuji die volle Simmons-Show. Er spuckt Feuer und natürlich auch Blut. Verletzt hat er sich erstaunlicherweise dabei nie. „Ich hatte wirklich keine Verbrennung.“ Dass er das überhaupt einmal tun würde, das weiß Ryuji Hirasawa schon seit seinem 13. Lebensjahr. 1978 sieht er KISS zum ersten Mal live. Im Nippon Budokan ist nur noch Platz im hinteren Teil des zweiten Stockwerks. Es gibt keine Leinwände rechts und links neben der Bühne wie heute, „für mich“, sagt Ryuji, „waren die vier Musiker gerade so groß wie ein Reiskorn.“ Als Gene Feuer spuckt, kommt er ihm jedoch gefühlt ganz nah vor. Ryuji sagt: „Ich erinnere mich, dass mein Gesicht aufleuchtete, als Gene das Feuer entfachte.“

Er verlässt den Tokyo Dome mit vielen neuen Emotionen und mit einigen neuen Dingen wie einem Tour-Shirt, 20 Gitarrenpicks, einer Tasse, einem Handtuch, einem Hut und einer Tasche von KISS. „Nein“, sagt Ryuji, „ich bin kein Sammler“, auch wenn es zunächst ganz danach aussieht. Er steckt sein Geld lieber in neue Kostüme, Instrumente, in ein großes KISS-Leuchtlogo und einen KISS-Bühnenvorhang. Ryuji Hirasawa kann sich das leisten, er ist selbstständiger Unternehmer. Nur das Kopfschütteln seiner Frau und der beiden Söhne kann er nicht abstellen. Er lacht: „Sie sind entsetzt.“

Die Zuschauer bei den Konzerten seiner Tribute-Band „Kiss Japan“ begeistert er mit einem Feuerwerk der Unterhaltung. Einmal dürfen die vier sogar gemeinsam mit KISS-Drummer Eric Singer auftreten. Beim ersten „KISS Fest Japan“ im Januar 2001 in der Kanagawa Kenmin Hall. Am Tag vor dem Festival kommt Eric bei den Proben vorbei. Er ist sehr streng und bringt den Musikern in kurzer Zeit vieles bei. „Als die Proben beendet sind, ist Eric dann wieder total freundlich“, sagt Ryuji. Er muss lachen, wenn er davon erzählt, weil diese Erfahrung für ihn und seine Freunde in der Band ein Höhepunkt als KISS-Tribute wird: „Kiss Japan sind wahrscheinlich die einzige japanische Amateurband, die jemals mit Eric Singer auf der gleichen Bühne auftreten durfte. Ich bin sehr stolz darauf.“

Im Mai 2023 erleidet Ryuji einen schweren Herzinfarkt. Er wird notoperiert und liegt lange im Krankenhaus. Im August, als alle glauben, er sei auf dem Weg der Besserung, stirbt er. Er war Ehemann, Vater, Opa. Und er war Gene Timmons, Japans größtes KISS-Double.

あまりにも早く人生というステージから去らざるを得なかった彼へ、在りし日のご活躍に深く敬意を表します。
どうぞ安らかにおやすみください。

Ryuji Hirasawa, geb. 1965, Yokohama, Japan

Erster Song: Parasite | **Lieblingssong:** Unholy/War Machine
Konzerte: 12 (seit 1978) | **Favorit:** Gene Simmons | **Kiss Kruises:** –

Michael bereitet das Fackelschwert für Gene vor

» Kapitel 4 «

„ICH HABE MICH IN DIE HÖHLE DES LÖWEN GEWAGT“

Michael Berger, Lörrach, Deutschland

Natürlich wissen die KISS Fans, dass es dann losgeht. Wenn „Rock and Roll“ von Led Zeppelin erklingt, fahren KISS auf ihren hydraulischen Plattformen hinter dem großen Vorhang unter die Hallendecke. Gleich wird die größte Show der Welt beginnen. Und damit das auch allen klar ist, wird eine kräftige Stimme die Menge darauf vorbereiten: „You wanted the best, you got the best. The hottest band in the world.“ Und der Vorhang fällt: K I S S.

Michael Berger machte seit Ende der Europa-Tour die wichtigste Ansage, die es bei KISS gibt. Aber das war nur ein Nebenjob. Er arbeitet seit 15 Jahren für KISS, erst für Tommy Thayer, in den vergangenen zehn Jahren für Gene Simmons. Er ist sein Gitarren-Tech, lässt sich aber auch den Titel „Private Concierge“ gefallen, weil er für Gene so gut wie alles macht. Berger ist ein tolles Beispiel dafür, wie man als Fan Teil des KISS-Zirkus werden kann. „Ich war halt ein kleiner Junge in Deutschland mit großen Träumen“, sagt Michael. Seine Geschichte ist eine ganz besondere KISStory.

Michael kommt aus Lörrach, im Südwesten Deutschlands, direkt am Dreiländereck mit Frankreich und der Schweiz. Durch seine Eltern kam er schon früh mit Musik in Kontakt, denn sie hatten eine wirklich umfangreiche Plattensammlung. Häufig waren zu Hause Peter Frampton oder Chicago zu hören. Michael aber entwickelte schnell einen eigenen Geschmack: „Meine beiden absoluten Favoriten waren Iron Maiden und KISS. Wobei ich sagen muss: Meine Liebe zu KISS war von Anfang an besonders groß."

Als Teenager gehörte eine Band namens „Destruction" zu Michaels Freundeskreis. Sie entwickelte sich aus der Speed- und Trash-Metal-Szene. Die Band hatte einen Plattenvertrag und ging im Vorprogramm von Motörhead auf Tour. Michael hatte nach der Schule eine Schreinerlehre absolviert und verdiente inzwischen im Theater- und Kulissenbau gutes Geld, er arbeitete vor allem für Musicals. Er tüftelte sich in technische Sachen ein wie Mikrophone und Mischpulte. „Denn es war immer mein Traum, die Welt zu bereisen und auf Tournee zu gehen", sagt er. Da das mit einer eigenen Band nicht so wirklich gut lief, hat sich Michael bei „Destruction" eingebracht. Er war Stage- oder Tour-Manager, half auch bei anderen Bands aus wie „Running Wild", „Sodom" oder „Kreator" und zog dafür sogar in den Ruhrpott nach Bochum.

Hinter der Bühne muss alles stimmen…

… vor allem die Bässe

Das In-Ear-System, mit dem Michael und Gene verbunden sind

Die deutsche Musikszene wurde auf ihn aufmerksam, und es hagelte Jobangebote. Von Grönemeyer und Maffay über Nena und BAP bis zu den Toten Hosen, überall war Michael dabei. Eines Tages bekam er das Angebot, Gitarren-Tech von Roger Glover zu werden, dem Bassisten von Deep Purple. Acht Jahre lang arbeitete er für die Band, wechselte intern zu Gitarrist Steve Morse, was ihm einen lukrativen Nebenjob mit der deutschen Verstärkerfirma „Engl" einbrachte. Zehn Jahre lang hat er Künstler für sie an Land gezogen, unter anderen Paul Stanley, der bis heute „Engl"-Verstärker benutzt.

» *Bei Deep Purple lernte ich meine Frau Amber kennen, sie war dort Assistent-Tour-Managerin*

Bei Deep Purple lernte Michael auch seine Frau Amber kennen, sie war Assistent-Tour-Managerin und hatte zuvor für Guns N'Roses gearbeitet. Amber ist Amerikanerin, also beschlossen die beiden, in den USA zu leben. Sie wohnen heute in Marina del Rey und haben die Töchter Sophia-Michele und Julia-Mathilda. Ronnie James Dio half den beiden, Fuß zu fassen, für ihn hatte Michael ebenfalls gearbeitet, und das Verhältnis zu Dio war ein ganz besonderes: „Ronnie war für mich wie Familie, in seinem Haus standen die Türen immer für mich offen. Er half uns sehr."

KISS nahmen „Buckcherry“ als Opener mit auf ihre US-Tour, eine Band, die Michael betreute. So lernte er Gitarrist Tommy Thayer kennen, dessen Geschichte Michael faszinierte. Thayer war ebenfalls als Fan zu KISS gekommen, er spielte sogar in einer Cover-Band. „Eines Tages kam dann der Anruf, ob ich für Tommy arbeiten könnte. Ich war KISS-Fan, habe alle Platten von ihnen. Natürlich habe ich sofort zugesagt“, erzählt Michael.

Tommy hat ihm in der Anfangsphase sehr geholfen. Er hat ihm erklärt, wie das Business bei KISS funktioniert. „Er sagte, KISS sei eine Organisation, die knallhartes Business betreibt. Viele kommen und gehen deshalb. Gene und Paul sind halt absolute Perfektionisten, sie wollen immer nur das Beste haben.“ Tommy Thayer war zuvor Tour-Manager, zuständig für das Merchandising, für Videoproduktionen, er baute die KISS-Conventions auf und strich sogar Paul Stanleys Haus. „Er hat verdammt hart gearbeitet“, sagt Michael. „Aber meine Karriere war auch nicht einfach, es ist eben nicht alles Gold, was glänzt.“

» ***Simmons ist kein einfacher Chef. Die ersten drei, vier Jahre waren knallhart. Ich musste viel lernen***

Nach fünf Jahren wechselte Michael von Tommy zu Gene Simmons. Dessen Guitar Tech Mike Rush war nach mehr als 20 Jahren gegangen, sein Nachfolger hörte schon nach nicht mal drei Jahren wieder auf. Also holte man Tommys ehemaligen Tech zurück, und versetzte Michael zu Gene. „Ich hatte es wirklich gut bei Tommy. Aber ich wollte es mir beweisen und habe mich in die Höhle des Löwen gewagt.“ Simmons ist kein einfacher Chef. „Die ersten drei, vier Jahre waren knallhart. Ich musste viel lernen“, sagt Michael. „Und Gene ist nicht gerade jemand, der sich für deine Gefühle interessiert, wenn es ums Business geht.“ Heute kann er lachen, wenn er das sagt. Genes Vertrauen zu gewinnen, sei nicht einfach. Er glaubt, die Leute würden ihn abzocken wollen. Michael aber ist ein gradliniger Mensch. „Ich mache keine krummen Dinge, und so was bekommt Gene schnell mit.“

Michael reicht Gene das brennende Schwert. Gleich spuckt der Dämon Feuer

Zu Beginn hat er ihn getestet. Hat Dinge gefordert, die unrealistisch waren, erzählt Michael. „Da musste man sich beweisen, und sagen: Nee, das mache ich nicht, weil es nicht geht. Ja-Sager will Gene letztlich auch nicht an seiner Seite. Da haben wir uns schon ab und zu angeschrien." Nach all den Jahren weiß er aber, was er an Michael hat, vor allem weiß er: Er kann sich auf ihn verlassen. „Für viele wären unsere Anfangsquerelen ein Grund gewesen zu gehen. Aber ich bin jemand, der immer eine Herausforderung sucht und wollte mir beweisen, dass ich das kann, und jetzt läuft es gut."

Sein „Private Concierge" kümmert sich um die Bässe, um seinen Bühnensound, er bereitet das Blut für den Auftritt vor, ebenso die brennende Fackel inklusive Löschen. Manchmal ist Michael dabei beinahe blind, weil der Nebel über die Bühne zieht und ihm die Sicht nimmt. Er reinigt jeden Tag das Blut und das Öl, passt auf, dass alles mit der Luft stimmt und kontrolliert die Klimaanlagen, die extra für Simmons im Graben vor der Bühne aufgestellt werden. „Gene will, dass ich für ihn alles unter Kontrolle habe." Auch, was verkauft wird. Michael modifiziert alle Bässe, die Gene spielt und die danach an den Fan gebracht werden. „Gene ist bei den Live-Shows ein absoluter Perfektionist. Wenn du da schwache Nerven hast, ist der Job nichts für dich. Von den vier KISS-Mitgliedern ist es mit Sicherheit am schwierigsten, für Gene zu arbeiten. Sobald er sein Make-up drauf hat, verkörpert er den Dämon. Er will dann keine großen Erklärungen hören, er will Taten sehen." Heute verstehen sich die beiden blendend. „Sein Haus steht mir immer offen."

» ***Gene hat so ein paar Angewohnheiten, bei denen man aufpassen muss***

Natürlich hat Gene seine Macken. „Er hat so ein paar Angewohnheiten, bei denen man aufpassen muss", sagt Michael. Er möchte zum Beispiel Leuchtstreifen auf seinen Wasserflaschen haben, und es müssen immer nasse und trockene Tücher am Mikrofonständer hängen. „Und

Michael vor dem KISS-Jet, mit dem es in die nächste Stadt geht

was er gar nicht leiden kann, sind Leute vorne im Publikum, die sich zu sehr mit ihrem Handy beschäftigen." Wenn eine Show richtig toll läuft, gibt es vom Chef dafür auch mal Lob. „Das Netteste, das ich von ihm zu hören bekomme, klingt so: Gut gemacht. Gute Arbeit geleistet. Danke. Wir sind ein gutes Team. Super Show gewesen. Danke für deinen Einsatz", lacht Michael und betont, es sei wichtig, das dann so lange wie möglich zu konservieren: „Denn das kommt eher selten vor."

Kleiner, großer Freund

Am 2. Dezember 2023 gab es die letzte Ansage. Noch einmal „You wanted the best, you got the best." Der Vorhang wurde an jenem Abend von jemand anderem zum Fallen gebracht, als er sich im Madison Square Garden zum letzten Mal senkte. Michael Berger wollte sich auf Genes finale Show konzentrieren. Alles musste perfekt sein beim endgültigen Abschied. „Mal sehen, was danach passiert", sagt Michael. „Ich würde weiterhin für oder mit KISS arbeiten. In welchem Umfang, ist noch offen. Vielleicht werfen wir unsere Ideen zusammen und lassen uns etwas Neues einfallen. Ich bin glücklich und stolz, Teil dieser KISStory zu sein und sie gemeinsam mit KISS zu Ende gebracht zu haben."

Michael Berger, geb. 1969, Lörrach, Deutschland

Erster Song: Detroit Rock City (Alive II) | **Lieblingssong:** Deuce
Konzerte: 1000+ | **Favorit:** Gene Simmons | **Kiss Kruises:** 8 (V-XII)

Mark auf dem Thron des Rock'n'Roll-Kings

» Kapitel 5 «

KISS SIND AUF MEINEM ZEUGNIS VERMERKT

Mark Laurenz, Groningen, Niederlande

KISS haben so viele begeisterte Sammler hervorgebracht. Mark Laurenz ist nicht nur einfach einer von ihnen, dafür ist seine Geschichte viel zu bunt und schrill. Er besitzt etwas, das sein KISS-Leben auszeichnet wie kaum etwas anderes, weil es absolut persönlich ist. Es hängt eingerahmt an der Wand seines Büros und ist sein Schulzeugnis der fünften Klasse. Mark ging damals auf die Borgmanschool in Groningen, Niederlande. Und Ad van Zalk, sein Klassenlehrer, schrieb als Bemerkung 1980 handschriftlich in sein Zeugnis: „Maar altjid KISS", das heißt übersetzt: „Immer nur KISS". Was der Lehrer damit meinte: Mark interessierte sich in der Schule ganz offensichtlich mehr für KISS als für alles andere, und natürlich hatte der Lehrer Recht damit. Schließlich war das unübersehbar, denn Mark erschien mal als Catman, mal als Starchild geschminkt zum Unterricht. Als er viele Jahre später Gene Simmons die Geschichte erzählt, gefällt sie Simmons so gut, dass er das Zeugnis signiert. Mark hat über die Jahre allerhand KISS-Merchandising gesammelt, vom legendären Flipper aus den 70er-Jahren bis zu signierten Originalgitarren, aber das Beste ist dieses Dokument seiner frühen Treue zu KISS.

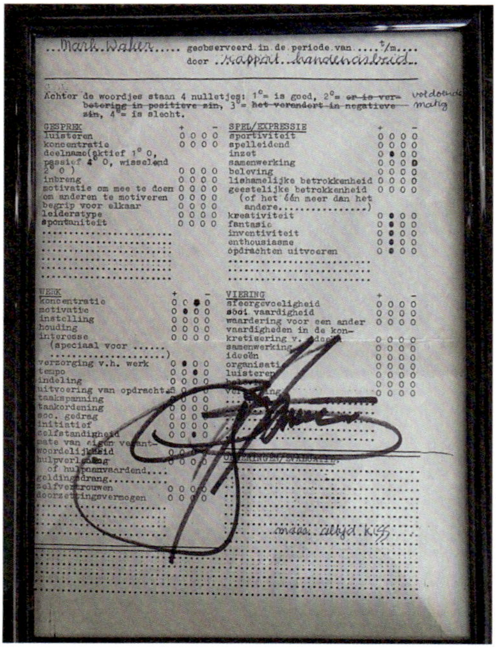

..Mark Walter..... geobserveerd in de periode van ....t/m....
door ..rapport..handenarbeid..

Achter de woordjes staan 4 nulletjes: 1e = is goed, 2e = ~~er is verbetering in positieve zin~~ voldoende, 3e = ~~het verandert in negatieve zin~~ matig, 4e = is slecht.

GESPREK
luisteren
koncentratie
deelname (aktief 1e 0, passief 4e 0, wisselend 2e 0)
inbreng
motivatie om mee te doen
om anderen te motiveren
begrip voor elkaar
leiderstype
spontaniteit

SPEL/EXPRESSIE
sportiviteit
spelleidend
inzet
samenwerking
beleving
lichamelijke betrokkenheid
geestelijke betrokkenheid
(of het één meer dan het andere................)
kreativiteit
fantasie
inventiviteit
enthousiasme
opdrachten uitvoeren

WERK
koncentratie
motivatie
instelling
houding
interesse
(speciaal voor ......
.....................)
verzorging v.h. werk
tempo
indeling
uitvoering van opdrachten
taakspanning
taakordening
soc. gedrag
initiatief
zelfstandigheid
mate van eigen verantwoordelijkheid
hulpverlenend of hulpaanvaardend...
geldingsdrang...........
zelfvertrouwen
doorzettingsvermogen

VIERING
sfeergevoeligheid
soci. vaardigheid
waardering voor een ander
vaardigheden in de konkretisering v. ideeën
samenwerking
ideeën
organisatie
luisteren

OPMERKINGEN/AANVULLINGEN:
maar altijd KISS

Gene signierte Marks Zeugnis mit dem KISS-Vermerk

Es war 1978, als Marks Kisstory Fahrt aufnahm. Er war gerade acht Jahre alt und lebte in Groningen, einer bescheidenen Stadt im Norden der Niederlande, in der nicht wirklich viel los war. „Irgendwie aber war unsere Straße immer gefüllt mit Musik", erzählt Mark. Seine Mutter hatte ihren Anteil daran, sie war ein großer Elvis-Presley-Fan und spielte seine Lieder gerne etwas lauter. Ein paar Häuser weiter gab es ein Zentrum für surinamische Einwanderer, die sich dort trafen, um Bob Marley zu hören. Es war eine bunte Mischung aus Reggae und Rock'n'Roll und mittendrin Marks Nachbar, der Pilot bei KLM war, der ältesten Fluggesellschaft der Welt. Er brachte von seinen Flügen in die USA immer Musik mit, wilde, neue Musik, die der Straße einen modernen Charme gab. Eines Tages zeigte er Mark die „Alive II" von KISS, das Doppelalbum, das vieles verändern sollte. Denn als der Junge das Innencover mit dem Bild der beeindruckenden Bühne und all dem Feuerwerk sah, war sein Interesse geweckt. Es wurde die erste Platte, die er von KISS hörte, und weil er von dem Augenblick an unaufhaltsam davon erzählte, kaufte sie ihm seine Mutter und machte ihren Sohn damit zum Fan.

Seine Jugend bezeichnet Mark als magisch. Ohne Internet und MTV hatten KISS etwas sehr Mystisches, weil niemand die wahre Identität der vier Superhelden kannte. Mit dem Erfolg von „I Was Made for Lovin' You" wurde auch Europa überschwemmt mit News und Gerüchten. „Das war eine unglaubliche Zeit", sagt Mark. „Wann immer neue Magazine herauskamen, rannten wir nach der Schule in den Buchladen, um herauszufinden, ob etwas über KISS darin zu finden war." Seine Favoriten waren die deutschen Magazine „Bravo“ und „Pop Rocky“, weil in ihnen eigentlich immer irgendetwas Spannendes über KISS stand. Zu Hause hat er das dann mit einer Schere liebevoll ausgeschnitten und in ein persönliches KISS-Sammelalbum geklebt. „Wenn ich damals nur gewusst hätte, dass diese Magazine heutzutage für verrücktes Geld verkauft werden“, sagt Mark und muss lachen.

Er hat mit und durch KISS so viele verrückte Dinge erlebt, dass er sie kaum aufzählen kann, denn KISS nahmen einen immer größeren Teil in Marks Leben ein. 1983 sah er in Brüssel die Band zum ersten Mal live. Es war die „Lick-it-up-Tour“, und Mark sagt: „Wenn ich zurückblicke, denke ich immer noch gerne an diesen Tag. Es war ein großartiges Erlebnis, das Leben hat einfach Spaß gemacht.“ Mit Freunden organisierte er Veranstaltungen, bei denen Fans zusammenkamen, um KISS-Videos zu sehen und gemeinsam Musik zu hören. Die Videos waren meist schon etwas älter. „Damals gab es halt noch kein Youtube, dafür war das Entdecken ein Gemeinschaftserlebnis, und das war fantastisch“, sagt Mark. „Man hatte das Gefühl, Teil eines Stammes, einer Familie zu sein. Es war wirklich eine Armee.“

Ein Missgeschick führte ihn 1996 direkt in die Arme der Band. Mark flog mit Freunden nach London, um KISS in Donington zu sehen. Nach der Show stellte er fest, dass ihm sein Geld und der Reisepass gestohlen worden waren. Mark gab beim niederländischen Konsulat eine Verlustanzeige auf, um ein vorläufiges Dokument zu erhalten, mit dem er nach Hause fliegen konnte. Er wurde in einen

Der junge Mark (links) spielte in der Schüler-Band am liebsten Paul Stanley

abgesperrten Bereich des Flughafens Heathrow gebracht und sollte dort warten. Mark trug ein Donington-Shirt mit dem Aufdruck „I was there“. Jemand sagte zu ihm: „Hey man, nice shirt!“ Mark erkannte die Stimme noch bevor er sich umdrehte. Es war Paul Stanley. KISS wurden gerade zu einem Concorde-Flug nach New York eskortiert. Mark hatte eine dieser Wegwerfkameras dabei und reagierte sehr flink. Er ließ Andre Augustine, den Sicherheitschef der Band, ein Foto von sich mit Gene, Paul und Ace machen, Peter Criss hatte keine Lust darauf, er winkte ab. Das Foto wurde großartig, und das Erlebnis sorgte dafür, dass sich Manager Doc McGhee an Mark erinnerte. Er heuerte ihn kurz darauf an, als Bühnenarbeiter bei KISS auszuhelfen. „Ich bin wie ein Kind in einem Süßwarenladen durch alles von KISS gerannt“, sagt Mark.

Über seinen Freund Marco Hartmann, einen Grafikdesigner, der bereits einiges für Gene Simmons entworfen hatte (und auch das Cover dieses Buches gestaltete), bekam Mark die Möglichkeit, sich mit Marco um die „Vault Experience" zu kümmern, bei der Fans einen geheimnisvollen

Amtliche Begrüßung von Paul

Brandon singt für ihn „Crazy Crazy Nights“

Mit Kopfhörern darf Brandon mit zum Konzert

Treffen nach der Show mit Gene Simmons

Tresor mit Überraschungen von Gene kaufen konnten. Mark hatte inzwischen die niederländische Pornodarstellerin Bobbi Eden kennengelernt und war mit ihr nach Los Angeles gezogen. Als sie 2016 schwanger wurde, zogen beide nach Den Haag zurück, weil der gemeinsame Sohn Brandon Ray in den Niederlanden zur Welt kommen sollte. Seitdem pendeln sie zwischen Kalifornien und Holland, und Mark kümmert sich hauptberuflich um das Management seiner Frau, die inzwischen TV-Moderatorin ist.

Nebenbei betreut er noch immer gemeinsam mit seinem Freund Marco die „Vault Experience“ (auf Facebook GSVA), außerdem machen die beiden vor Weihnachten eine großartige KISS-TV-Show namens „Ten Days of KISSmas“. Sie albern dann viel im Studio herum, zeigen Videos und sprechen mit Menschen aus dem KISS-Umfeld. Eine tolle Idee, die bei den europäischen Fans sehr gut ankommt.

Mark Laurenz ist tief eingetaucht in das KISS-Universum. Er hat KISS mehr in sein Leben integriert als so manch anderer Fan, und die Band lässt ihn näher an sich heran als die meisten anderen. Umso erstaunlicher ist es, dass Mark bei seinem schönsten KISS-Moment nur eine Nebenrolle spielt: Einmal nämlich nimmt er seinen 6-jährigen Sohn Brandon mit hinter die Bühne. „KISS sind immer gut zu Kindern, und Brandon liebt KISS", sagt Mark. „Er sieht sich den ganzen Tag KISS-Videos an." Als Brandon sie dann in ihren Kostümen trifft, ist das für Mark eine surreale Erfahrung, die ihn in seinen Erinnerungen weit zurückwirft. „Ich war erst acht, als ich das erste Mal das Cover von Alive II sah und die Musik von KISS hörte", erzählt Mark. „Und jetzt sehe ich mein kleines

Mark findet Tommy Thayer musikalisch wie menschlich großartig

Mark und Gene: Partner bei „The Vault Experience“

Onkel Gene mit Brandon und Mama Bobbi Eden

Kind mit Paul Stanley herumalbern. Eric Singer reicht Brandon ein Paar Drumsticks und stiftet ihn an, damit auf Genes Zunge zu trommeln, und der Junge zögert keine Minute und tut es. Alle brechen in Gelächter aus. Und als Brandon anfängt, für Paul ‚Crazy Nights‘ zu singen, stimmt Paul mit ein und sie haben einfach einen tollen Moment zusammen. Ich muss sagen, das hat mir ein paar Tränen in die Augen getrieben. Ich habe das zum Glück alles auf Video.“ Und so bleibt Brandons KISS-Glück Marks schönster Moment – für die Ewigkeit.

Mark Laurenz, geb. 1969, Groningen, Niederlande

Erster Song: Shout it out Loud | **Lieblingssong:** Crazy Crazy Nights
Konzerte: 100+ (hörte auf zu zählen) | **Favorit:** Gene Simmons
Kiss Kruises: –

Produzent Bob Ezrin gehört seit April 2004 der Canadian Music Hall of Fame an

„Ich fühle mich ein wenig schuldig, weil ich so streng mit Ace war“

Produzent Bob Ezrin hat mit „Destroyer“, „Music from the Elder“ und „Revenge“ Eckpfeiler der KISS-Geschichte gesetzt. Er hat das Image der Band maßgeblich verändert und galt im Studio als General

? Mit „Destroyer“ hast Du für KISS die Türen zu einer wirklich großen Karriere aufgestoßen.

Bob Ezrin: Ich denke, KISS waren bereits auf dem Weg zu einer großen Karriere, aber einer anderer Art, wenn sie so weitergemacht hätten, wie sie es vor Destroyer getan haben. Mit diesem Album wollten sie ihre Musik einem breiteren Publikum zugänglich machen und eine größere Gruppe von Fans erreichen. Vor Destroyer spielten sie vor allem für Jungs im Teenageralter. Nach Destroyer hatte ich das Gefühl, dass sie für alle Rockfans überall auf der Welt spielen.

Der Durchbruch: „Destroyer“

? KISS haben fünf der neun Songs von „Destroyer“ während ihrer Abschiedstournee fast 50 Jahre später gespielt. War Dir sofort klar, dass Du damals ein Jahrhundertwerk geschaffen hattest?

Ich wusste sofort, dass wir ein großartiges Album mit wunderbaren, einprägsamen Songs geschaffen hatten, ja. Ich wusste, dass es keinen einzigen Song gab, den man hätte wegwerfen können. Und ich wusste, dass wir das Image von KISS verfeinert und erweitert hatten, so dass sie für ein breiteres Publikum attraktiv waren.

? ***Es war zu hören, dass Du im Studio sehr streng gewesen sein sollst. Vor allem Ace soll damit größere Probleme gehabt haben.***

Der Produzent ist dafür verantwortlich, ein marktfähiges Produkt pünktlich und innerhalb des Budgets abzuliefern. Wenn nicht gerade unbegrenzt viel Geld zur Verfügung steht und niemand in Eile ist, ist es also ein wichtiger Teil meiner Aufgabe, dafür zu sorgen, dass sich alle auf den vorgegebenen Zeitplan konzentrieren. Gleichzeitig muss die Atmosphäre elektrisch und aufregend bleiben, damit die Band ihr Bestes geben kann. Leider gab es einige Momente, in denen Ace nicht in der Lage war, unseren Zeitplan einzuhalten, und mein Beharren darauf, trotzdem weiterzumachen, hat ihn sehr verärgert. Heute fühle ich mich ein wenig schuldig, weil ich so streng mit ihm war. Er hat so viel zum Charakter von KISS beigetragen, dass ich im Nachhinein denke, ich hätte vielleicht einen Weg finden sollen, mit seiner Lockerheit etwas besser umzugehen.

? ***Beth war der Song, der in den 70er-Jahren KISS für die Frauen interessant gemacht hat. War das so beabsichtigt?***

Die ganze Idee des Albums war es, die bestehenden Fans bei Laune zu halten und gleichzeitig das Zelt zu öffnen, um weibliche Fans und Fans anderer Musikrichtungen

„The Elder" floppte bei den Fans

„Revenge", eines der härtesten Alben

einzubeziehen. Beth war anfangs sehr trotzig und machohaft und ein bisschen leichter als die endgültige Version. Ich nahm es mit nach Hause und verlangsamte es, fügte den Klavierpart hinzu und schrieb den Text um, damit er rührender und tragischer wurde – eine verletzlichere und sensiblere Geschichte. Ich wollte den sensiblen Kern des öffentlichen Macho-Rockstars herausfiltern, damit Frauen auf der ganzen Welt auf diese „Schurken" schauen und denken: „Ich könnte ihn umkrempeln". Das war das Ziel von Beth und übrigens auch von Do You Love Me.

? *Dann hast Du „Music from the Elder" mit KISS aufgenommen. War das ein Fehler?*

Nein, natürlich nicht. Wir haben dabei Fehler gemacht und uns von der Idee, die dahintersteckt, so mitreißen lassen, dass wir den Wald vor lauter Bäumen nicht mehr gesehen haben. Wir haben aus den Augen verloren, was KISS zu dieser Zeit wirklich waren, und wir haben ein eher un-KISS-artiges Album gemacht, das auch ziemlich brillant geworden ist, wenn auch etwas verkocht. Einige der Songs sind wirklich erstaunlich, wenn man sie heutzutage hört. Sie sind einfach zu melodramatisch und gotisch für KISS. Ich denke, wenn wir die Platte unter einem Pseudonym herausgebracht hätten, wäre sie vielleicht besser angekommen. Aber als KISS-Album zu dieser Zeit ist sie durchgefallen.

? *KISS selbst bezeichnen dieses Album als ihr schlechtestes. Bei den Fans sieht das inzwischen etwas anders aus. Mussten sie einfach erwachsen genug werden, um es zu verstehen?*

Ich denke, dass ironischerweise der Kern der KISS-Fans aus der Zeit vor dem Übergang der Band zu anspruchsvollerer Musik diejenigen sind, die das Album am meisten lieben. Ich denke, sie mögen die Gothic-Fantasy-Qualität und die Storyline. Außerdem gibt es ihnen einen noch tieferen Einblick in die Talente der Bandmitglieder.

? *Du hast so viele großartige Künstler produziert: Alice Cooper, Deep Purple, Peter Gabriel, Pink Floyd. Wie war Deine Arbeit mit KISS im Vergleich zu denen?*

Ich habe es geliebt, mit KISS zu arbeiten. Ich liebe es immer noch, mit Gene und Paul zusammen zu sein – und auch mit Ace und Peter, wann immer ich sie sehe. Im Laufe der verschiedenen Projekte, die wir zusammen gemacht haben, konnte ich mit guten Freunden und hochtalentierten Kollegen neue Ideen und Produktionsmethoden erforschen. Etwas Besseres kann es doch gar nicht geben. Mit Alice Cooper verbindet mich eine tiefe und langjährige Freundschaft, die die Zusammenarbeit mit ihm über die Jahrzehnte hinweg zu einem großen Vergnügen gemacht hat. Und weil Du sie aufgezählt hast – mich verbindet auch mit David Gilmour, Nick Mason und Peter Gabriel eine dauerhafte Zuneigung, wie auch zu einigen anderen Künstlern, mit denen ich das Privileg hatte, zu arbeiten. Bei KISS ist es ganz einfach: Sie könnten heute ohne mich Platten machen, meine Freundschaft zu Paul und Gene aber hält an, und ich weiß, dass es für uns alle drei wie ein Familientreffen wäre, wenn wir noch einmal zusammenarbeiten würden.

? *Sind KISS wirklich gute Musiker oder eher große Showstars?*

Sie sind beides. Paul hat sich seit den Anfängen der Band wirklich weiterentwickelt und ist heute ein sehr kompetenter, vielseitiger Musiker und Produzent. Er kann sin-

Peter, Ace, Paul und Gene 1976 im Studio mit Bob Ezrin

gen, spielen, schreiben, arrangieren und produzieren wie die Besten. Gene ist ein bemerkenswert kraftvoller und grundlegender Bassist und ein großartiger Songschreiber. In der aktuellen Besetzung ist Tommy Thayer ein exzellenter Gitarrist und Eric Singer ist einer der besten Live- und Studiodrummer, mit denen ich je gearbeitet habe - vielseitig, einfallsreich und explosiv. Und Gene und Paul sind wohl zwei der größten Live-Performer, die je auf einer Rockbühne standen.

? *Mit „Revenge" hast Du KISS ein zweites Leben eingehaucht. Für viele Fans ist es das beste Album, weil es sehr hart ist.*

Ich schätze es, dass du das sagst, obwohl ich denke, dass es mehrere großartige KISS-Alben gibt.

? *Wie bist Du auf die Idee zu „God gave Rock'n'Roll to you II" gekommen?*

Ted Field war Produzent des Films "Bill and Ted's Excellent Adventure" und war zu dieser Zeit auch mit Gene verbunden. Ich weiß nicht, wessen Idee es war, den Song zu machen, aber er wurde mir von Gene als ein großartiges Projekt vorgestellt, das wir zusammen machen könnten, und auch als eine Möglichkeit, uns drei nach den Enttäuschungen von The Elder wieder zusammenzubringen.

? *Welches ist Dein absoluter Lieblingssong von KISS?*

Detroit Rock City, aber da bin ich definitiv voreingenommen. Ich liebe auch Love Gun, Calling Dr. Love und I Was Made for Loving You – und viele andere KISS-Klassiker.

? *Wird die Musik von KISS für immer bleiben oder wird es eher die Idee mit den vier Masken sein, an die man sich erinnert?*

Ich denke, die Musik bleibt trotz der Masken bestehen, die zwar lustig sind, aber zu einer bestimmten Zeit und an einem bestimmten Ort gehören. Die Musik bleibt ewig.

? *Würdest du mir ein KISS-Geheimnis verraten?*

Gerne. Das Geheimnis ist, dass Paul und Gene in erster Linie Familienväter sind und zwei der nettesten und liebevollsten Menschen, die ich kenne.

**

Frontfrauen der Familie: Terri-Anna und Jackie

» Kapitel 6 «

GANZE LIEBE MIT EINEM HALBEN HERZEN

Jackie Coffey & Terri-Anna, Sydney, Australien

Im Haus der Familie Coffey in Seven Hills in Sydney ist KISS allgegenwärtig. Das freut Jackie sehr, denn sie ist schon lange KISS-Fan, und es bedeutet ihr auch sehr viel, wenn Leben in der Bude ist. Denn das war gefühlt ewig anders, und es liegt nicht mal an ihr, dass nun ständig Lieder von KISS gespielt werden, vorzugsweise auf der Gitarre oder dem Bass. Die Musikerin ist Terri-Anna, der kleine Wirbelwind. Jackies Tochter hat sich vor einer Weile mit dem KISS-Virus infiziert und ist seitdem kaum wiederzuerkennen.

KISS haben das Leben der Kleinen verändert und damit das der gesamten Familie. „Für mich ist es das Größte, Zeuge davon zu sein, wie sehr meine Tochter KISS liebt", sagt Jackie. „Die Band hat so viel Vertrauen in ihr geweckt und ihr so viel Selbstbewusstsein geschenkt, das ist einfach großartig." Mom Jackie ist seit ihrem 18. Lebensjahr KISS-Fan, also seit 1999, da ist an Terri-Anna noch nicht zu denken. Paul Stanley haucht ihr ein zartes „Forever" ins Ohr, und es ist um sie geschehen. Seitdem gilt ihre Liebe KISS – forever, versteht sich.

Terri-Anna übt täglich mit dem Bass

Jackie wird von ihren Freunden nur „Jax" genannt. Sie führt ein ganz normales Leben, arbeitet in der Verwaltung der Westpac Bank und ist mit Peter zusammen, einem kräftigen Griechisch stämmigen Mann. Ihr Glück scheint perfekt, als Jackie schon bald ihr erstes Kind erwartet. Doch in der 26. Schwangerschaftswoche diagnostizieren die Ärzte bei dem Baby einen schweren Herzfehler. Mit der Geburt von Terri-Anna ist nichts mehr, wie es einmal war. Das Familienleben spielt sich mehr oder weniger nur noch im Kinderkrankenhaus ab, „Terri-Anna verbringt dort ihre ganze Kindheit", sagt Jackie.

Terri-Anna wird mit nur einem halben Herzen geboren. Sie hat insgesamt fünf komplexe Herzfehler und muss sich drei schwierigen Operationen am offenen Herzen unterziehen. Weil es sich um 9-stündige Operationen handelt und sie viel Blut verliert, bekommt sie Transfusionen. Sie hat zunächst zwei Herzkatheteroperationen, um den Druck zu überprüfen, bevor sich die Ärzte an die großen Operationen wagen. Aufgrund der vielen Medikamente, die sie einnehmen muss, ist ihr Immunsystem permanent schwach. Zweimal wird Terri-Anna wegen einer Lungenentzündung ins Krankenhaus eingeliefert. Schon bei den kleinsten Anzeichen für eine Grippe weiß Jackie, dass es ihre Tochter wieder hart treffen kann, dass sie wohlmöglich wieder im Krankenhaus landen wird. „Es wurde so eine Art zweites Zuhause für sie", sagt Jackie. „Ich bin den Ärzten und Krankenschwestern dort wirklich dankbar, dass sie Terri-Anna schon so häufig das Leben gerettet haben."

Nicht zu retten ist dagegen die Beziehung der Eltern, sie leidet natürlich auch unter den schweren Umständen, aber das ist längst nicht alles. „Wir haben uns ständig gestritten, und das war nicht gesund", sagt Jackie, sie trennt sich von Peter. Terri-Anna ist da sechs Jahre alt. Jackie lernt Chris kennen, einen feinen Kerl, der in einem Geschäft für Motorradzubehör arbeitet. Er schenkt ihr ein intaktes Familienleben und ein paar Jahre später Theo, der inzwischen sechs ist. Terri-Anna hat jetzt einen kleinen Bruder, den sie nach Belieben auch mal wie KISS schminken kann.

Dank Jackie ist Terri-Anna nämlich längst ein echter Fan. Sie ist mit der Musik von KISS vertraut, die beiden hören sie so oft zusammen, dass die Kleine richtig vernarrt in die Band wird, dabei können ihre Freundinnen nur mit „I Was Made for Lovin' You" etwas anfangen. Von ihrem gesparten Taschengeld kauft sie sich Paul Stanleys Ibanez-E-Gitarre und beginnt, Lieder von KISS nachzuspielen. Sie ist sehr talentiert, schon nach ein paar Wochen klingen manche Songs richtig gut, und Terri-Anna studiert sogar die Soli ein. Sie übt jeden Tag und wird immer besser. Doch sie spürt, dass ihr Weg eigentlich ein anderer ist.

Ihr großer Favorit ist nämlich Gene Simmons. „Sie hatte anfangs Angst vor dem Mann mit der langen Zunge", erzählt Jackie, „aber inzwischen ist sie regelrecht vernarrt in ihn." Wenn sich Terri-Anna schminkt, und das tut sie regelmäßig, dann wie er. „Gene ist einfach der Beste", sagt sie. Ihre Mutter findet, dass sie ihm immer ähnlicher wird. Terri-Anna misst sogar ihre Zunge, angeblich ist sie 12,7 Zentimeter lang.

Mit Gene-Make-up zum ersten KISS-Konzert

Jackie und Terri-Anna unmaskiert

Terri-Anna und ihr Bruder Theo

Mit Stolz trägt sie den Spitznamen „Mrs. Simmons". Da liegt es auf der Hand, auch Bass zu spielen. Also kauft sich Terri-Anna einen Viersaiter und übt damit noch härter als sie es mit der Gitarre getan hat. Manchmal filmt sie sich dabei und stellt ihr Spiel auf Facebook. Das ist mutig, aber Terri-Anna kann es sich leisten, denn sie beherrscht inzwischen selbst so anspruchsvolle Bassläufe wie den von „Torpedo Girl" perfekt.

Oma und Opa, die mit im Haus wohnen, gruseln sich manchmal ein wenig, wenn Terri-Anna in vollem Make-up und Kostüm unterwegs ist. Inzwischen macht sie das einmal die Woche, und Jackie findet das richtig toll. Sie sagt: „Meine Tochter hat durch KISS so viel Selbstvertrauen gewonnen. Das zu beobachten, ist für mich etwas ganz Besonderes. KISS haben mein Mädchen so viel selbstbewusster im Leben gemacht."

Die drei Operationen haben Terri-Annas Herz dazu gebracht, so normal wie möglich zu arbeiten. Im Moment tut es das. Terri-Anna muss zu einem jährlichen Check, um zu sehen, ob alles funktioniert wie es soll. Leider schwebt immer die Möglichkeit einer weiteren Operation über ihr, sobald das Herz anfängt, seine Funktionsweise zu verändern. „Wir können uns nur von Check-up zu Check-up hangeln", sagt Jackie. „Aber sie ist ein so willensstarkes Kind, dass sie das alles wegsteckt." Wer sie heute sieht, sagt die Mutter, würde gar nicht glauben, dass sie ein Herzleiden hat. Sie machen gemeinsam Wettkampfschießen, sie reiten, fahren Motorrad. „Sie tut wirklich ihr Bestes, um so aktiv wie möglich zu sein“, sagt Jackie. Als sie noch klein war, wurde sie schneller müde als andere Kinder, das ist inzwischen nicht mehr so. Terri-Anna ist inzwischen 17 und darf so etwas wie das Leben eines normalen Teenagers führen.

» ***Meine Tochter hätte in den 70er-Jahren geboren werden sollen, echt schade für sie***

Also geht Jackie mit ihr auch zu ihrem ersten KISS-Konzert. Sie schminken sich beide, Jackie muss auf Pauls Maske ausweichen („Terri-Anna hätte nie zugelassen, dass wir beide als Gene gehen“). Sogar Chris kommt mit. Auch für ihn ist es wie für Terri-Anna das erste Mal. Für Jackie ohne Frage das schönste Mal. „Für mich war es der schönste Moment meines Lebens“, sagt sie. Und lacht: „Meine Tochter hätte in den 70er-Jahren geboren werden sollen, echt schade für sie.“ Als KISS im Oktober 2023 noch ein letztes Australien-Konzert nachschieben, kaufen Jackie und Chris ein Vip-Paket, und „Mrs. Simmons“ trifft ihren großen Liebling persönlich. Dieser Moment hat Terri-Anna für so manche Qual entschädigt.

Jackie Coffey, geb. 1981, Sydney, Australien

Erster Song: Forever | **Lieblingssong:** Domino
Konzerte: 5 | **Favorit:** Gene Simmons | **Kiss Kruises:** –

Terri-Anna, geb. 2006, Sydney, Australien

Erster Song: Forever | **Lieblingssong:** Burning up with Fever
Konzerte: 2 | **Favorit:** Gene Simmons | **Kiss Kruises:** –

Claudio führt den beliebten „KISS Army Nation Podcast"

» Kapitel 7 «

„KISS GABEN UNS EIN GEFÜHL VON MACHT“

Claudio Spera, Buenos Aires, Argentinien

Die Sonne blitzt durch die Äste der Bäume im Parque Rivadavia in Caballito, dem Zentrum von Buenos Aires. Unzählige kleine Stände präsentieren unter bunten Sonnenschirmen Briefmarken aus aller Welt. Hier wird jeden Sonntag gekauft, getauscht und viel diskutiert. Unter einem großen Baum spielen ein paar kleine Maradonas die Fußball-Weltmeisterschaft von 1978 nach. Ein bisschen abseits der Philatelie haben auch Jugendliche fast unbemerkt ein paar Stände aufgebaut. Sie haben dafür einfach Decken auf dem Boden ausgebreitet. Hier tauschen sie Magazine, Bücher, Schallplatten, Merchandisingartikel – vieles davon ist von KISS. Auch Claudio Spera ist sonntags zwischen zehn und zwei Uhr immer hier. Wenn die Sonne anfängt zu brennen und es den Briefmarkensammlern langsam zu warm wird, treffen sich die heißesten KISS-Fans Argentiniens.

Claudio ist bereits seit seinem elften Lebensjahr Anhänger der Band. Es ist Sommer auf der Südhalbkugel 1979, als Claudio mit seinem Bruder bei den Cousins ist, die beide schon etwas älter sind. Einer der beiden legt „Alive“ von KISS auf den Plattenteller. In Argentinien ist das kein Doppel-Album wie sonst überall, es erscheint in zwei Teilen als

Claudio als Gene in seiner Jugend-Band

Volume eins und zwei. Claudio ist zunächst wenig gefesselt von der Musik, ihn packen das Cover, die Bilder und der Superhelden-Charme deutlich mehr. Nur ein paar Tage später aber sieht er auf einem gepixelten Fernsehschirm die Videos zu „I Was Made for Lovin' You" und „Sure Know Something". Er mag die Stimme von Paul Stanley, die kraftvollen Gitarren und die dröhnenden Drums. Ihm gefällt, was er da hört. Das Album „Dynasty" macht ihn endgültig zum Fan, und interessanterweise glauben viele in Argentinien, es sei das Debütalbum von KISS.

Es ist eine dunkle Zeit in Argentinien, in der Menschen spurlos verschwinden und die Angst den Tangotakt vorgibt. Das Militär regiert sieben Jahre lang mit eiserner Hand, es lässt keinen Platz für alberne Träumereien und Fantasien junger Menschen und schon gar nicht für ausländische Musiker, die sich schminken. Der Zugang zu älteren Alben als „Dynasty" ist sehr schwer, nur wenigen, die ins Ausland reisen, gelingt es, in den Besitz dieser Platten zu kommen. Junge Argentinier erleben nicht die überwältigende Präsenz von KISS in den Medien. Zeitschriften und Sammlerstücke sind schwer zu ergattern. Was Fans in anderen Ländern erleben dürfen, bleibt in Argentinien weitgehend ein Geheimnis. „Ein KISS-Fan zu sein, war ein echtes Abenteuer", erzählt Claudio. „Wir waren wie Ausgestoßene, wir waren die Dummen, die diese vier Clowns mochten." Lokale Magazine berichten fast ausschließlich negativ über die Band. Das führt dazu, dass KISS-Fans ein starkes Gefühl der Zusammengehörigkeit entwickeln und beginnen, sich und andere Fans als eine Art zweite Familie zu betrachten. „Trifft man einen anderen KISS-Fan", sagt Claudio, „weiß man, dass diese Person etwas Besonderes ist."

Der beste Treffpunkt ist und bleibt der Parque Rivadavia, er gehört den Alten mit ihren Briefmarken, in deren Schatten es sich gut heimlich importierte Zeitschriften oder Tapes tauschen lässt. „Musik, die aus den

USA oder Großbritannien kommt, wird automatisch als antinationalistisch eingestuft“, erzählt Claudio. Er erinnert sich daran, dass die Zugehörigkeit zur KISS-Kultur in dieser Zeit für ihn wichtiger und größer ist als das Risiko, vom Militär erwischt zu werden: „KISS gaben uns ein Gefühl von Macht.“

> **»** ***Paul, auf diesen Moment warte ich jetzt seit 15 Jahren!***

Erst 1983, als Argentinien den Falklandkrieg, den Guerra de Malvinas, verliert, erleuchtet ein Funke der Hoffnung die Finsternis, die das Land in den letzten Jahren überzogen hat. Ein Hauch von Normalität beginnt zu blühen. Es braucht noch Zeit und Mut, aber schließlich wächst daraus eine Demokratie. Claudios Buch der KISS-Abenteuer schreibt ein neues Kapitel. 1994 besuchen KISS Argentinien, zum ersten Mal überhaupt. Sie spielen im Rahmen des „Monsters of Rock“-Festivals in einem der zahlreichen Fußballstadien. Im Gepäck das „Alive III“-Album. Claudio bucht sich extra ein Zimmer im Sheraton Hotel, weil er erfahren hatte, dass KISS dort absteigen. In einem feinen Anzug und bewusst ohne KISS-Shirt checkt er dort mit seiner damaligen Freundin ein. Er sitzt den ganzen Tag in der Lobby und wird jedes KISS-Mitglied vorbeilaufen sehen. Spät abends steigt Paul Stanley direkt vor ihm aus dem Aufzug. Claudio bittet ihn um ein gemeinsames Foto, doch Paul winkt ab und geht Richtung Hotelrestaurant. Claudio ruft ihm hinterher: „Paul, auf diesen Moment warte ich jetzt seit 15 Jahren!“ Dann geschieht etwas Wundervolles: „Paul bleibt stehen, kommt zurück, nimmt mich in den Arm und macht mit mir doch das Foto. Was für ein Moment.“

In New York mit der argentinischen Flagge

Beim Konzert ein paar Stunden später sieht Claudio ihn mit anderen Augen. Paul schwenkt auf der

Claudio trifft in Kanada bei einem Rock'n Con Peter Criss

Bühne eine argentinische Flagge und wirft sie danach ins Publikum. Claudio sitzt in der ersten Reihe, er greift zu. Aber seine Hand ist nicht die einzige, die die Fahne packt. Von rechts, von links, von hinten, viele Hände greifen zu. Da reißt die Fahne auch schon in mehrere Teile. „Mir blieb ein kleines Stück Stoff, mit Farben, die man kaum erkennen kann", sagt Claudio. Er behandelt den Stofffetzen wie einen Schatz, rahmt ihn ein und hängt ihn zu Hause an die Wand.

Zwei Tage später spielen KISS noch einmal in Buenos Aires, diesmal nicht vor 100.000 Fans, sondern vor 1500 im „Estadio Obras Sanitarias", einer kleinen Halle, in der sonst Basketball gespielt wird. Die Show läuft unter dem Titel „Just for the Fans" und ist für Claudio kaum in Worte zu packen: „Es war so familiär, so emotional, dass ich fast das gesamte Konzert über geweint habe." Er besitzt ein Bootleg davon, jedes Mal, wenn er es hört, sind die Tränen wieder da.

Claudio hat eine musikalische Familie, seine Eltern sind Einwanderer aus Italien und Syrien. Der Vater steht auf Klassik und Oper, die Mutter auf Pop, Claudio und sein Bruder sind Rebellen und verrückt nach Rock'n'Roll. Schon als kleiner Junge hat er den Traum, Schlagzeuger zu werden. In der Jugend bastelt er sich aus viel Holz, Schaumstoff und Karton seine Drumms und tritt mit Freunden auf, sie alle bemalen sich wie KISS. Sie spielen lippensynchron und sind so beliebt, dass sie bei zwei Jahresabschlussfeiern der Schule auftreten dürfen. Heute trommelt Claudio auf einem echten Schlagzeug, er ist Mitglied in gleich zwei Bands.

Vor 18 Jahren ist Claudio mit seiner Familie nach Montreal, Kanada, gezogen, er arbeitet dort im Bereich Verteidigung und Sicherheit. Seine drei Kinder sind 30, 21 und 20, also schon erwachsen. Die Familie bezeichnet er als seinen größten Schatz. Auch „Shandi", der kleine Beagle, gehört dazu. Claudio liebt Fußball und feierte mit viel Tränen und Begeisterung Argentiniens Titelgewinn 2022 in Katar, als Messi die Welt mit seiner Genialität verzauberte wie einst KISS mit „Destroyer". Frau und Kinder sind sich der Bedeutung der Band für die Familie bewusst. Sie alle teilen Claudios Leidenschaft auf ihre Art und Weise. Als sie mit Claudio auf die KISS Kruise III gehen, schlüpfen sie in die Outfits des „Dressed to Kill"-Covers.

» ***2009 fliegt Claudio nach Detroit, um KISS in der Cobo Arena zu sehen, dem „heiligen Schrein"***

Claudio versucht eigentlich immer, verrückte Dinge mitzumachen, er fliegt 1996 extra nach New York, um im Madison Square Garden den Auftakt zur Reunion-Tour zu sehen. Es ist die erste von zwei Shows, die Reise kostet ihn ein Vermögen. 2009 fliegt er nach Detroit, um KISS einmal im Cobo Arena zu sehen, dem „heiligen Schrein", wie er die legendäre Halle nennt. Die schönste Reise hat er sich für den Schluss aufgehoben: Mit Emiliano, seinem Jüngsten, fliegt er 2022 noch einmal nach Buenos Aires. „Ich musste einen unvergesslichen Abschluss für meine KISStory als Fan finden." Also kehrt er zurück an den Ort, an dem seine Liebe zu KISS entfachte. „Gibt es etwas Schöneres?", fragt Claudio. „Eine bessere Art, sich zu verabschieden, als mit dem eigenen Sohn an seiner Seite?"

KISS haben das Leben des Argentiniers geprägt. Claudio Spera findet wunderschöne Worte dafür, was ihm die Band gegeben hat: „Du musst es schätzen, deinen Träumen zu folgen und alles tun, um glücklich und stolz auf deine Überzeugungen und Leidenschaften zu sein."

Claudio Spera, geb. 1968, Buenos Aires, Argentinien

Erster Song: Let Me Go Rock'n'Roll | **Lieblingssong:** Love Gun
Konzerte: 48 | **Favorit:** Gene Simmons | **Kiss Kruises:** 3 (III, IV, XI)

Steve verheiratet als Paul Stanley ein junges Paar

» Kapitel 8 «

ICH, PAUL STANLEY, ERKLÄRE EUCH ZWEI ZU MANN UND FRAU

Steve Mitchell, Las Vegas, USA

Die Braut trägt weiß. Ein kurzes, flippiges Kleid, das die Tattoos an Arm und Bein sichtbar lässt. Der Bräutigam ist ganz in schwarz gekleidet, er hat eine schmale, weiße Krawatte vor der Brust und seine Haare sind so lang wie die seiner künftigen Frau. Der Pater ist oberkörperfrei, er trägt Glitzerhose und Plateauschuhe und sieht aus wie Paul Stanley. Hinter dem Make-up steckt Steve Mitchell, er ist der Frontmann bei dieser Hochzeit in Las Vegas, er wird dem Paar seinen Segen geben. Steve nimmt das Mikrofon und sagt: „Möchtest Du, John Fitzpatrick, diese Killer-Lady zu deiner Frau nehmen, um sie zu lieben und zu behüten. Versprichst du, das X in Sex zu setzen, alle Mauern zum Einsturz zu bringen, sie durch all diese verrückten, verrückten Nächte zu führen, mit allem Charisma den Himmel für sie zum Brennen zu bringen und niemals Goodbye zu sagen, weder heute, noch morgen, sie also zu lieben für immer?“

Das Paar ist entzückt. Es hatte sich eine KISS-Hochzeit gewünscht und ist dafür nach Nevada gereist. Schon in seine Ansprache hat der Pater neun KISS-Titel eingebaut. Mit Textpassagen aus einigen Songs geht das beim Gelübde der beiden weiter, das beide ihm gleich nachsprechen werden, und es fällt natürlich auch der Satz „I was Made for

Steve wusste früh, welche Band er mag

Steve (als Paul Stanley) mit Ace Frehley

Lovin' You". Irgendwann werden die Ringe getauscht, und es kommt zum finalen Kiss. Über Lautsprecher wird Musik der Band eingespielt, das Paar ist jetzt offiziell getraut. Es hat sich seine Hochzeit genau so gewünscht. Ab sofort beginnt ihr gemeinsames KISS-Leben.

Das von Steve Mitchell hat deutlich jünger begonnen. Seine Liebe zur Musik saugt Steve schon mit der Muttermilch auf. Wahrscheinlich früher als andere Kinder zeigt er dabei einen ausgeprägten Hang zum Theatralischen. Erst sind es die Beatles, vor allem mit „Sgt. Pepper's Lonely Hearts Club Band", dann Alice Copper's „Schools Out" und schließlich „Tommy", die legendäre Rock Oper von The Who, aber eigentlich nur, weil Elton John im Film „Pinball Wizard" singt. Klar ist: Über kurz oder lang muss Steve dann auch über KISS stolpern, und er tut das im November 1976.

Im TV sieht er einen Werbespot, der ihn fesselt. Er gilt dem neuen KISS-Album „Rock and Roll Over". Steve ist begeistert und spricht zu Hause nur noch von dieser Band. Mit Erfolg, er bekommt zu Weihnachten „Alive" geschenkt. „Als ich das Album auflege und die Explosion am Anfang von ‚Deuce' höre, bin ich süchtig", erzählt Steve. Das Gute: Er bekommt „Alive“ sogar zweimal, also tauscht er eines der beiden Alben gegen „Rock and Roll Over“ um.

Kurz nach Weihnachten wird sein Heimatort Berlin/Kensington in Connecticut von einem heftigen Schneesturm heimgesucht. Steve verdient sich etwas Geld damit, in der Nachbarschaft Einfahrten freizuschaufeln. Er gibt es aus für weitere KISS-Alben und die Songbücher von „Destroyer“ und „Rock and Roll Over“. „So begann meine lebenslange Liebe zu KISS.“

Eine Liebe, die er mit anderen Kids in seinem Alter teilt. 1977 zieht die Familie nach Tempe, Arizona, nicht weit von Phoenix gelegen. Gleich am ersten Tag wird Steve von anderen Jugendlichen auf sein Ace-Frehley-Soloalbum-Shirt angesprochen und findet auf Anhieb die ersten neuen Freunde. Als die Schule beginnt, werden es schnell mehr, denn Steve ist ein cooler Typ, er sieht gut aus und spielt Gitarre, das kommt an.

Leider muss er nach einem Jahr erneut umziehen, der Job des Vaters verlangt es, dass die Familie nach Connecticut zurückkehrt. In Cheshire kennt Steve niemanden und stellt fest, dass die meisten jungen Menschen dort lieber Led Zeppelin, Blue Oyster Cult und Black Sabbath hören und dazu viel Gras rauchen. „Es schien, als würde jeder an dieser Schule kiffen – zumindest die coolen Kids und die Rocker“, erzählt Steve. „Darauf hatte ich aber keine Lust. Also blieb ich mehr oder weniger für mich.“

» ***Kisten voll mit Zeitschriften, Büchern, Actionfiguren, Shirts, Postern, Büsten, Gläsern, einfach allem***

Nur ein Jahr später packen die Mitchells schon wieder ihre Koffer. Zu Steves Freude geht es zurück nach Arizona. Dort ist ihm alles vertraut, und auch seine Freunde sind noch immer KISS-Fans. Diesmal bleibt Steve bis 2014, er hat eine großartige Zeit dort. „Meine Kumpels und ich gingen zu KISS, wann immer sie in der Stadt waren.“ Sie lesen alles über die Band, was sie in die Finger bekommen. Und sie sammeln wie die Weltmeister alle möglichen KISS-Artikel. „Ich habe Kisten voll mit

Zeitschriften, Büchern, Actionfiguren, T-Shirts, Postern, Büsten, Sektgläsern, Schalen, Geschirr, einfach allem. Einmal schenkten mir meine Eltern zu Weihnachten ihre Jukebox von 1953 und die 45er-Box von KISS." Ein Prunkstück, genau wie seine von Paul Stanley signierte Gitarre, eine ebenfalls signierte Gene-Axt, zwei original Stanley-Gemälde mit den Titeln „Purple Haze" und „Karma", sowie die Halskette, die Paul von Cheryl Rixon für die Monster-Tour gemacht bekam.

Die ist für Steve seit seinem Umzug nach Las Vegas 2014 ziemlich wichtig geworden, denn er trägt sie während seiner Auftritte. Steve übernimmt inzwischen den Part von Paul Stanley in der Tribute-Band „Sin City KISS". Eine verdammt schwere Aufgabe: „Ich muss ständig trainieren, um in Form zu bleiben und mich immer richtig schminken", sagt Steve, aber das sei es wert. Er lässt keinen Zweifel daran, dass Paul für ihn die herausragende Persönlichkeit bei KISS ist: „Paul ist die Stimme, das Herz, die Seele und das Rückgrat der Band." Für eine kurze Zeit springt sogar Steves Sohn Zach in der Tribute Band als Ace Frehley ein. „Er ist ein erstaunlicher Gitarrist." Im November 2021 stirbt unerwartet der Bassist, also das Gene-Double. Es dauert, bis Steve Ersatz findet, er benennt die Band um in „Generation KISS". Von nun an sind sie der heißteste KISS-Tribute der Glitzermetropole.

» *Nur ein Mausklick, und man wird von Paul Stanley getraut*

Las Vegas hat einiges zu bieten, großartige Shows, schnelles Geld, verrückte Typen. Die Stadt zieht die Menschen mit dem Außergewöhnlichen an. Dazu gehören für viele auch die einzigartigen Möglichkeiten zu heiraten, denn Nevada hat für seine Booming Town besondere Gesetze zur Eheschließung erlassen. Nur ein Mausklick, und man darf dort getraut werden von Elvis, Darth Vader – oder auch von Paul Stanley!

In der „Love It Loud Wedding Chapel" innerhalb von KISS by Monster Mini Golf führt Steve Trauungen durch. In vollem Make-up und Kostüm von Paul Stanley. KISS-Fans kommen nach Las Vegas, um sich vor seinen geschminkten Augen das Ja-Wort zu geben. „Sie bekommen eine rockige Hochzeit", verspricht „Pater" Paul. Manche kommen selbst geschminkt,

Steve nimmt auf der Kiss Kruise IV hunderten Fans ihr Ehegelöbnis ab

die meisten tragen KISS-Shirts, einige machen sich fein. Steve erzählt: „Ich habe eine Hochzeitszeremonie mit über 50 KISS-Songtiteln und -texten geschrieben. Die Zeremonie folgt zwar einer in Las Vegas üblichen Standardhochzeit, sie besteht aber komplett aus KISS!"

Steve erzählt, wie er nach vielen Jahren im Bankwesen zu dem außergewöhnlichen Job kam: „Ich wurde in den späten 90er-Jahren in einer nicht konfessionellen Kirche ordiniert. Als sich die Gelegenheit ergab, in der KISS Wedding Chapel Trauungen durchzuführen, habe ich die Chance ergriffen." Seit zwölf Jahren führt er dort nun schon Paare ins KISS-Glück. Möglichst „Forever".

In Amerika ist es durchaus üblich, dass auch länger verheiratete Paare ihre Eheversprechen in sogenannten „Vow Renewal"-Veranstaltungen erneuern. Steve hat das während der ersten sieben KISS Kruises an Bord angeboten, und Hunderte machten davon Gebrauch. Vor einer Kruise hat er in Miami auch schnell noch eine richtige Trauung durchgeführt. Gene Simmons war als Trauzeuge dabei, denn der Bräutigam war ein alter Freund von ihm. Das Emotionalste erlebte Steve jedoch auf der

KISS Kruise IV: „Meine Eltern kamen mit auf diese Reise und erneuerten ihr Eheversprechen, während ich die Zeremonie durchführte. Das war etwas ganz Besonderes für mich“, erzählt Steve. Er und sein Vater waren sich nie wirklich einig, wenn es um Musikgeschmack oder um KISS ging. Dass die Eltern nun mit auf die Kruise kommen, bedeutet Steve deshalb sehr viel. Und sie setzen noch einen drauf und begleiten ihn zum Konzert in Phoenix: „Wir saßen in der 10. Reihe in der Mitte der Bühne“, sagt Steve. „Mein Vater war krank, er kämpfte schwer mit dem Krebs, aber er hat die ganze Show durchgehalten. Zwei Tage später sagte er mir, wie sehr er das Konzert genossen hat und dann verriet er: ‚Du hattest Recht, Junge‘. Es war die beste Show, die er je gesehen hatte. Das war wahnsinnig emotional für mich.“ 2022 verlor der Vater seinen tapferen Kampf gegen den Krebs.

Steve hat zu Krankheiten ein ganz eigenes Verhältnis. Er bildet sich auf ungewöhnliche Weise nebenbei weiter, indem er die heilige Medizin der amerikanischen Ureinwohner studiert. „Bald werde ich offiziell ein Medizinmann sein. Ich bin dann in der Lage, heilige Zeremonien zu

Steve Mitchell begrüßt die Kiss Navy als Paul Stanley

Steve als extrovertierter Tribute-Star

leiten", erzählt er. Steve ist Mitglied des Hermetic Order of the Golden Dawn (Hermetischer Orden der Goldenen Dämmerung), einer 1888 gegründeten magischen Gesellschaft. Dort studiert und praktiziert er hohe, rituelle Magie. Kürzlich hat er den Grad des Äußeren Ordens abgeschlossen, nun tritt er in den Inneren Orden ein, das zentrale Initiationsritual des Ordens. Steve lacht: „Das hört man wahrscheinlich nicht jeden Tag." Wenn er offiziell ein Medizinmann ist, wird er in der Lage sein, Atem-, Schwitzhütten- und Canabis-Zeremonien zum Zwecke der Heilung durchzuführen. Er hat auch eine Ausbildung in Naturheilkunde absolviert, um Menschen von Medikamenten wegzuführen.

Es ist ohne Frage ein buntes Leben, das Steve Mitchell in Las Vegas führt. Eines zwischen Magie und Hokuspokus. Kaum zu glauben, dass er tagsüber immer noch im Bankgeschäft tätig ist. Inzwischen ist es schwer bei ihm zwischen Wirklichkeit und Traum zu unterscheiden, aber vielleicht möchte man das auch gar nicht. Steve sagt, was KISS betrifft, wird er so weitermachen. „Ich werde Fan bleiben und in einer Tribute-Band spielen, bis ich denke, dass es an der Zeit ist, die Plateauschuhe an den Nagel zu hängen." See You in Your Dreams, Steve.

Steve Mitchell, geb. 1964, Berlin, USA

Erster Song: Hotter than Hell | **Lieblingssong:** Mister Speed
Konzerte: 80+ (seit 1979) | **Favorit:** Paul Stanley | **Kiss Kruises:** 7 (I-VII)

Paul und Gene mal ganz anders: Darren schnitzt KISS-Figuren aus Holz

» Kapitel 9 «

ER LÄSST KISS TANZEN

Darren Moreash, Halifax, Kanada

Darren Moreash ist Mitte 30, als er ein wunderbares Hobby für sich entdeckt. Er schnitzt Figuren aus Holz und lässt sie für sich an Seilen tanzen. Seine Freundin bittet ihn, eine Marionette von sich zu bauen, das wird seine erste. Dann wagt er sich an Gene Simmons. KISS ist Darrens Lieblingsband, und Gene mag er ganz besonders. Als er fertig ist, sagt er: „Die Figur ist nicht wirklich großartig, aber irgendwie cool." Als Vergleich hat er ein Foto im Kopf, das während der „Destroyer-Tour" entstand, es zeigt KISS mit Marionetten, aber Darren stellt etwas viel Wichtigeres fest: Er hat eine neue Leidenschaft gefunden. „Meine erste Gene-Simmons-Marionette war der Anfang einer langen Reise für mich." Der Kanadier beschließt, Geppetto für Rockmusiker zu werden.

Für die Herstellung einer Puppe benötigt Darren ein paar Tage, die Figur von Gene nimmt etwas mehr Zeit in Anspruch. „Seine Drachenstiefel sind wahnsinnig aufwendig." Darren merkt schnell, wie beliebt seine Puppen sind, vor allem bei den Menschen, die er in Holz nachgebildet hat. Er tauscht sie gegen Tickets und Meet & Greet-Veranstaltungen. So schnitzt er ein paar Mitglieder von Cheap Trick, die als Vorband mit KISS auf Tour gingen. Er bekommt dafür Tickets und trifft die Band. Ein paar Wochen später erhält er eine E-Mail. Auch die anderen Bandmitglieder hätten gern

Darren schnitzt Gene-Puppen aus unterschiedlichen KISS-Dekaden

solch eine Marionette von sich, Cheap Trick wünschen sich ein komplettes Set für ihre Sammlung. Später dann stolpert er eher zufällig im Fernsehen über ein Video des Songs „I want you for Christmas", einem lustigen Weihnachts-Remake des Hits „I want you to want me". Darren sagt: „Ich war angenehm überrascht, als ich sah, dass anstelle von Cheap Trick im Video die von mir geschnitzten Marionetten zu sehen waren."

Darren bietet KISS eine Figur von Gene und Paul für ein Meet & Greet an. Er trifft sie in Halifax am 1. August 2013. „Die beiden schienen ihre Marionetten wirklich zu mögen." Gene lässt einen Assistenten sogar ein Bild von Darren mit den Puppen machen. Genes hängt inzwischen im großen KISS Museum in Las Vegas. Und Darren bekommt Autogramme auf einem Poster, das ihm besonders wichtig ist.

Die Beziehung zwischen Darren und KISS war nicht immer so einfach. Gerade der Anfang ist eher holprig: Zum ersten Mal mit KISS in Berührung kommt Darren in der Junior High. Ein Junge bringt das Album „Love Gun" mit in den Musikunterricht, und der Lehrer legt es auf. Der Sound in Verbindung mit dem irren Album-Cover haut den jungen Darren komplett um. KISS sind an diesem Tag ein angesagtes Thema, nicht nur in der Schule. In der Nacht zuvor haben sie in Halifax ihre „Love Gun Tour" begonnen, und alle sprechen darüber. Nur Darren sagt: „Ich habe die Party verpasst." Er ist traurig deswegen und besorgt sich zur Entschädigung ein Poster dieser Tour, es hängt lange an der Wand seines Zimmers. Es ist das Poster, das ihm später alle vier Bandmitglieder signieren.

Sogar die Größenunterschiede stimmen bei den KISS-Puppen

An der Junior High gibt es nicht so viele KISS-Fans, das ändert sich schlagartig an der Highschool. Hier findet Darren viele Gleichgesinnte, die sich lebenslang der KISS Army verschreiben. Darren liebt es, alte Monsterfilme zu gucken und glaubt, dass das der Grund dafür ist, warum „God of Thunder" auf Anhieb sein Lieblingssong wird und Gene Simmons sein Lieblingmitglied bei KISS. Bis heute hat sich weder an dem einen, noch an dem anderen etwas geändert. Darren beginnt früh, alles Mögliche von KISS zu sammeln. T-Shirts, Gürtelschnallen, Poster, „was auch immer ich finden konnte", er muss es haben. Und wird dabei unterstützt: „Meine Mutter, die letztes Jahr verstorben ist, war vielleicht kein KISS-Fan, aber sie war ein Elvis-Fan und verstand deswegen meine Besessenheit. Sie schenkte mir zu jedem Geburtstag, zu Weihnachten und zu Ostern etwas, das in meine Sammlung passte." Wie viele Fans hat auch Darren bald schon ein eigenes KISS-Zimmer. Dann kommt das Leben dazwischen und räumt im Laufe der Jahre kräftig bei ihm auf. Das meiste Zeug ist heute weg, Darren behält nur ein paar wenige Dinge, darunter natürlich sein erstes Poster.

Vor sechs bis sieben Jahren hat er aus seinem Hobby einen Beruf gemacht. Er formt auf seine Art Rockstars – und verkauft sie online. Eine maßgefertigte Holzmarionette kostet 140 Dollar. Seine kleine Ein-Mann-Firma nennt er „Darrionettes", also Darren + Marionettes. Darren sagt: „KISS war die erste Band, die meinen Musikgeschmack geprägt hat und meine Liebe zur Rock- und Hardrockmusik begründete. KISS sind der Grund, warum Leute wie Ozzy Osbourne, Rob Halford und Lemmy Kilmister jetzt Marionetten besitzen, die ich gemacht habe." Deshalb weiß er auch schon jetzt, was er an dem Tag tun wird, an dem für KISS der letzte Vorhang fällt: „Ich werde ‚Hotter than Hell' oder ‚Rock and Roll Over' auf meine Kopfhörer legen, die Welt ausblenden und neue Puppen schnitzen."

Darren Moreash, geb. 1965, Halifax, Kanada

Erster Song: God of Thunder | **Lieblingssong:** God of Thunder
Konzerte: 4 (seit 2013) | **Favorit:** Gene Simmons | **Kiss Kruises:** –

Hingucker: John führt sein Gene-Kostüm aus

» Kapitel 10 «

ER SCHENKT DER UNI SEINE WERTVOLLE KISS-SAMMLUNG

John Downs, Charleston, USA

Wie er KISS-Fan wurde, das ist schnell erzählt, und wenn John davon spricht, kommt es ihm noch immer vor wie gestern. John ist bei seinem Freund Tom, die beiden Teenager leben in Charleston, South Carolina, und verbringen viel Zeit miteinander. Tom muss noch Hausaufgaben machen, John nicht. Er vertreibt sich die Zeit und stöbert in Toms Kassettensammlung herum. Dort entdeckt er ein Tape mit dem Titel „Destroyer“, das Cover sieht ziemlich cool aus, also zieht er es heraus und legt es ein. Als er den ersten Song hört, hat er eine neue Lieblingsband. Er sagt selbst: „Schon die ersten Töne von Detroit Rock City haben mich süchtig gemacht.“

John hat großes Glück. Seine Eltern sind entspannt gegenüber jeglicher Art von Musik, sie lassen ihn und seinen Bruder Jamie hören was sie möchten. Jamie ist 16 Monate jünger als John, hat aber einen sehr ähnlichen Musikgeschmack. Häufig gehen die beiden zusammen zum Plattenladen und kaufen KISS-Scheiben. Der Vater erlaubt den beiden 1978 sogar, nach Columbia zu fahren, um dort das erste KISS-Konzert im Carolina Coliseum zu erleben. „Für uns eine riesige Sache, denn wir hatten noch nie eine Nacht außerhalb der Stadt verbracht. Schon gar nicht, um ein Rockkonzert zu sehen", erzählt John. Er und Jamie haben Tickets für die allerletzte Reihe im Oberrang, sie sitzen mit dem Rücken zur Wand, aber das ist ihnen egal. „Hey", sagt John, „wir waren bei unserem allerersten KISS-Live-Konzert. Wir hatten einen Riesenspaß! Ich werde diesen Tag nie vergessen, solange ich lebe."

KISS haben etwas sehr Cleveres erfunden. Sie legen in den 70er-Jahren immer kleine Gimmicks mit in ihre Alben, Aufkleber, Tattoos oder irgendwelche Spielereien, das fixt die Fans an, Dinge von ihnen zu sammeln. Auch bei den Downs-Brüdern kommt das gut an und führt zu gewünschtem Erfolg. John sagt: „Wir liebten es, Kiss-Artikel zu sammeln." Und so besitzen sie bald einen KISS-Van mit Fernbedienung, eine KISS-Gitarre aus Plastik, jede Menge KISS-Shirts, KISS-Kaugummi, die aufbewahrt und nicht etwa gegessen werden, KISS-Spielkarten, und es wird immer mehr. Sie sammeln nicht nur gemeinsam, sie schenken sich auch gegenseitig Dinge von KISS. Das größte Geschenk macht Jamie seinem älteren Bruder 2011, als beide zur ersten KISS Kruise fahren. Er kauft ihm den Bass von Gene Simmons, so kommt es für John zum schönsten KISS-Moment seines Lebens: Er trifft zum ersten Mal Gene.

„Nach so vielen Jahren konnte ich endlich meinen Helden und meine Inspiration treffen", sagt John Downs. „Gene war sehr lustig und hat mir schnell meine Nervosität genommen. Er ist sehr intelligent. Wir sprachen über so viele Dinge, von der Fernsehserie Twilight Zone bis zur Bibel. Zum Schluss gab er mir noch einen Rat, den ich nicht vergessen werde: Wenn du etwas in deinem Leben wirklich willst, geh' hinaus und verdiene es dir. Niemand wird dir etwas schenken. Du musst hart arbeiten, um deine Ziele zu erreichen. Und genau das habe ich mein ganzes Leben lang befolgt."

Jetzt stehen Johns Gitarren hinter Glas

John Downs besitzt seit 25 Jahren eine Werkstatt für Autoglasersatz. Davor hat er 20 Jahre lang Versiche-

John mit Paul Stanley

Gene nimmt John in den Arm

rungen verkauft. Seine Familie hält ihn am Anfang für ein bisschen verrückt, lernt KISS im Laufe der Jahre aber selbst lieben. Das Gute: Alle sind sehr musikalisch: Margaret, seine Frau, ist Musikdirektorin und Organistin an der JohnWesley United Methodist Church in Charleston. Sein Sohn Johnny hat gerade seinen Abschluss an der Clemson University gemacht, wo er im Männerchor gesungen hat. Seine Tochter Charlotte studiert im Hauptfach Musikindustrie an der Universität von South Carolina. John lebt in Folly Beach, einem Ort mit knapp 3000 Seelen 18 Kilometer südlich von Charleston, direkt am Atlantik. Es ist ein Paradies für Surfer, aber John liebt es, mit dem Boot rauszufahren und zu angeln.

» *Er wird sich von dem trennen, was ein wichtiger Teil seines Lebens ist*

Bevor er hierherzieht, muss er eine harte Entscheidung treffen. Er wird sich von dem trennen, was ein wichtiger Teil seines Lebens ist. Für die KISS-Artikel, die er mit so viel Liebe und reichlich Dollars gesammelt hat, ist in dem neuen, deutlich kleineren Haus kein Platz mehr. Aber das ist nicht der einzige Grund: „Ich bin bald 65", sagt John. „Kennst Du den Ausdruck ‚Man kann nicht alles mitnehmen'? Wenn ich sterbe, möchte ich nicht, dass meine KISS-Sammlung aufgeteilt und an verschiedene Leute verkauft wird. Ich habe mein ganzes Leben damit verbracht, sie so zusammenzustellen und möchte nicht, dass sie für Geld aufgelöst wird. Ich möchte, dass sie zusammenbleibt, denn es ist eigentlich eine komplette KISS-Welt."

Er entscheidet sich deshalb, alles der Universität von South Carolina zu stiften. Die gesamte KISS-Sammlung wird dort Teil der Musikbibliothek. Seine einzige Bedingung: Alle KISS-Artikel müssen für Besucher sichtbar ausgestellt werden, sie dürfen nicht irgendwo eingelagert sein.

„Ich wollte, dass die Studenten und Besucher der Uni in der Lage sind, die Sammlung auch tatsächlich zu sehen." Nachdem dieser Punkt geklärt ist, stehen eines Tages mehrere Umzugswagen vor dem Haus der Downs, alles wird verpackt, verladen und weggefahren. „Ich weiß, dass meine Sammlung in ein gutes Zuhause geht", sagt John. Ihren Wert schätzt er auf mehr als eine halbe Million Dollar.

Das mit dem Sammeln ist so eine Sache. Manche Fans horten einfach alles, was sie von KISS ergattern können, manche spezialisieren sich. John beginnt mit dem Sammeln von Autogrammen, der Anlass dafür liegt weit zurück im Jahr 1977: Er und sein Bruder nehmen an einem „Dress like KISS"-Wettbewerb in einem örtlichen Plattenladen teil. John kleidet sich wie Gene Simmons, Jamie wie Peter Criss. „Ich gewann den ersten Preis und bekam den gesamten KISS-Plattenkatalog und ein signiertes Soloalbum von Gene Simmons", erzählt John voller Stolz. „Ziemlich cool für ein Kind in der High School."

Das signierte Album ist der Startschuss für ein Hobby, das kaum Grenzen kennen wird. John interessiert sich für Instrumente, die KISS gespielt oder verkauft haben. „Im Laufe der Zeit sammele ich goldene Schallplatten, Auszeichnungen, Setlisten, Kostüme, handgeschriebene Songblätter, Gitarrenbilder, Handtücher, die Gene benutzt hat, Poster, Shirts, Gemälde von Paul Stanley und und und." Als die Sammlung wächst, widmet John einen Raum im Haus ausschließlich seinen KISS-Artikeln, er nennt ihn seine „KISS Cave". Als er von einem Haus in ein anderes zieht, bekommt die Sammlung eine größere KISS-Höhle, damit sie weiter anwachsen kann. Ständig kauft John Schränke, um all das Zeug zu lagern.

Der lustigste Gegenstand ist vermutlich eine Wasserflasche, die Gene auf der Bühne nur halb ausgetrunken hat. Oder ein Strohhalm, den Paul Stanley einmal benutzt hat. John kaufte in einer Kunstausstellung einige von Pauls Gemälden und durfte im Anschluss mit zu einem Abendessen. Stanley trank Wasser aus dem Strohhalm. „Als er ging, steckte ich den Strohhalm in eine Serviette und nahm ihn mit nach Hause." John musste an den Kaugummi denken, den Gene Simmons einmal für einen guten Zweck versteigern ließ und der 250.000 Dollar einbrachte. John lacht: „Wenn jemand Genes Kaugummi rettet, kann ich das auch mit Pauls Strohhalm tun."

Es sind so viele besondere Dinge, die seine Sammlung so einzigartig machen. John hat zum Beispiel eine Bronzeskulptur, die Paul Stanley kreiert hat. „Er hat nur vier davon gemacht, sie ist also sehr selten." John hat ein Paar original Schlagzeugstöcke von Peter Criss, die ihm dessen ehemalige Frau Lydia verkauft hat. Er hat ein Family-Jewels-Foto, das von Genes gesamter Familie signiert wurde.

Richtig stolz ist John auf seine Bass- und Gitarrensammlung. „Ich hatte sie immer an der Wand hängen, damit alle sie sehen konnten. Ich habe viele Punishers und Äxte und auch viele Ace Les Paul-Gitarren. Ich habe eine Tommy Thayer Epiphone und so weiter." Auch besitzt er eine Smoker-Gitarre, auf der Ace Frehley „Shock Me" bei einem Konzert in New Brunswick spielt, sie ist auf YouTube zu sehen, nun hängt sie wie 25 weitere Gitarren nicht mehr bei John Downs, sondern in der Music Library der Universität von South Carolina.

» ***Am Tag des Abschieds trägt John einen Smoking und eine rote Fliege***

John trägt einen Smoking und eine rote Fliege an dem Tag im Mai, an dem er seine Sammlung offiziell überreicht. Es ist ein feierlicher Moment, aber natürlich wird er sentimental. Er lebt den KISS-Traum so intensiv wie ihn nur ganz wenige leben. John Downs sagt: „Wenn KISS Rock and Roll all Nite zum letzten Mal im Madison Square Garden spielen und danach von der Bühne gehen, werde ich immer noch ihre Musik weiterhören. Und ja, ich werde vermutlich immer noch irgendetwas von KISS sammeln." Er ist schon so lange ein Teil dieses Traumes.

John Downs, geb. 1959, Charleston, USA

Erster Song: Detroit Rock City | **Lieblingssong:** Detroit Rock City
Konzerte: Hörte bei 50 auf zu zählen | **Favorit:** Gene Simmons
Kiss Kruises: 11 (alle)

Die Anfänge der KISS Army 1975 in Terre Haute

„Das ist bis heute noch immer der Höhepunkt meines Lebens"

Willliam Starkey ist der Erfinder der KISS Army. Der Lehrer aus Indianapolis drohte seinem Radiosender, ihn in die Luft zu sprengen, wenn man dort nicht endlich auch KISS-Songs spielen würde. Was dann geschah, veränderte alles.

? Für die KISS-Fans bist Du ein Star. Bist Du Dir Deiner besonderen Rolle bewusst?

William Starkey: Ich danke Dir. Ich bin Star-key, aber kein Star. Ich bin stolz auf meine Geschichte mit der Band und auch auf die Band.

? Du bist der Vater der KISS Army. Im Januar 1975 hast Du mit Deinem Freund Jay Evans euren kleinen Radiosender WVTS in Terre Haute, Indiana, aufgefordert, endlich KISS-Songs zu spielen. Aber sie sind eurer Bitte nicht nachgekommen.

Damals in den 70er-Jahren konnte man anrufen und über die Warteschleife seine Lieblingsbands anfragen. Man sagte uns sehr freundlich, dass sie KISS nicht spielen würden und dass der Programmdirektor sie für eine weitere schlechte Band aus New York wie die Dolls hielt. Einmal sagte er uns am Telefon, sie seien eine mittelmäßige Bachman-Turner Overdrive-Variante. Wir dachten uns, dass der Kampf damit gelaufen war.

? Dann hast Du Briefe geschrieben und Dich als Präsident der KISS Army ausgegeben?

Ja, irgendwann meinte KISS-Manager Bill Aucoin, ich solle es in Commander-in-Chief ändern. Jay Evans, mein Komplize, nannte sich Feldmarschall, weil er das für einen herrlich albernen Titel hielt. Bei dem, was wir taten, musste man schon einen Sinn für Humor haben.

? Humor ist gut, Ihr habt doch angeblich damit gedroht, den Radiosender in die Luft zu sprengen. Stimmt das etwa nicht?

Doch, doch, ich bin mir ziemlich sicher, dass wir das in irgendeinem Brief an WVTS angedroht haben. Wir haben die ganze Pyro gesehen, die KISS bei ihren Liveshows verwendet hat und haben das mit etwas Teuflischem assoziiert, um unseren Standpunkt ein bisschen klarer zu machen. Auch hier dachten wir aber, wir seien witzig.

? Sieben Monate später begann der Radiosender tatsächlich, KISS-Songs zu spielen. Angeblich musstest Du ihnen Deine KISS-Platten leihen?

Diese Tafel bekam Bill von KISS geschenkt

Im September war KISS Alive in den Charts und sie mussten es einfach spielen. Also riefen sie mich an und baten mich, meine KISS-Platten zum Radiosender zu bringen. Es war ziemlich seltsam, denn Jay hatte gerade mit dem College begonnen, und ich hatte weder ein Auto noch einen Job. Ich musste meine Mutter um ihr Auto bitten, damit ich die Platten zu WVTS bringen konnte. Damals dachte meine Mutter, ich sei wirklich verrückt.

? Im November 1975 kamen KISS nach Terre Haute, um dort zu spielen. Sie wurden vom Flughafen von einer Fan-Eskorte abgeholt und zum Radiosender begleitet. War das der Gründungstag der KISS Army?

Ja, die US-KISS-Army hat die Band am Flughafen abgeholt und eine kurze Parade auf der Wabash Avenue abgehalten. Wie ironisch, dass KISS zu dem Radiosender gingen, der vor nicht einmal einem Jahr ihre Musik nicht spielen wollte. Jetzt waren sie im Kellerstudio von WVTS und legten dort als DJ's ihre eigenen Songs im Radio auf.

? Beim Konzert am Abend wurdest Du auf die Bühne geholt und von 10.000 Fans

gefeiert. Was war das für ein Gefühl?

Das ist bis heute noch immer der Höhepunkt meines Lebens. Ich bin mir sicher, dass es Leute im Publikum gab, die mir und Jay nur ein Jahr später wegen unserer selbstgemachten KISS-Shirts an der Terre Haute North Vigo High School das Leben verdammt schwer gemacht haben. Meine Klassenkameraden, die Aerosmith und Lynyrd Skynyrd mochten, hatten ihre eigenen offiziellen T-Shirts. KISS hatten bis 1976 keine verkauft, also haben wir uns welche selbstgemacht.

? ***Nach dem Konzert seid Ihr mit der Band Chinesisch essen gegangen. Wie war das? Sie waren doch sicher unmaskiert.***

Natürlich war es wie eine religiöse Erfahrung, die Band ohne ihr Make-up zu sehen. Am Anfang

Die Fans in Terre Haute nennen sich Army – der Anfang einer Bewegung

war es schwierig zu erkennen, wer wer war, mit Ausnahme von Peter. Aber ein noch größeres Vergnügen war es, mit ihnen zu sprechen, denn sie waren auf einmal so ganz anders als die wilden, geschminkten Typen auf der Bühne. Ich hätte nie gedacht, dass Gene wie ein College-Professor sein würde oder dass Paul so bescheiden sein würde, obwohl er doch der große Star bei KISS war. Ich liebte es, Peters Brooklyn-Akzent zu hören, niemand in der Band hatte einen solchen New Yorker Akzent.

? *Du hast Freikarten für vier Shows der „Destroyer"-Tour bekommen, Du warst backstage, Du warst in ihren Hotels. Wer war am nettesten zu Dir?*

Gene war derjenige, der mich entweder in den Hotels oder hinter der Bühne immer wieder traf. Ich glaube, er wurde beauftragt, mich zu babysitten. John Harte, der Sicherheitschef von KISS, war auch ein netter Kerl. Er hat mich und meine Freunde immer zu den After-Partys gelassen.

? *Du warst erst 19 und hast sehr viel mitbekommen. War das nicht seltsam?*

Ich sah, wie sich junge Mädchen der Band in jeder Stadt an den Hals warfen. Das Management behandelte so was sehr professionell. Gene hat mir an einem Abend in Evansville, Indiana, sein Frauen-Sammelalbum gezeigt. Ich war schwer beeindruckt, wie gut organisiert er war. Manche Leute sammeln halt Bilder von Orten, an die sie reisen, bei ihm war das ziemlich originell.

? *Warum haben sie Dir so sehr vertraut?*

Ich war nicht anders als ein Fotograf oder ein Rockautor, der Zugang zur Band hatte. Sie waren alle sehr professionell. Ich war zu der Zeit 19. Ich war nie in einer Position, in der man mir etwas anvertrauen musste. Ich hatte doch keine Verantwortung für irgendetwas.

? *Wie war das mit Ace und Peter? Als du jung warst, wolltest du immer wie Ace sein. Du warst ein Gitarrist und fandest ihn cool, oder?*

Wenn ich nur ein Mitglied auswählen müsste, mit dem ich mich identifizieren konnte, bevor ich die Band traf, dann war es Ace. Gene war mir zu seltsam, und Paul war mir zu auffällig. Das Treffen mit den beiden bewies mir dann, dass

Heute kann der ehemalige Lehrer Bill Starkey über die damalige Zeit lachen

weder Gene noch Paul im wirklichen Leben so waren. Aber seltsamerweise habe ich Ace nie getroffen, bis er vor ein paar Jahren mal zu unserem Volksfest kam. Als ich ihn nach einem Autogramm fragte, glaube ich nicht, dass er wusste, wer ich war – und es war ihm auch egal.

? *Und Peter, wie war er so?*

Peter war immer großartig, wenn seine Frau Lydia dabei war. Für mich waren die beiden das Rock'n'Roll-Paar der 70er-Jahre. Peter hat sich wirklich für uns Fans interessiert und mit uns über alles Mögliche geredet, seine Lieblingsschlagzeuger, seine Katzen, einfach alles. Aber wenn Lydia nicht mit auf Tour kam, war Pete etwas unberechenbar und manchmal sogar ziemlich launisch. Deshalb war ich immer froh, sie zu sehen. Ich denke, sie hat ihn on the Road geerdet.

? *Du hast einmal gesagt, Gene wirke heute wie ein Profi-Wrestler, der eine Promo hält. Was hast Du damit gemeint?*

Profi-Wrestler versuchen immer, einem etwas zu verkaufen, eine Menge Hype für ein großes Match oder so. Viel vorhersehbare Prahlerei. Ein paar Mal habe ich Gene in bestimmten Shows gesehen, wie er auf dieselbe Weise über die Band gesprochen hat. Für mich ist das nicht der echte Gene. Es ist fast so, als ob er schauspielern würde. Der Gene, den ich kenne, ist ziemlich lustig und sehr geistreich. In letzter Zeit waren seine längeren Interviews etwas freizügiger und entsprachen mehr seinem wahren Ich. KISS-Shows müssen nicht angepriesen werden. Für mich verkaufen sie sich von selbst.

? ***Dank der KISS Army nahm die Band schätzungsweise 5.000 Dollar pro Tag durch Merchandising ein. Warst Du daran in irgendeiner Weise beteiligt?***

Manager Bill Aucoin versprach mir ursprünglich einen Job im Fanclub in Terre Haute. Sechs Monate später erhielt ich ein Care-Paket von Boutwell Enterprises in LA. Mit Gürtelschnallen und ein paar T-Shirts. Sie sagten mir, dass sie den Fanclub von Kalifornien aus selbst betreiben würden. Aber alles, was sie verkauften, waren Gürtelschnallen, Shirts, ein Tour-Buch und ein vierteljährlicher Newsletter. Sie waren nett und erlaubten mir, sie viermal im Jahr anzurufen, außerdem schrieben sie mir Briefe, um mich über die neuesten KISS-Nachrichten zu informieren. Das Ironische daran war, dass sie mir

Als Dankeschön durfte Bill Starkey backstage zu Gene und Paul

sagten, dass man an der Westküste nie wirklich die Popularität der Band verstand, so wie wir es etwa im Mittleren Westen taten. Um Deine Frage zu beantworten: Nein, ich war nicht beteiligt.

? *Warum schlief die KISS Army in den 80er-Jahren ein?*

Die Fangemeinde, die sich KISS Army nennt, ist nicht eingeschlafen, aber in den 80er-Jahren fielen die Fanclubs im Allgemeinen bei den Fans in Ungnade. Niemand trat mehr irgendwo ein. Das hatte nichts mit KISS zu tun.

? *Erst 2007 wurde die KISS Army offiziell wieder ins Leben gerufen. Bist du immer noch Mitglied?*

Ich glaube, vor zehn Jahren habe ich für eine Mitgliedschaft bezahlt, damit ich einen Ticket-Rabatt bekomme, aber seither ist meine Mitgliedschaft sicher abgelaufen.

? *Du warst nie ein Sammler. Verstehst du die Leute, die alles von KISS haben wollen?*

Nein, eigentlich nicht. Ich mag fast alles, was über die Band geschrieben wird, wenn es also etwas gibt, das ich sammele, dann das. Ich lese immer gerne über die frühen Jahre und die wenig bekannten Orte, an denen sie aufgetreten sind. Ich habe eine Menge verschlagener Leute getroffen, die KISS-Sammler waren. Nein, ich verstehe die Verliebtheit, alles von KISS besitzen zu wollen, nicht. Dafür hat mir die Band zu viel Zeug herausgebracht, vielleicht zu viel. Mir gefällt, dass die Sammlung von Gitarrist John 5 bei einem bestimmten Jahr aufhört. Seine Sammlung ist unübertroffen, vielleicht mit Ausnahme der von Gene.

? *Wenn du einen Wunsch an KISS frei hättest, welcher wäre es?*

Mein Wunsch wäre, dass alle Army-Mitglieder, ob die von früher oder heute, mit dem, was sie mit KISS erlebt haben, vollkommen zufrieden sind und nichts davon bereuen. Ich bin mir bewusst, dass das viel verlangt ist, aber ich möchte einfach, dass sie auf die Dinge, die sie getan haben, zurückblicken können und erkennen, was den Unterschied in ihrem Leben gemacht hat.

**

Tommy mag die Gesellschaft von Vanessa

» Kapitel 11 «

WIE ICH EINE FREUNDIN VON TOMMY THAYER WURDE

Vanessa Arend, Saarlouis, Deutschland

KISS sind in Vanessas Leben gefühlt zwar immer da, eine Liebe zur Band hat sie aber lange nicht entwickelt. Auf Partys, Straßenfesten oder im Radio, immer wieder stolpert sie über die Musik von KISS. Ihre Leidenschaft aber weckt erst ein Konzert, das sie 2017 ausgerechnet gemeinsam mit ihren Eltern im Fernsehen sieht. Es ist Neujahr, Vanessa hat eine lange Silvesternacht hinter sich und ist davon noch ein wenig angeknockt. Als sie das KISS-Konzert aus dem Jahr 2010 sieht, kehrt das Leben in sie zurück, und Vanessa sagt: „Wow, die würde ich ja auch gerne mal live sehen."

Sie ahnt nicht, dass es nur wenige Monate später schon so weit ist. Bei einer Studentenparty sieht sie in der Küche an einer Pinwand zwei Tickets für ein KISS-Konzert in Frankfurt im Mai hängen. Sie stellt fest, dass recht viele ihrer Freunde auf die Band stehen. Einer von ihnen lädt Vanessa ein, ihn zu begleiten, und Vanessa hat großes Glück: Ihr Freund hat sogar Vip-Tickets, dadurch kommt sie gleich zu ihrem ersten Meet and Greet. „Seit diesem 23. Mai 2017 ist mein Leben ein anderes", sagt Vanessa. Und das hat viel mit Tommy Thayer zu tun.

Katzenfrau mit roten Haaren

Immer mittendrin im Konfettiregen

Das Meet and Greet ist mehr als ein kurzes Treffen. KISS spielen in einem separaten Raum eine 35-minütige Akustikshow, später geben sie eine ausgiebige Autogrammstunde. Sie sind lustig, beantworten viele Fragen. Vanessa kommt ins Gespräch mit Tommy Thayer. Sie stellt fest: „Wir waren sofort auf einer Wellenlänge und haben uns wirklich gut verstanden. Tommy sagte, er würde mich cool finden." Am Ende fragt er, ob Vanessa nach der Show noch auf einen Drink zu ihm ins Hilton Hotel kommen möchte, dort könnten sie ihr Gespräch fortsetzen. Sie sagt zu. „Wir haben uns in der Lobby getroffen und sind an die Bar gegangen. Ich kann nicht mal mehr sagen, über was wir alles gesprochen haben, aber es war richtig schön." Tommy trinkt keinen Alkohol, nur Wasser. Vanessa trinkt Wein. Die beiden sitzen bis halb vier an der Bar. Als sie sich verabschieden, gibt ihr Tommy seine Handynummer, seitdem sind die beiden in Kontakt.

Zwischen Vanessa und Tommy entsteht eine Freundschaft. Sie begann an dem Abend in Frankfurt und hält bis heute. Die beiden schreiben sich regelmäßig. Zuerst per SMS, dann per Messenger. Ab und zu treffen sie sich an Hotelbars. In Amsterdam sind die Kontrollen sehr streng, ein Security-Mann ruft erst bei Tommy im Zimmer an, bevor er Vanessa in die Hotellobby lässt.

Immer schon hatte sie sich gefragt, wie das Leben eines Rockstars jenseits der Bühne wohl ist. Und wie es hinter den Kulissen so aussehen mag. Jetzt gibt ihr Tommy diese Einblicke: Er stattet Vanessa mit einem All-Area-Pass aus, der für die komplette Europa-Tour gilt. Damit darf sie nicht nur in jede Show, sie darf auch innerhalb der Konzerthalle überall hin. Meist ist sie schon mittags dort. Sie beobachtet, wie sich draußen Schlangen bilden und drinnen fleißig an der Bühne gebaut wird. „Die Gelegenheit, die ich durch Tommy erhalten habe, ist genau das, was ich mir als Jugendliche immer gewünscht hatte“, sagt Vanessa.

» Ich habe die Show aus allen möglichen Perspektiven verfolgt

Backstage trifft sie andere prominente Musiker, Leute wie „Ramstein“-Gitarrist Paul Landers oder „Scorpions“-Stimme Klaus Meine. Während der Konzerte steht sie meist sehr nah an der Bühne: „Ich habe die Shows aus allen möglichen Perspektiven verfolgt.“ Es sind unvergleichliche Momente, die Vanessa auf diese Art erleben darf. Nach und nach lernt sie immer mehr Mitglieder der Crew kennen, die ihr wieder andere Türen öffnen: Sie darf in Genes Stiefeln herumlaufen und Pauls Gitarre von hier nach dort bringen.

Backstage mit Pauls Gitarre

In der Limo mit falschem Gene

Vanessa erinnert sich am liebsten an die vielen Treffen in 2019. Es herrscht noch eine große Unbekümmertheit, niemand ahnt etwas von Corona. Hinter der Bühne wird viel rumgealbert. „Die Jungs haben mich in den Arm genommen oder – wie Gene – in den Schwitzkasten", erzählt Vanessa. „Einmal hat er auch meine Frisur ruiniert, indem er alles durchgewuschelt hat." Es gibt keine strengen Hygiene- und Abstandsregeln wie 2022, als die Tour nach der Pandemie endlich fortgesetzt werden kann.

Eric Singer, den sie als liebevolle Plaudertasche beschreibt, erklärt ihr kurz vor der Show in Hannover sein Kostüm in allen Einzelheiten. Wo wie viele Steine verarbeitet sind, welche Höhe seine Heels haben und wo er seine Perücke machen lässt. „Und nein, ich konnte mir nicht alle Einzelheiten merken", lacht Vanessa. Eric war es, der ihr im Juli 2018 den Spitznamen „Black Panther" gab, weil Vanessa zu einem Treffen der spanischen KISS Army in einem schwarzen Kleid im Hard Rock Café von Madrid erschien.

Vanessa wird im Eiltempo Teil des verrückten KISS-Universums. Elf Shows in acht Ländern, 11.000 Reise-Kilometer. Ihre Freundinnen fragen: „Spielen sie nicht immer die gleiche Show?" Und Vanessa sagt:

In New York gab Vanessa ein Fernsehinterview und sang mit ihren Freunden

„Es geht nicht nur um den Besuch des Konzertes, es ist die Gemeinschaft, die dahintersteckt.“ Sie ist bereits fester Teil der KISS-Familie, schneller als so manch ein Fan aus den 70er-Jahren es wurde. Vanessa sagt: „Ich habe unzählige Menschen über die Jahre kennengelernt, die mein Leben bereichert haben.“ Nur ein Jahr später sind es 15 Shows in acht Ländern und 15.000 Reisekilometer. „Ich selbst hätte mich nie als deutsches Kiss-Maskottchen gesehen“, sagt Vanessa. Inzwischen weiß sie: Sie ist es, und sie findet Gefallen an der Vorstellung.

» ***Es entstehen Freundschaften. Bei einer Hochzeit zweier KISS-Fans wird Vanessa sogar Trauzeugin***

Vanessa erzählt davon, wie sie sich mit Ruud, einem Fan aus Holland, getroffen hat, um mit ihm gemeinsam zu Konzerten nach Schweden und Finnland zu reisen. „KISS haben mich dazu gebracht, mit jemand mir völlig Unbekanntem Urlaub zu machen“, lacht Vanessa. Es entstehen mehr und mehr Freundschaften. Bei einer Hochzeit zweier KISS-Fans wird Vanessa sogar Trauzeugin. Sie selbst hat den Mann ihres Lebens noch nicht gefunden. Vanessa lebt als glückliche Single mit ihrer Katze Olga in einem kleinen Ort im Südwesten Deutschlands. Sie arbeitet als Assistentin der Geschäftsführung eines Unternehmens, das Altenpfleger aus Osteuropa nach Deutschland vermittelt. Ihre Schwerpunkte sind Marketing und Kundenbetreuung. Sie liebt die Fotografie, aber auch das Modeln. Und am meisten liebt sie es, verlassene Orte zu erkunden, sogenannte Lost Places zu erforschen. Ihre Faszination für das Unbekannte erklärt wohl auch ein wenig ihre neugewonnene Leidenschaft für KISS. Der Reiz des Unbekannten. Wer steckt hinter der Maske?

Vanessa lebt im Heute und Jetzt. Die Vergangenheit von KISS muss sie erst lernen. Ältere Freunde erzählen ihr zum Glück viel über vergangene KISS-Tage. „Gäbe es Zeitreisen, würde ich gerne die 70er erleben“, sagt Vanessa. „Freunde berichten, wie toll das damals war. Alle erzählen das Gleiche: unvergesslich, atemberaubend, KISS zu ihren besten Zeiten.“ Aber erlebt nicht jeder seine beste KISS-Zeit genau dann, wenn er am meisten Spaß mit KISS hat? Die Zeitlosigkeit ist doch das größte Geheimnis dieser Band. Vanessa, die beruflich viel mit älteren Menschen

Vanessa liebt Fotosessions wie diese als feurige Catwoman

zu tun hat, fasziniert das sehr. Sie sagt: „Die meisten meiner Klienten sind in Genes Alter, und ich glaube, sie wären froh, nur zehn Prozent von seiner Energie und Power zu haben. Mit über 70 in solch einem Kostüm fast zwei Stunden eine solche Bühnenshow zu liefern, dafür habe ich nur ein Wort: Respekt."

Tommy erfährt auf einmal, dass er eine Tochter hat

Ihr Verhältnis zu Tommy wird über die Jahre immer besser. Vanessa erlebt mit, wie er auf einmal mit der Situation konfrontiert wird, eine Tochter zu haben, von der er nichts weiß. Eine ehemalige Beziehung hatte ihm nie davon erzählt, aber Kinder wollen irgendwann wissen, wer ihre Eltern sind, und so findet auch die hübsche Sierra nach mehr als zwanzig Jahren ihren Vater. „Noch 2017 hatte mir Tommy gesagt, dass er nie die Zeit gefunden hatte, eine richtige Familie zu gründen", erzählt Vanessa. „Ich freue mich für ihn."

Tommy erzählt Vanessa sogar von seiner verletzlichen Seite. Er öffnet ihr das Herz und berichtet, wie schmerzhaft es noch immer für ihn

Treffen mit Tommy und Eric im Hard Rock Café in München

ist, als falscher Spaceman bezeichnet zu werden. Einige Fans feinden ihn regelrecht dafür an, nicht nur den Platz, sondern auch Make-up und Kostüm von Ace Frehley übernommen zu haben. „Dabei sind das Entscheidungen, die Paul und Gene treffen", sagt Vanessa. „Tommy hätte lieber etwas eigenes gehabt, als den Ace 2.0 zu spielen." Obwohl er nun schon viel länger Gitarrist von KISS ist als alle anderen vor ihm, verfolgt ihn dieses Trauma noch immer.

In Vanessa hat Tommy eine Freundin gefunden. Eine, die ihm zuhört und ihn versteht. Er dankt es ihr, „indem er mir Türen in eine Welt öffnet, von der ich nie geglaubt hätte, dass ich sie einmal betreten würde", sagt Vanessa. Eine tolle KISS-Geschichte.

Vanessa Arend, geb. 1991, Saarlouis, Deutschland

Erster Song: I Was Made for Lovin' You | **Lieblingssong:** War Machine
Konzerte: 36 (seit 2017) | **Favorit:** Tommy Thayer | **Kiss Kruises:** –

Plattensammler Mike im Konfettiregen

» Kapitel 12 «

ICH HABE 167 VERSCHIEDENE DEBÜT-ALBEN

Mike Hodson, Southend-on-Sea, England

Seine letzte KISS-Platte kaufte sich Mike Hodson im Mai 2023. Es ist die US-Pressung des ersten KISS-Albums „Kiss" von 1974. Er hat sie bei ebay entdeckt und für etwa 150 Dollar ersteigert. Denn das Album hat etwas Besonderes: Es fehlen die Songs Strutter, Nothin' to Lose, Firehouse, Cold Gin und Let Me Know, weil beide Hälften der Schallplatte die B-Seite abspielen. „Eine Fehlpressung zu haben, ist cool", sagt Mike. „Niemand weiß genau, wie viele davon auf dem Markt sind. Haben sie die Maschinen nach 1000 oder schon nach 10 Stück angehalten?" Mike Hudson ist leidenschaftlicher Sammler. Er hat sich spezialisiert auf das erste Album und ist ständig auf der Suche nach dem Besonderen. Die Fehlpressung ist bereits sein 167. Exemplar, und er schwört: Alle sind unterschiedlich.

Das können ganz winzige Feinheiten sein, erklärt Mike, ein Rechtschreibfehler auf dem Cover zum Beispiel oder auf dem Etikett oder ein Text in einer anderen Farbe oder an einer falschen Stelle. Manche haben Aufkleber auf den Covern (Promo oder Werbung), manche sind Testpressungen, Samples, manche enthalten Aufkleber/Transfers, Poster, es gibt Picture Discs, und manche haben unterschiedliche Cover. Mike sagt:

Nur der Profi erkennt die Unterschiede bei all diesen Debüt-Alben von KISS

„In einigen Ländern gab es keine offiziellen Veröffentlichungen des Albums, in Korea zum Beispiel. Also wurden dort Fälschungen, also Bootlegs, produziert, die für Sammler wie mich sehr interessant sind. In wieder anderen Ländern wurden so wenige Alben produziert, dass sie sehr schwer zu finden sind. Ich habe sogar eine Schallplatte, die meine Kinder für mich gemacht haben, mit Demo-Aufnahmen für das Album – ist das nicht toll?“

Das erste KISS-Album ist ohnehin irgendwie ein sehr spezielles. Es erschien am 18. Februar 1974, angeblich haben Recording und Mix in den Bell Sound Studios in New York nur 13 Tage gedauert. Auf den ersten 100.000 Pressungen fehlt der Song „Kissin‘ Time“. Neil Bogart, Chef der Plattenfirma Casablanca, war der Meinung, dem Album würde ein Hit guttun. Er berief die Band deshalb zurück ins Studio und nahm mit ihr noch schnell das Cover des Top-20-Hits von 1959 von Bobby Rydell auf. „Kissin‘ Time“ erschien im Mai als Single, erreichte allerdings in der KISS-Version nur Platz 83 der US-Charts. Im Juli 1974 schaffte es der Song dann auf das neugepresste Album, das auch nur bis Rang 87 der Billboard-Charts kletterte. Allein in Neuseeland landete es mit Platz 38 ein wenig weiter oben. In vielen europäischen Ländern erschien es erst deutlich später, in Deutschland zum Beispiel fast drei Jahre nach der US-Veröffentlichung.

Mike Hodson hat sich für das Sammeln dieses Albums entschieden, weil damit für ihn das große KISS-Märchen begonnen hat. Aufgewachsen ist er eigentlich mit der Musik von Status Quo, den Beatles und Queen, weil das die Bands waren, die seine Mutter ständig hörte. KISS nimmt er erst durch die Wiedervereinigung der vier Originalmitglieder in den 90er-Jahren wahr. Die Masken, die Show, KISS sind 20 Jahre nach ihren besten Zeiten in Großbritannien wieder Gesprächsthema, und so erreicht die Band auch ihn. Eines Tages entdeckt Mike das erste KISS-Album in einem Plattenladen. Seine Mutter ist dabei und warnt ihn vor KISS. „Sie sagte, dass ich diese Band wahrscheinlich nicht mögen würde, sie sei irgendwie seltsam." Mike ist da gerade 14, nachdem er aber das Cover gesehen hat, möchte er sein eigenes Urteil über KISS fällen. Er kauft nicht diese Platte, sondern ein Greatest Hits-Album. Strutter gefällt ihm am besten, aber auch Love Gun, Deuce und Black Diamond tun es ihm an. Er beschließt, jeden Monat ein neues Album zu kaufen – bis er alle hat. Doch es kommt anders, KISS wecken eine ungeheure Sammelleidenschaft in Mike. Am Anfang sind es Schals, er hat 35 davon. Dann sind es Gürtelschnallen, und als er 2015 in Paris an einem Meet and Greet teilnimmt, schenkt ihm Paul sein Plektrum. „Von diesem Tag an war ich süchtig nach Gitarrenplektra und habe inzwischen fast alle, die es gibt."

» ***In Großbritannien tauchen verschiedene Pressungen nicht sehr oft auf***

Im Alter von 33 Jahren begann er, das KISS-Debüt-Album zu sammeln. Gleich das erste hat er zu einem ganz besonderen gemacht, auf das er wahnsinnig stolz ist. Gekauft hat er es vor vielen Jahren auf einem Flohmarkt. Es ist die dritte britische Pressung, also keine Seltenheit, doch Mike machte eine daraus. 2017 ließ er es bei einem Meet & Greet von Paul und Gene signieren, anschließend bei einer Convention von Peter Criss und schließlich auch noch von Ace Frehley bei einem Meet & Greet in den USA.

„In Großbritannien", sagt Mike, „tauchen verschiedene Pressungen nicht sehr oft auf, also musste ich überall danach suchen." Bei Discogs, bei Ebay, in Auktionshäusern, auf dem Facebook-Marktplatz, dort fand

Mikes ganzer Stolz: Alle Original-Mitglieder unterschrieben dieses Album

er die meisten Alben. Einmal hat er bei Facebook ein Foto seiner Sammlung gepostet. „Ich bekam daraufhin so viele Nachrichten von Leuten, die mich fragten, ob ich vielleicht bräuchte, was sie haben." Manche schenkten ihm ihre Kopien auch einfach.

Ein Album, von dem er dachte, dass er es nie besitzen würde, war eine Testpressung von 1973. „Keine Ahnung, wie viele davon gemacht wurden", sagt Mike, „aber meiner Meinung nach müssen es zwischen 10 und 20 sein." Eine solche Rarität taucht äußerst selten auf. Mike hat sie vor ein paar Jahren auf Facebook entdeckt. Er trennte sich von vielen Schallplatten, die ihm nichts bedeuteten, um das Geld für dieses eine Album zusammenzubekommen und kaufte es. „Für mich war es eines der teuersten Alben, aber die Suche hat sich gelohnt, denn es ist eine Rarität", sagt Mike.

> ***»Meine Sammlung anzusehen, hat mich stets aufgemuntert, wenn ich niedergeschlagen war***

Seine Familie hält ihn für ein wenig verrückt. Natürlich kostet Mikes ungewöhnliches Hobby viel Geld. Aber seine Frau Laura kennt die Bedeutung von KISS in Mikes Leben. „KISS haben mich durch einige harte Zeiten gebracht", erzählt er. „Ihre Musik zu hören oder auch nur meine KISS-Sammlung anzusehen, hat mich stets aufgemuntert, wenn ich niedergeschlagen war." Laura weiß das. Sie unterstützt ihn deshalb voll und ganz, begleitet ihn zu Konzerten und teilt das Erlebnis Meet & Greet mit ihm. Die beiden Töchter teilen Daddys Leidenschaft noch nicht, sie sind noch sehr jung. Aber das kann ja noch werden. Genauso wie Mike eine 168. Pressung von „Kiss" entdecken kann, irgendwann, irgendwo. Und eine 169. Und…

Mike Hodson, geb. 1982, London, England

Erster Song: Strutter | **Lieblingssong:** Tonight You Belong to Me
Konzerte: 10 (seit 1996) | **Favorit:** Paul Stanley | **Kiss Kruises:** –

Jonathan liebt Gitarren und Tattoos

» Kapitel 13 «

ER HOLTE SICH DIE 70ER-JAHRE AUF DIE HAUT

Jonathan Douglas, San Diego, USA

Er ist Anfang dreißig, als Jonathan Douglas die Idee zu einem ungewöhnlichen Tattoo kommt. Er lässt sich auf der oberen Hälfte seines Rückens das Cover von „Unmasked" stechen. Es ist das KISS-Album, das ihm optisch am besten gefällt, außerdem ist sein Lieblingssong darauf. „Die Tätowierung hat mehr Sitzungen gebraucht, als ich mich erinnern kann", sagt Jonathan. So viele, dass er sich für das Geld, das er für seinen Rücken ausgibt, auch ein Auto hätte kaufen können.

Er lässt sich das Bild von einem befreundeten Künstler in San Diego stechen, der ebenfalls KISS-Fan ist. Mike Sirot kommt eigentlich aus New York und prahlt mit einer tollen Geschichte: Seine Schwester war lange mit Steve Stevens, dem Gitarristen von Billy Idol zusammen. Der wurde – wie KISS – zu der Zeit von Bill Aucoin gemanagt. Seine Schwester organisiert ihm über ihre Kontakte ein Backstage-Ticket für das erste KISS-Konzert mit Eric Carr im Palladium, und so trifft Mike die gesamte Band hinter der Bühne. So einem Künstler kann man seinen Rücken blind anvertrauen, findet Jonathan, und er wird nicht enttäuscht.

Als das Tattoo fertig ist, trifft Jonathan Gene Simmons in der Kunstgalerie von Las Vegas, wo Genes Bilder ausgestellt werden. Er zeigt ihm seinen Rücken, und Gene ist außer sich vor Begeisterung. „Er hat mich am Arm herumgezogen und das Tattoo allen Leuten in seiner Kunstgalerie gezeigt. Es war wirklich toll“, sagt Jonathan. Dabei ist das erst der Anfang… Kaum ist das riesige Tattoo fertig, plant Jonathan den zweiten Teil: Er lässt sich auf der unteren Rückenhälfte die Konzertszene stechen, die auf dem legendären KISS-Flipper aus den 70er-Jahren zu sehen ist. Es wird erst Mitte 2024 richtig fertig. Tattoos üben schon immer eine große Faszination auf Jonathan aus. „Ich glaube, ich wurde süchtig nach Tattoos, nachdem ich mit 18 mein erstes bekam“, erzählt Jonathan. „Sobald mein Rücken komplett mit KISS fertig gestellt ist, habe ich keine guten Tattoo-Stellen mehr auf meinem Körper, da ist kein Platz mehr für weitere.“ Das KISS-Tattoo wird also sein letztes sein. Er lacht: „Du weißt doch: Das Beste kommt zum Schluss.“

KISS-Fan wird Jonathan Anfang der 80er. Freunde seines drei Jahre älteren Bruders Christopher tauschen KISS-Sammelkarten, Jonathan gefallen die Motive sehr. Er und Chris bekommen alle zwei Wochen fünf Dollar Taschengeld, sie legen es immer zusammen und tragen es direkt zum Plattenladen und kaufen KISS-Alben davon. Ihr Hunger nach der Musik von KISS wird nur noch überboten von der Lust auf diese coolen Covers, die KISS in den 70er-Jahren auszeichnen. Mit dem neuen Tattoo

Das übergroße Unmasked-Tattoo ziert Jonathans Rücken

holt sich Jonathan die Seventies nun auf die Haut. „Ich habe immer davon geträumt, mit einer Zeitmaschine in die 70er-Jahre zu reisen, am liebsten in das Jahr 1977, um die Love Gun Tour zu erleben", sagt Jonathan. Für ihn sind die 70er eine ewige Sehnsucht.

In den 80er-Jahren, sagt er, ist es verdammt schwierig, Dinge zu finden, wo KISS mit Make-up drauf sind. Sie hatten die Masken abgelegt, und seitdem würden alle Merchandisingartikel und Zeitschriften die Band nur noch unmaskiert zeigen. „Ich habe lange gesucht, um irgendetwas aus den 70ern zu finden", sagt Jonathan. Mitte der 80er entdeckt er in Fresno/Kalifornien einen Laden, der alte Poster anbietet und Jonathan plakatiert sein Zimmer komplett mit diesen Postern. Später nimmt er einen Job an der Highschool an. „Jeden Cent, den ich dort bekam, habe ich in klassische KISS-Merchandise investiert", erzählt er. Das Interessante: Zwei der vier alten Bandmitglieder kannte er überhaupt nicht. Bis 1996.

» ***Tolle Tickets für zwei Konzerte mit der Kreditkarte seiner Mutter gekauft***

KISS kehren in Originalbesetzung und mit vollem Make-up zurück. „Für jeden Fan, der zu spät geboren wurde, um die Originalmitglieder zu sehen, wurde ein Traum wahr", sagt Jonathan und erzählt eine lustige Geschichte: Zur Zeit des Starts zur Reunion-Tour hatte er einen Job bei Ticketmaster, das ist die Firma, die in den USA alle Konzertkarten verkauft. Jonathan hatte Glück, er hatte an dem Tag Dienst, als der Vorverkauf für KISS begann. „Noch bevor ich den ersten Anrufer entgegennahm, habe ich die Kreditkartennummer meiner Mutter eingegeben und mir tolle Tickets für zwei Konzerte gesichert." In Portland/Oregon sitzt er deshalb sogar in der zweiten Reihe Mitte.

Es wird Zeit, über eine Leidenschaft von Jonathan Douglas zu sprechen, die genauso alt ist wie seine Liebe zu KISS. Seit der fünften Klasse spielt er nämlich Gitarre und das extrem talentiert. Mehrere Jahre gehört Jonathan später einer Tribute-Band in San Diego an, namens „KISSED ALIVE". Sie tingeln kreuz und quer durch Kalifornien und Nevada und sind auf mehreren KISS-Tribute-CDs vertreten: „The Many Faces Of Kiss" und „Rock and Roll All night – A tribute to KISS".

Den Part von Gene Simmons übernimmt bei „KISSED ALIVE“ Tim Garcia, der Ende der 70er für drei Jahre Bassist von „Mikey Ratt“, dem Vorgänger der bekannten Glamrock-Band „Ratt“ ist und 2011 viel zu früh verstirbt. „Ein toller Typ und ein großartiger Bassist“, sagt Jonathan. Die Band versucht, die komplette KISS-Show zu kopieren. Sie benutzt sogar ein riesiges, beleuchtetes KISS-Schild, es wird Blut gespuckt, die Gitarren qualmen. „Das hat Spaß gemacht“, sagt Jonathan, „aber es war auch eine Menge Arbeit.“ Jonathan hat Glück, seine Freundin lässt ihn all das tun, worauf er Lust hat. Die Tattoos, die Leidenschaft für KISS. Jonathan lacht: „Ich finde, jemand sollte eine KISS-Selbsthilfegruppe für Ehefrauen und Freundinnen gründen, die uns ertragen müssen.“

In seiner Tribute-Band übernimmt er den Part von Ace Frehley. Er sagt: „Es ist gar nicht so schwer, wie Ace zu spielen.“ Das Schwierigste sei sein Vibrato. „Wie Ace seine Strings biegt, das ist einzigartig. Ich kenne niemanden, der ein Vibrato hat wie Ace.“ „I Was Made for Lovin‘ You“ ist der am schwierigsten zu spielende Song auf der Gitarre, verrät er. „Es hat diese wirklich harten 16tel-Noten“, sagt Jonathan, „sie stellen den ganzen Song hindurch ein großes Problem dar. Sogar Ace sagt, dass sein Handgelenk beim Spielen dieses Songs am Ende richtig weh tat.“ Das schwierigste Solo ist für ihn das bei „Detroit Rock City“. Es ist sehr ungewöhnlich, was daran liegt, dass es sich Produzent Bob Ezrin ausgedacht hat. Er ist eigentlich Pianist. „Es fühlt sich also so an, als ob das Solo auf dem Klavier geschrieben und auf der Gitarre nachgespielt worden sein muss“, sagt Jonathan. „Das ist nicht die Art, wie ein Gitarrist normalerweise denkt. Es gibt viele Noten, die eine Saite hoch und runter gleiten. Sehr ungewöhnlich, normalerweise wird innerhalb einer Tonleiter gespielt.“

Spaceman in der Tribute-Band

Deutlich einfacher fällt ihm da „Shock Me“, dort mag er das Solo besonders gern. Oder „Talk To Me“, es stammt von einem seiner Lieblings-Alben. „Unmasked war eine magische Zeit für die Band, es hatte nur einprägsame

Songs", sagt Jonathan. Von diesem Album kommt auch sein Lieblingssong, und natürlich weiß er auch zu „Is That You" eine Anekdote zu erzählen: In den frühen 2000er-Jahren spielt Jonathan in der Band „GASP". Bei einem Konzert in San Diego eröffnet jemand für seine Band den Abend auf der Bühne, der eine Kiss-Historie hat, von der Jonathan nichts ahnt. Sein Name: Gerard McMahon. „Eines Tages tippe ich den Song ‚Is That You' in youtube ein, und sehe dort ein Video von Gerard, der den Song auf einer Akustikgitarre spielt und die Geschichte erzählt, wie er ihn geschrieben hat und wie KISS ihn in die Finger bekamen. Ich erkannte ihn sofort wieder." Das ist doch der Typ, der vor Jahren für uns das Konzert eröffnete! „Er hat auch den berühmten Song aus dem Vampirfilm ‚Lost Boys' geschrieben. Und ich hatte keine Ahnung! Ich wünschte, ich hätte am Konzertabend davon gewusst und mit ihm darüber sprechen können."

Heute ist Jonathan froh, dass Tommy Thayer bei KISS die Leadgitarre spielt, nicht mehr Ace Frehley. „Tommy ist ein großartiger Gitarrist, er macht einen guten Job. Ich denke, sein Spiel ist besser als das von Ace in diesen Tagen. Ich habe Ace in den letzten Jahren so oft bei Konzerten gesehen, er hat es oft vermasselt", erzählt Jonathan. „Er fängt die Strophe zu früh an, und die ganze Band weiß nicht mehr, was er macht. Es ist traurig, das zu sehen. Ich liebe ihn natürlich trotzdem noch. Ich werde aber das Gefühl nicht los, dass Ace seine Kreativität verloren hat. Früher hat er eingängige Soli mit tollen Harmonien gespielt, Soli, die im Kopf blieben und die man immer wieder mitsingen konnte. Heutzutage spielt er nur noch das gleiche Lick, immer und immer wieder."

Jonathan Douglas ist ein interessanter Fan mit vielen Seiten. Irgendwie wird man den Verdacht nicht los, Gene Simmons hätte einen seiner Songs über ihn geschrieben: „Man of 1000 Faces".

Jonathan Douglas, geb. 1975, San Diego, USA

Erster Song: Rock and Roll All Nite | **Lieblingssong:** Is That You
Konzerte: 12 (seit 1986) | **Favorit:** Gene Simmons | **Kiss Kruises:** –

Und nach dem Foto schminkt sich Zoltan selbst wie Paul

» Kapitel 14 «

HEUTE SPIELT ER SELBST DEN PAUL STANLEY

Zoltan Vary, Budapest, Ungarn

Vor der Haustür von Zsuzsa bildet sich so langsam eine richtige Schlange. Wie es eigentlich immer mittwochs passiert. Da bekommt sie mit der Post das Magazin „Bravo" von Verwandten aus West-Deutschland zugeschickt. Die Kids der Nachbarschaft wissen das, jeder möchte einen Blick hineinwerfen. Unerlaubte Post aus dem Westen ist Anfang der 80er-Jahre der einzige Weg für Teenager in Budapest, an Musiknews zu kommen. Der Eiserne Vorhang wiegt verdammt schwer und schottet die ungarische Jugend vom kapitalistischen Musikgeschäft weitestgehend ab.

Auch Zoltan Vary steht vor dem Haus, in dem Zsuzsa, zu Deutsch Susanne, wohnt. Er möchte Neues erfahren von seiner Lieblingsband KISS. Doch an diesem Tag ist etwas angenehm anders. Die „Bravo" hat in der Mitte immer ein paar Poster. Shaun Cassidy, Kim Wilde, Leif Garrett, The Sweet, Bay City Rollers, was halt gerade besonders beliebt ist bei den Teenagern. Beim Heraustrennen muss man sehr vorsichtig sein. Die Poster sind zusammengefaltet und mit Heftklammern befestigt. Ein falscher Ruck, und man hat ein Loch mitten im Poster, das Papier ist nämlich sehr dünn. Zsuzsa ist sehr geschickt darin und das aus gutem Grund. Sie verkauft die Poster für viel Geld an die anderen Kids.

An diesem Tag liegt tatsächlich ein Poster von KISS dem Magazin bei. Ein tolles Actionbild von einem Konzert aus den USA. Viel Rauch, viel Schminke, gerade tragen KISS diese üppigen, bunten Kostüme, denn sie sind auf der „Dynasty“-Tour.

Zoltan ist hin und weg. Er zahlt Zsuzsa 300 Forint für das Poster. Schließlich ist es die einzige Möglichkeit, sich ein Bild von der Band zu machen und sie mit nach Hause zu nehmen. „Ungarn war damals eine ganz andere Welt“, sagt Zoltan. Bis 1984 gibt es kaum Musikvideos in Ungarn zu sehen, von KISS schon gar nicht. Das erste wird 1988 im Fernsehen gezeigt. Zoltans Mutter weiß das, und doch ist sie außer sich, als ihr Sohn mit dem frisch erstandenen Poster nach Hause kommt. „Ich dachte, sie bringt mich um, weil ich so viel Geld dafür ausgegeben habe.“ Der durchschnittliche Monatslohn in Ungarn liegt zu der Zeit bei 2000 Forint, Zoltan hat für ein dünnes Stück Papier also fast das Gehalt einer ganzen Woche ausgegeben. Das erklärt eine wenig die heftige Reaktion der Mutter.

Rückblick: Zoltan ist erst 15 und noch ein ganz junger Fan, als er im Probenraum einer befreundeten lokalen Bar-Band vorbeischaut und die Jungs dort gerade „I Was Made for Lovin‘ You“ einstudieren. Zoltan kennt den Song nicht, aber er gefällt ihm sehr. So gut, dass er sich das

Am liebsten singt Zoltan „Do you love me“

Treffen mit Gene Simmons

Album kauft, beim Hören von „Dynasty“ verliebt er sich vor allem in die von Paul Stanley geschriebenen Lieder. Nach und nach kauft Zoltan ältere KISS-Alben und auch da sind es Songs von Paul wie „Room Service“, „Do You Love Me“ oder „Mr. Speed“, die ihn besonders begeistern.

Als der Eiserne Vorgang erste Risse bekommt und auch Videos ihren Weg aus dem Westen nach Ungarn finden, ist Zoltan zunächst geschockt, als er im Fernsehen die vier auf Plateauschuhen und kostümiert bei einem Konzert aus dem Jahr 1977 in Tokio sieht. Er ist selbst Musiker, singt und spielt Gitarre, aber eine solche Show hatte er noch nie erlebt. Nach dem Zerfall des Warschauer Paktes stehen seiner KISS-Leidenschaft alle Türen offen, und Zoltan geht begeistert durch die meisten hindurch. Da sind die vielen Konzerte, auch die „Reunion“-Tour mit Ace Fehley und Peter Criss, von der Zoltan sagt: „Als Musiker empfinde ich die aktuelle Besetzung mit Eric und Tommy als ein anderes musikalisches Niveau. Ich habe auch die Revenge-Besetzung live gesehen, das waren auch Killer.“

» ***Doc McGhee lädt ihn im Restaurant ein, bei ihm, Paul und Gene mit am Tisch zu sitzen***

Da sind die Treffen mit allen KISS-Mitgliedern mit Ausnahme von Vinnie Vincent und Mark St. John. Das bedeutsamste hat er sich hart erarbeitet: 1997 geben KISS in Budapest eine Pressekonferenz. Zoltan bekommt die Info, wo die Band im Anschluss daran essen gehen wird. Auch wenn es eines der teuersten Restaurants der Stadt ist, findet er einen Kumpel, der ihn dorthin begleitet. Als sich die beiden dort als KISS-Fans zu erkennen geben, lädt Doc McGhee sie ein, bei ihm, Paul und Gene mit am Tisch zu sitzen. „Da wurde ein Traum für mich wahr“, sagt Zoltan.

Paul Stanley erfährt an dem Abend, dass ihn Zoltan seit zwei Jahren parodiert. Er ist seit 1995 das „Starchild“ in der Band „Kiss Forever“, Europas Nummer-1-Tribute. Die Band hat bereits drei Alben und eine Live-DVD aufgenommen. Bei einem „KISS Tribute Band Contest“, für den sich 200 Bands aus aller Welt angemeldet haben, ziehen „KISS Forever“ 2012 ins Finale ein. In Las Vegas sitzt auch Tommy Thayer in der Jury, und die Ungarn belegen hinter „Mr. Speed“ den zweiten Platz.

Überraschung: Die „Kiss Forever Band“ trifft in Dresden das Original

Die Ungarn treten häufig in Deutschland auf und begeistern die KISS-Fans

Zoltan erklärt das Geheimnis seiner Band so: „Die Leute sagen immer, dass wir mit Leidenschaft und Bescheidenheit auftreten." Außerdem fällt auf, dass sie alle drei bis vier Jahre komplett die Setlist überholen, die Kostüme samt Stiefeln austauschen. „Wir strengen uns wirklich sehr an, KISS-Fans, die uns sehen, zufriedenzustellen", sagt Zoltan. Die „Kiss Forever Band" ist längt ein Fulltime-Job für die drei Ungarn und den einen Tschechen geworden. Sie sind mittlerweile weit über Ungarns Grenzen bekannt, touren vor allem durch Deutschland, Österreich, UK, Tschechien, Norwegen, Spanien und Portugal. „Es dauert etwa 60 Minuten, bis ich mich von Zoltan in Paul verwandle", sagt Zoltan Vary. „In der Zeit denke ich immer daran, wie glücklich und gesegnet ich bin, dass ich gleich einen der besten Frontmänner der Musikgeschichte auf die Bühne bringen darf."

» ***In Dresden kommt es im Sommer 2023 zu einem ganz besonderen Treffen***

Im Juni 2023 kommt es in Dresden zu einem Gänsehautmoment. Die „Kiss Forever Band" trifft das Original. Es entsteht ein ganz besonderes Foto: Zweimal Gene, zweimal Paul, zweimal Tommy, zweimal Eric. Vier von ihnen werden diesen Abend niemals vergessen.

Zoltan Vary, geb. 1965, Budapest, Ungarn

Erster Song: I Was Made for Lovin' You | **Lieblingssong:** Room Service
Konzerte: 35-40 (seit 1990) | **Favorit:** Paul Stanley | **Kiss Kruises:** –

Donna und Brett nehmen einen KISS-Ballon mit nach Hause

» Kapitel 15 «

DER OMINÖSE BRIEF VON ERIC CARR

Brett und Donna Bartlett, Brisbane, Australien

Es ist Liebe auf den ersten Kuss. Brett Bartlett ist nicht nur ein leidenschaftlicher KISS-Fan. Durch die Band hat er Donna, die Liebe seines

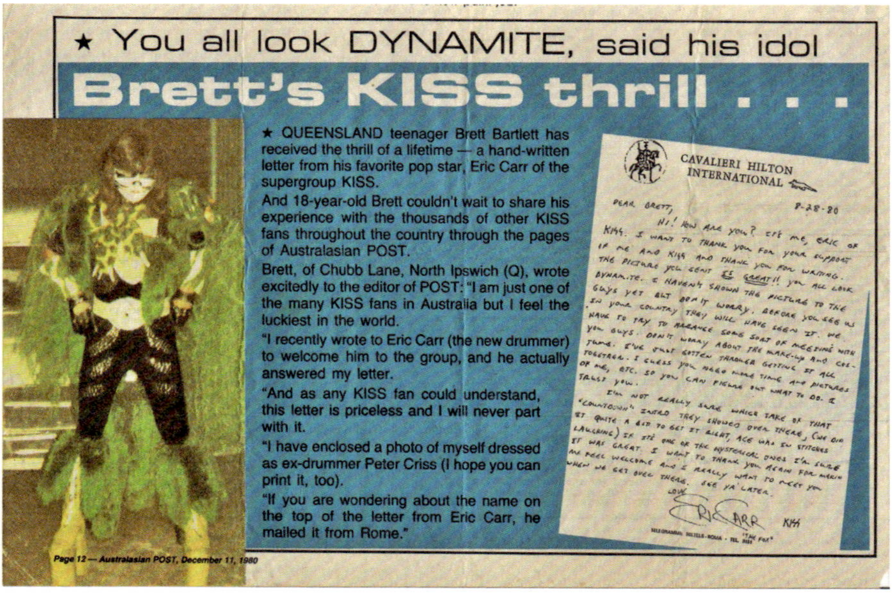

★ You all look DYNAMITE, said his idol

Brett's KISS thrill . . .

★ QUEENSLAND teenager Brett Bartlett has received the thrill of a lifetime — a hand-written letter from his favorite pop star, Eric Carr of the supergroup KISS.

And 18-year-old Brett couldn't wait to share his experience with the thousands of other KISS fans throughout the country through the pages of Australasian POST.

Brett, of Chubb Lane, North Ipswich (Q), wrote excitedly to the editor of POST: "I am just one of the many KISS fans in Australia but I feel the luckiest in the world.

"I recently wrote to Eric Carr (the new drummer) to welcome him to the group, and he actually answered my letter.

"And as any KISS fan could understand, this letter is priceless and I will never part with it.

"I have enclosed a photo of myself dressed as ex-drummer Peter Criss (I hope you can print it, too).

"If you are wondering about the name on the top of the letter from Eric Carr, he mailed it from Rome."

CAVALIERI HILTON INTERNATIONAL

DEAR BRETT, 8-28-80

HI! HOW ARE YOU? IT'S ME, ERIC OF KISS. I WANT TO THANK YOU FOR YOUR SUPPORT OF ME AND KISS AND THANK YOU FOR WRITING. THE PICTURE YOU SENT IS GREAT!! YOU ALL LOOK DYNAMITE. I HAVEN'T SHOWN THE PICTURE TO THE GUYS YET BUT DON'T WORRY. BEFORE YOU SEE US IN YOUR COUNTRY THEY WILL HAVE SEEN IT. WE HAVE TO TRY TO ARRANGE SOME SORT OF MEETING WITH YOU GUYS. DON'T WORRY ABOUT THE MAKE-UP AND COSTUME. I'VE JUST GOTTEN THROUGH GETTING IT ALL TOGETHER. I GUESS YOU NEED MORE TIME AND PICTURES OF ME, ETC. SO YOU CAN FIGURE OUT WHAT TO DO. I TRUST YOU.

I'M NOT REALLY SURE WHICH TAKE OF THAT "COUNTDOWN" INTRO THEY SHOWED OVER THERE, (WE DID IT QUITE A BIT TO GET IT RIGHT, ACE WAS IN STITCHES LAUGHING) IF IT'S ONE OF THE HYSTERICAL ONES I'M SURE IT WAS GREAT. I WANT TO THANK YOU AGAIN FOR MAKIN ME FEEL WELCOME AND I REALLY WANT TO MEET YOU WHEN WE GET OVER THERE. SEE YA' LATER.

LOVE

ERIC CARR KISS

Page 12 — Australasian POST, December 11, 1980

Die lokale Presse berichtet über Brett und seinen Brief an Eric Carr

Das ersehnte Treffen mit Eric Carr

Gene umarmt Donna

Lebens, kennengelernt. Er sagt: „Ohne unsere gegenseitige Liebe zu KISS hätten wir uns nie getroffen." Eine wichtige Rolle spielt dabei ein Brief, den er an den verstorbenen Schlagzeuger Eric Carr geschrieben hat. Mit unabsehbaren Folgen.

Brett ist einer der Organisatoren der KISS Conventions, die seit 1994 jährlich in Brisbane veranstaltet werden. 1995 trifft er dort Donna Flick, eine gutaussehende Blondine aus Bowraville in New South Wales. Sie ist seit ihrem 12. Lebensjahr KISS-Fan und interessiert sich für einen Zeitungsartikel, in dem es um Briefe von und an Brett aus dem Jahr 1980 geht. Brett hat ihn auf der Convention ausgestellt. Donna liest und stellt fest: Genau diesen Artikel inklusive Bretts Foto hat sie einmal ausgeschnitten und in ihr KISS-Sammelalbum getan, weil sie die Geschichte so schön fand – da war sie gerade 13 Jahre alt.

15 Jahre später trifft sie nun den Mann, von dem sie bislang nur gelesen hatte. Die beiden werden Freunde, sechs Monate später sind sie ein Paar, und im Juli 2001 heiraten sie. Es wird eine echte Rock'n'Roll-

Hochzeit, beide sind in Schwarz statt in Weiß gekleidet, Brett trägt ein Shirt mit dem Gesicht von Peter Criss darauf. Heute haben Donna und Brett zwei erwachsene Töchter, die ihre Leidenschaft für KISS nicht nur akzeptieren, sondern sogar teilen. Sie leben ein KISS-Leben, wie es nur ganz wenige tun. Ihr ganzes Haus erinnert an KISS.

Eric Carr setzte sich im Casting gegen Bobby Rondinelli durch

Brett ist seit Mitte der 70er-Jahre KISS-Fan. Als Eric Carr 1980 neuer Schlagzeuger der Band wird, schreibt er ihm spontan einen Brief. Darin begrüßt er ihn ganz herzlich in der KISS-Familie. Carr, der eigentlich Paul Caravello heißt, ersetzt offiziell am 25. Juli 1980 Peter Criss an den Drumms. Er hat sich im Casting gegen Bobby Rondinelli durchgesetzt, der später bei Rainbow und Black Sabbath spielt. Seine bessere Stimme gibt angeblich den Ausschlag. Als Einstandsgeschenk bekommt er einen Porsche 924, wohl auch ein bisschen deshalb, weil er der erste Musiker ist, der bei KISS per Vertrag angestellt wird. Das sind nach ihm alle, bis hin zu Eric Singer und Tommy Thayer.

Womit Brett gar nicht rechnet, als er seinen Brief verfasst: Carr antwortet. Er schreibt ihm, wie er mit der Band gerade die Countdown-TV-Show für Aussie TV aufgenommen hat. „Und er dankte mir, dass ich ihm mit meinem Brief das Gefühl gegeben habe, willkommen zu sein", erzählt Brett. Ab November spielen KISS die „Unmasked-Tour" in Australien. Noch nie war die Band zuvor in Australien, es wird ein riesiger Erfolg und zugleich der Abschied von Ace Frehley. Er gibt in Auckland (Neuseeland) sein vorerst letztes Konzert mit KISS. Über die australische KISS Army bekommt er die Möglichkeit, Eric am 25. November 1980 in Brisbane zu treffen.

Hochzeit in Las Vegas

Es wird Bretts erstes Konzert und natürlich schon dank des Treffens mit Eric ein unvergessenes. Zur Erinnerung bleibt ihm ein Foto der beiden.

Eric Carr nimmt in den kommenden elf Jahren sieben Alben mit KISS auf. 1991 wird bei ihm ein bösartiger Tumor am Herzen entdeckt und entfernt. Wenige Monate später erleidet er eine Gehirnblutung, kurz darauf eine zweite, er fällt ins Koma. Zwei Monate später stirbt er im Alter von 41 Jahren. KISS sind geschockt, die ganze KISS-Familie ist es. Im Rahmen einer Reise nach New York suchen Brett und Donna 1997 den „Cedar Hill Cemetery and Mausoleum" in Newburgh auf, wo Carr beigesetzt wurde. Sie treffen dort Connie und Albert Caravello, Erics Eltern. Sie hatten nach dem Tod ihres Sohnes mit der Unterstützung von KISS die „Eric-Carr-Foundation" gegründet, die beim Kampf gegen den Krebs helfen soll.

» ***Die Caravellos luden die beiden zum Essen ein und erzählten Geschichten von Eric***

Die beiden Australier geben sich als KISS-Fans zu erkennen und sprechen die Eltern an. Fortan bleiben sie in Kontakt, schicken sich

Brett bemalt seine Dragon-Boots, ein wichtiger Teil seines Gene-Kostüms

gegenseitig Briefe und Postkarten. Als Brett und Donna 2008 noch einmal nach Newburgh reisen, vereinbaren sie ein Wiedersehen mit den Caravellos. „Sie luden uns zu unserer Überraschung zu sich nach Hause zum Mittagessen ein", sagt Brett. „Wir verbrachten den ganzen Nachmittag mit ihnen. Sie haben uns viele Geschichten über Eric erzählt." Sie zeigten ihnen auch den Porsche, den er einst von KISS bekam. Sie brachten es nicht übers Herz, ihn zu verkaufen. Wenn Brett von diesem Tag erzählt, klingt viel Schwärmerei durch: „Das war ein wirklich wundervoller Tag."

Über 90-mal trifft Brett in den kommenden 40 Jahren ein Mitglied von KISS, alle bis auf Vinnie Vincent und Mark St. John. Und alle Treffen sind großartig, wie er sagt, vor allem die mit Gene, „weil er stets am großzügigsten mit seiner Zeit und immer cool drauf ist." Bretts Favorit aber bleibt Eric Carr. Natürlich wegen des Briefes und dessen für ihn herrlichen Folgen. Ein Brief öffnete die Tür zur Liebe: Donna und Brett, ein ganz besonderes KISS-Paar.

Brett Bartlett, geb. 1962, Mount Isa, Australien

Erster Song: Hooligan | **Lieblingssong:** Do you love me
Konzerte: 59 | **Favorit:** Eric Carr | **Kiss Kruises:** 6 (III-VIII)

Donna Bartlett, geb. 1968, Bowraville, Australien

Erster Song: Talk to Me | **Lieblingssong:** Tomorrow
Konzerte: 56 | **Favorit:** Gene Simmons | **Kiss Kruises:** 6 (III-VIII)

Cheryl zeigt ihren royalen Schmuck für echte Rock'n'Roller

„Zum ersten Mal traf ich Paul und Gene im Ritz in der 11. Straße"

Cheryl Rixon Davis war Model in New York, als sie Paul und Gene kennenlernte. Daraus wurde eine enge Freundschaft. Sie leben heute in enger Nachbarschaft in Los Angeles. Kaum jemand kennt die beiden besser als sie. Ein Gespräch über ausgeprägtes Selbstbewusstsein, das Schweben über Schnee in New York und das Geheimnis einer Tiffany-Lampe.

? *Cheryl, Du warst Model, bist Künstlerin, und heute gehört Dir die Firma Royal Order, mit der Du edlen Schmuck herstellst. Wie bist Du dazu gekommen?*

Cheryl Rixon Davis: Mein Übergang vom Modeln zur Designerin war in vielerlei Hinsicht ein natürlicher. Ich war Kunststudentin und wuchs in einer Familie von Malern auf. Ich modelte seit Mitte der Teenagerjahre und landete in New York City, dem Strudel der Kreativität in den 70er- und 80er-Jahren, wo die magischen Welten der Mode, Kunst und Musik explodierten. Keiner von uns konnte sich dem Feenstaub entziehen. Mein Leben war schon immer von einem Rock'n'Roll-Soundtrack und schönen Bildern geprägt, und so lag es auf der Hand, die Disziplinen von Modekollektionen mit Rockdetails auf Schmuck anzuwenden, als sich die Gelegenheit dafür bot.

? *Eine Unterkollektion heißt Rock'n'Royal. Was bedeutet das?*

Ja, ich sah da eine echte Marktlücke, also wählte ich eine Richtung, die noch nicht so gängig war. Da ich unter britischem Einfluss und Prunk aufgewachsen bin, war die königliche Silhouette für mich die naheliegendste für ein Land, das keine Beziehung zur Monarchie hat. Ich entwarf eine Kollektion mit Kronen, Schilden, Fleur de Lis und allem, was königlich ist, und zwar mit mehr Details, als sie der Rock- und Motorradkultur in Los Angeles bisher zur Verfügung standen. Ich habe nur das entworfen, was ich selbst tragen würde und nirgendwo anders kaufen könnte. Auf diese Weise entwickelte ich meine Marke mit einem authentischen und originellen Stil, der nicht nur von Musikern und den modebewussten Amerikanern angenommen wurde, sondern auch von dem anspruchsvollen japanischen Markt, der die Trends in ganz Asien und Europa beeinflusst. Wer will schließlich nicht eine Prinzessin sein. Und es ist genauso gut, der König zu sein.

? *Paul Stanley war zuerst dein Kunde, dann dein Partner?*

Paul war mein Freund, lange bevor ich Designerin wurde. Er, Gene und ich waren immer in den gleichen Clubs in New York unterwegs. Natürlich sorgten KISS für Aufsehen, und ich genoss die Aufmerksamkeit der Medien an den New Yorker Kiosken. Wir hatten alle einen vollen Terminkalender, aber Paul drehte seine Runden im Fitnessstudio, während der Rest von uns Fotos voneinander machte. Wir trafen uns bei Veranstaltungen oder bei gemeinsamen Abendessen mit Freunden. Es war ein Wirbelwind der schrillen Extravaganz, und wir nahmen viele der gleichen Einflüsse auf. In den 90er-Jahren ließen wir uns alle in LA nieder. Paul hatte schon immer ein ausgeprägtes Gespür für Couture, gepaart mit seiner Rocksensibilität. Er trug einige meiner Schmuckstücke in der Öffentlichkeit, und wir begannen, gemeinsam Stücke für seine Bühnenkostüme zu entwerfen. Ich kenne seine Vorlieben, und wir gehen gemeinsam neue Wege, um seine

Cheryl war in New York ein gefragtes Model

Cheryl präsentiert ihre Kollektion in Japan

Stücke mit schönen Details zu versehen. Es war Schicksal, dass wir zusammenarbeiten würden.

? War es auch Schicksal, dass Ihr alle zur gleichen Zeit nach Kalifornien gezogen seid?

Es war eher eine Bewegung. Viele aus der Musikindustrie sind zur gleichen Zeit nach LA gezogen. Viele unserer Freunde und Kollegen ähnlichen Alters wollten da plötzlich hin, um Häuser zu kaufen und unsere Kinder außerhalb des Big Apple aufzuziehen. Wir waren alle Teil dieser Welle, ich auch.

? Du kennst Pauls Geschmack am besten. Wie ist er?

Paul mag großen Schmuck. Er ist eine überlebensgroße Persönlichkeit, und das spiegelt sich in seinem Sinn für Mode wider, sowohl auf der Bühne als auch außerhalb. Kronen und Sterne in Kombination mit Lilien, fein gearbeitete Schlüssel, ein Glückshufeisen, ikonische Schmuckelemente, die mit einem sexy Geheimnis verbunden sind. Paul ist elegant mit einem Sinn für spielerischen Unfug. Der Maler achtet auf seine Garderobe. Natürlich ist es nicht für jeden bequem, so große Stücke zu tragen, also fertigen wir mit Blick auf die KISS-Fans oft eine kleinere Version bestimmter Stücke an, damit die KISS Army die gleichen Designs wie Paul tragen kann, aber in einer handlicheren Größe.

? Also kam Paul vor einer neuen KISS-Tour zu Dir und besprach mit Dir seine Schmuckstücke? Was kommt jetzt?

Da Paul immer darüber nachdenkt, was auch die KISS-Fans begeistern könnte, entwerfen wir Stücke, die Fans tragen oder auch nur sammeln können, um sich ihm und seinem Stil näher zu fühlen. Als er vorschlug, dass wir eine private Kollektion seiner Lieblingsstücke machen und sie den Fans an Bord der Kiss Kruises anbieten, wollte er eine Hundemarke hinzufügen, die sein Soloalbum „Live to Win“ widerspiegelt. Das wurde ein großer Favorit bei der KISS Navy, also erweiterten wir das Thema und fügten Ohrringe und andere Auswahlmöglichkeiten hinzu. Eine Anhänger-Version des Rosen-Tattoos, das Paul auf seiner Schulter trägt, ist ein weiterer Favorit. Kürzlich haben wir eine lustige lila funkelnde Halskette mit schillernden Kristallen und einen vielseitigen Sternanhänger mit dem Starchild-Motiv eingeführt.

Für Pauls leidenschaftliches Projekt „Soul Station" haben wir einen detaillierten Medaillon-Anhänger in Form des Logos der Band entworfen. Alles ist aus 925er Sterlingsilber gefertigt. Da jedes Stück individuell angefertigt wird, ist auch eine Goldvariante erhältlich.

? *Paul und Gene sind zwar schon über 70, aber sie scheinen während der „End oft the Road"-Tour noch mal viel Spaß gehabt zu haben.*

Haha. Paul und Gene werden niemals über 70 sein! Sie schlagen die Zeit der alten Männer tot. Sie überraschen einen ständig aufs Neue. Diese Jungs haben eine wunderbare Zeit gehabt und diese End of the Road-Tour wirklich genossen. Alle sind sich einig, dass sie der Zeit trotzen, fit und fabelhaft aussehen und unheimlich viel lachen. Die Fans folgten ihnen zuletzt zu mehr Konzerten als jemals zuvor, und niemand schien zu wollen, dass das aufhört.

? *Lass uns über den Anfang sprechen. Du bist in den 70er-Jahren von Australien nach Manhattan gezogen, um als Model zu arbeiten. Wie war diese Zeit in New York?*

Als ich 1977 in New York ankam, war das wohl die glücklichste Zeit, um die Kreativität des künstlerischen Schmelztiegels Manhattan zu erleben. Es herrschte die Gewissheit, dass jeder Traum es wert war, verfolgt zu werden. Der Rock'n'Roll beflügelte die Strassenmode wie nie zuvor und bestimmte die Laufstege. Die Fotografie und das Filmemachen erreichten ein völlig neues Niveau. Die Kunstwelt und die Nachtclubs motivierten die Köpfe der Schriftsteller, die in den Hochglanzmagazinen einer längst vergangenen Zeit zu finden waren. Und all das unterstützte die Einführung von Künstlern wie den Ramones, Patti Smith, den New York Dolls und eben KISS.

? *Wie hast Du die Musikszene in dieser Zeit erlebt?*

Ich kam aus einer sehr spezifischen Rockmusikszene. Westaustralien, wo ich herkomme, hat eine authentische Rockmusikszene, die in diesem Teil des Planeten einzigartig ist. Mein Bruder Brett Rixon war der Schlagzeuger der lokalen Helden „The Scientists". In New York gab es klassischen Rock, Punk, frühen Hip-Hop, Metal, Jazz und die Androgynität, die zum Glam Rock führte. Dazu kamen Pop und Disco, und unsere

Tanzabende waren voll. Ich sah mir eine Show in einem Rockclub, einem Veranstaltungsort, einem Ballsaal oder einer Burlesque-Show an und ging dann in einen Club, um zu tanzen bis die Sonne aufging. Manchmal besuchte ich früh einen Modern-Dance-Kurs am Broadway und ging dann vor einem Fototermin noch kurz ins Bett. Danach gab es Abendessen, und alles fing wieder von vorn an.

? *Du wohntest in der Upper East Side, wo Gene und Paul abhingen. Wie habt Ihr Euch kennengelernt?*

Das erste Mal, dass ich Gene und Paul getroffen habe, war im Nachtclub Ritz in der 11. Straße. Ich tanzte mit einer Freundin, und die beiden kamen auf der Tanzfläche auf uns zu und wollten plaudern. Sie trugen beide schwarzes Leder und tanzten nicht. Sie standen einfach nur da und redeten, während alle anderen dicht um uns herumtanzten. Ihr Selbstbewusstsein war schon ziemlich unterhaltsam.

? *Was habt ihr gemacht, nachdem Ihr Euch kennengelernt hattet?*

Meine Freunde und ich sahen Gene und Paul in Clubs, im Fitnessstudio, bei Abendessen und Shows. Gelegentlich besuchten wir Paul zu Hause oder trafen uns bei Freunden. Wir waren alle sehr beschäftigt, also passierte das alles mehr auf Zuruf. Ich hatte meine eigene Band, und Paul bot meinem Gitarristen einige seiner Plateaustiefel an. Wenn sie sie im Winter trugen, schien es, als würden sie über den Schnee schweben.

? *Du warst ein gefragtes Model, das Penthouse Pet of the Year 1979. Wollten sie nie mehr von Dir, besonders Gene?*

Paul und Cheryl sind seit 50 Jahren enge Freunde

Falls ja, kann ich mich nicht erinnern, dass sie es erwähnt hätten. Und du weißt, sie sind nicht schüchtern. In New York gab es jede Menge Models, mit denen sie ihre Zeit verbringen konnten, und ich erinnere mich, dass sie mit vielen meiner Freundinnen ausgegangen sind. Irgendwann war Gene mit Cher zusammen, dann mit Diana Ross, und das hielt ihn eine ganze Weile auf Trab. Paul war immer mit schönen Frauen zusammen und kannte meinen Freund, also gingen wir ein bisschen miteinander aus.

? *Du sagst, Paul wurde ein echter Freund und war über die Jahre eine Konstante in Deinem Leben. Wie kam es dazu?*

Durch die Zeit und die Umstände, denke ich. Ohne es zu planen, sind unsere Leben ähnliche Wege gegangen, und ich schätze, wir haben uns für das interessiert, was der andere gemacht hat.

? *Später warst Du mit „Queen"-Schlagzeuger Roger Taylor zusammen. Hatte er Dich in die Rockszene eingeführt?*

Eher umgekehrt. Ich glaube, es wäre ihm lieber gewesen, wenn ich nicht so tief in die Rockkultur eingetaucht gewesen wäre. Ich war ein größerer Metal-Fan als er. Während „Queen" auf Tournee den Soundcheck durchführten, fuhr ich auf Rollschuhen mit Kopfhörern herum und ließ mich von Judas Priest oder AC/DC bedröhnen. Für die Shows von „Queen" habe ich meinen Walkman allerdings ausgeschaltet. Freddie singen zu hören, war etwas, das ich nicht verpassen wollte. Zwischen den Tourdaten zogen Roger und ich in ein Haus in Los Angeles, und Paul schickte uns eine wunderschöne Tiffany-Lampe als Einweihungsgeschenk. Das war ein schickes und großzügiges Geschenk, damit hat er uns damals sehr überrascht.

? *Du bezeichnest Paul als eine Art „großen Bruder", der immer über Dich wacht. Worauf stützt Du das?*

Vielleicht eher auf einen vertrauten Freund als auf einen großen Bruder. Paul hat mich im Laufe der Jahre viele Male mit rücksichtsvollen Dingen überrascht, die er für mich und andere getan hat. Wenn ich es am wenigsten erwartet habe, war er mit Rat und Tat zur Stelle. Er unterstützte mich bei meinem Vorhaben, Schmuck zu entwerfen, indem er ein regelmäßiger Kunde wurde, und machte mich mit den Galerien für Rock-Memorabilia bekannt, die auch seine Gemälde führten.

? *Hast Du einen echten großen Bruder oder übernimmt Paul diese Rolle?*

Niemand kann meinen kostbaren Bruder ersetzen, den wir durch die Exzesse des Rock'n'Roll leider verloren haben. Ich habe das Glück, dass ich meinen Mann Art Davis kennengelernt habe, der sich wunderbar um mich kümmert und Paul schon länger kennt als ich selbst.

? *Bist Du für Paul da, wenn er Dich braucht?*

Ich bin immer für Paul und seine Familie da. Er ist eine bewundernswert selbstständige Seele und hat großartige Unterstützung durch seine Familie und sein Management. Was er und Gene geleistet haben, um KISS dorthin zu bringen, wo sie jetzt sind, hat einen Fan aus mir gemacht. Nicht nur wegen der Band und ihrer Musik, sondern auch wegen der Art und Weise, wie sie ihr Leben und ihre Beziehungen führen. Für die Liebe und Wertschätzung, die sie für ihre Fans empfinden, und dafür, wie sie sich bemühen, dieses Engagement im Geschäft und bei ihren Auftritten zu erwidern.

? *Wie kommt es, dass Ihr nie den Kontakt zueinander verloren habt? Paul war immer irgendwo auf der Welt unterwegs.*

Paul ist darin viel besser als ich. Er scheint zu wissen, wo jeder andere ist. Ich überlasse es dem Universum und vertraue darauf, dass sie alle auftauchen, wenn sie es sollen. Auch ich bin beruflich viel unterwegs und arbeite daran, mehr mit Freunden in Kontakt zu bleiben. Wenn man ein Zuhause und eine Familie hat, wird es einfacher, weil die Freunde wissen, wo sie einen finden.

? *Was wünschst Du Paul am meisten?*

Paul und Gene sind ein großartiges Beispiel dafür, wie man das Beste aus dem Leben macht. Sie sind sehr gut darin, sich zu unterhalten und ihre Dankbarkeit zu zeigen. Nach allem, was sie erreicht haben, scheinen sie glücklich zu sein. Zufriedenheit und Zielstrebigkeit sind wunderbare Eigenschaften. Alles, was ich weiß, ist, dass sie es lieben, Musik zu machen, also wünsche ich ihnen, dass sie noch lange Freude am Spielen haben. In welcher Form auch immer.

**

Gitarrenfan: Javier als junger Spaceman

» Kapitel 16 «

KISS SIND DER SOUNDTRACK SEINES LEBENS

Javier Rueda Moya, Madrid, Spanien

Er ist bekannt für seine Leidenschaft, zuerst in der Schule und dann an der Universität. Jeder weiß, dass Javier ein eingefleischter KISS-Fan ist. Raúl, ein Klassenkamerad, hat ihn dazu gemacht. Sein Bruder brachte ihm von einer Reise nach Amerika ein KISS-Comicheft mit. Als Javier davon erfährt, kann er es gar nicht erwarten, dass der Unterricht endlich vorbei ist. Von der Schule aus fährt er direkt zu Raúl. Das Zimmer seines Freundes ist mit den tollsten KISS-Postern tapeziert. Raúl legt das Album „Alive II" auf, und die beiden Jungs stürzen sich auf das Comicheft. Sie tauchen ein in die Welt ihrer neuen Superhelden, begleitet von der coolsten Musik, die sie je gehört haben.

Nach einem Gastauftritt in Howard the Duck #12 kam Marvel Comics auf die Idee, 1977 eine eigene Ausgabe für KISS zu veröffentlichen. Die vier Bandmitglieder opferten sogar ein paar Tropfen Blut, um die Tinte des Comics wertvoller zu machen, und alle großen Namen der Heroe-Szene erschienen in der Ausgabe, von Spider-Man bis Avenger. Javier und Raúl bekommen das Heft 1979 zu sehen, sie verschlingen es, während Paul Stanley im Hintergrund immer wieder „I - want - you!" schreit.

All Access: Javier ist Teil der Kiss-Familie

Die Begeisterung treibt Javier nur wenig später in den nächsten Schallplattenladen. Er kauft sich zuerst die Single „Talk to Me", sie ist gerade brandaktuell, und das Lied gefällt ihm. Danach kauft sich Javier das Album „Destroyer". In Spanien sind zu diesem Zeitpunkt längst nicht alle KISS-Alben im Handel. Überhaupt ist es nicht gerade einfach, ein KISS-Fan zu sein. Die meisten Jugendlichen in seinem Alter mögen Iron Maiden, Judas Priest und AC/DC. „Als KISS-Fan war man das schwarze Schaf, der Außenseiter, derjenige, der nicht zur Rockfamilie gehörte", sagt Javier. Das hat ihn aber nicht gestört, im Gegenteil. Seit 15 Jahren ist er Präsident der Kiss Army Spain, dem einzigen spanischen KISS-Fanclub, der von der Band offiziell anerkannt wurde. Gene Simmons übernahm das 2010 persönlich in seinem Hotel in Barcelona am Tag nach der Show, er nahm sich dafür 15 Minuten Zeit.

Javier ist unheimlich aktiv, er organisiert Veranstaltungen für den Club. Eric Singer und Tommy Thayer hat er schon dreimal gebucht, und jetzt ein viertes Mal für das Hard Rock Café in München. Er verlangt 200 Euro Eintritt, um das Meet and Greet zu refinanzieren, es ist nach wenigen Tagen ausverkauft. „Das macht mich persönlich sehr stolz, denn wir sind der einzige Fanclub in Europa, der das geschafft hat", sagt Javier. Er organisiert sogar im Dezember 2023 in New York eine After-Show-Party und bringt dort Fans aus aller Welt zusammen.

Die Idee, einen Fanclub in Spanien zu gründen, kam Javier Ende des Jahres 2008, das ein großartiges Jahr war. Er war im Januar zur NAMM-

Messe in Anaheim, Los Angeles, gereist, um sein Kindheitsidol Paul Stanley zu treffen. Ein paar Monate später sah er ihn bei einem Meet and Greet in Paris im Rahmen der Alive 35 Tour wieder. Dort traf er auch Gene Simmons, Javier brachte ihm einige spanische Zeitschriften, die KISS auf ihr Cover genommen hatten. Gene gefielen sie sehr gut. Kurze Zeit später entdeckte Javier in Madrid ein bekanntes Magazin, das KISS auf dem Titel trug. Er schickte es an KISS Online. Der Administrator der Website, Keith Leroux, nahm mit Javier Kontakt auf, bat ihn, vier Exemplare für Genes Museum zu besorgen. Aber Javier hatte noch viel mehr zu bieten: "Ich sammelte seit 1979 Zeitschriften mit KISS auf dem Cover. Also flog ich zum nächsten KISS-Konzert nach Las Vegas und überreichte Gene einen Koffer, der mehr als 30 Kilo wog und bis zum Rand mit Zeitschriften aus Spanien gefüllt war. Er war begeistert." Als Javier aus den USA zurückkehrte, erhielt er ein Paket mit Geschenken und einem Dankesbrief von Gene.

Einen eigenen Fanclub zu gründen, diese Idee ließ Javier nicht mehr los. Ende 2008 lernte er Fernando Martinez, einen spanischen Fan, im Internet kennen. "Er hatte eine brandneue Website, die er 'KISS Army Spain' nannte", sagt Javier. Fernando war auf der Suche nach einem Partner, um die Seite zu betreiben. Er fragte Javier, ob er sich ihm anschließen würde, und die beiden gründeten einen Fanclub. "Damit begann das Abenteuer."

Javier schenkt Paul ein Dali-Buch

Man kennt sich: Gene & Javier

2023 feierte die „KISS Army Spain“ ihr 15-jähriges Bestehen. Javier ist stolz, nicht nur darauf: „Wir sind die Website und der Referenz-KISS-Fanclub in Spanien und einer der ältesten in Europa“, sagt er. Javier und seine Freunde sind dabei sehr erfinderisch. Sie veröffentlichen jedes Jahr ein Mitgliederpaket, sie bringen eigene Bücher heraus: Guides sämtlicher Maxi-Singles und Tapes, ein Buch zur Geschichte der Band in Spanien. Sie veranstalten Partys im ganzen Land und versuchen immer, Stargäste dazu einzuladen. Bruce Kulick, Tommy Thayer, Eric Singer, Doc McGhee, Alice-Cooper-Bassist Chuck Garric, Journey-Basser Marco Mendoza und Dead-Daisies-Frontmann John Corabi waren bereits dort. Javier organisiert auch Fanclub-Reisen zu KISS-Konzerten, sei es nach München, Mailand, London, Cartagena oder New York.

Sein erstes KISS-Konzert liegt 40 Jahre zurück, das war im Oktober 1983 während der „Lick it up Tour“ in Madrid. Er war gerade 15. Leider kamen KISS nicht sehr häufig nach Spanien. „Wenn man sie live sehen wollte, musste man normalerweise reisen“, sagt Javier. Kreuz und quer durch Europa, 1996 sieht er die Band während der „Reunion-Tour“ erstmalig mit Make-up in Donnington Park bei London. Was für ein Erlebnis. Er fliegt bis in die USA, um KISS erleben zu dürfen. 2009 sieht er die Band im Madison Square Garden in New York, am Tag zuvor im Nassau Coliseum in Long Island. Großartige Auftritte, unvergessene Reisen. Schon immer hatte Javier davon geträumt, KISS in der berühmtesten Arena

Javier mit Tommy, Eric und Freundin

Hola Kiss Army Spanien!

der Welt zu sehen. Und in der Stadt, in der für Gene, Paul, Ace und Peter alles begann.

After-Show-Party mit der KISS Army Spanien

Natürlich ist Javier auch ein Sammler, anfangs nur von Schallplatten, darunter einige Raritäten, jetzt sammelt er nur noch Bücher und Momente, wie er sagt. Er hat einige ungewöhnliche Dinge aufbewahrt, wie die Lederjacke von der „Hot in the Shade-Tour“. Auf den ersten Blick ist Javier nicht sehr abenteuerlustig. Er betreibt eine kleine Firma, die die Buchhaltung, Steuern und Gehaltsabrechnungen für andere Unternehmen erledigt. Aber wenn man genauer hinsieht, entdeckt man in Javier eines dieser „wilden Tiere“, von denen Paul Stanley bei Konzerten immer spricht. Er ist geschieden und hat zwei wunderbare Kinder. „Meine Familie akzeptiert meine Begeisterung für KISS, weil sie weiß, dass diese Leidenschaft seit über 40 Jahren in mir steckt“.

» ***Ich werde mich nie von KISS verabschieden***

Und das wird sich auch nach dem 2. Dezember, dem letzten Auftritt der Band in New York nicht ändern. Javier sagt: „Ich werde mich nie von KISS verabschieden, sie sind der Soundtrack meines Lebens.“

Javier Rueda Moya, geb. 1968, Madrid, Spanien

Erster Song: Talk to Me | **Lieblingssong:** Do You Love Me
Konzerte: 64 (seit 1983) | **Favorit:** Gene Simmons
Kiss Kruises: 9 (I-VII, IX, XI)

Eku setzt einen Tupfer KISS in die balinesische Kultur

» Kapitel 17 «

DIE UNVOLLENDETE GESCHICHTE

Eku Wand, Bali, Indonesien

In seiner Jugend waren KISS für das Kreative in ihm verantwortlich. Sie lösten ungeahnte Fantasien aus und verhalfen Eku Wand zu dem Motto: „Das wagen, woran du glaubst!“ Zum Karnevalsfest verkleidete er sich immer als Gene, auch zu Konzerten ging er meistens geschminkt wie der Dämon. Viele Jahre später auf der KISS Kruise ist er einmal vor Erschöpfung sogar geschminkt eingeschlafen. „Das Bett sah gar nicht so verschmiert aus, wie ich es erwartet hätte“, sagt Eku. Heute ist er Design-Professor und Multimedia-Regisseur und überzeugt, dass es KISS waren, die ihn auch ein gutes Stück dahin gebracht haben.

Er war gerade 14 Jahre alt und in der 8. Klasse, als Eku einen neuen Mitschüler bekam. Michael war mit der Familie aus den USA nach Deutschland gezogen, genauer in den kleinen hessischen Ort Friedrichsdorf. Er hatte etwas, das nur sehr wenige deutsche Kinder in seinem Alter besaßen, nämlich eine umfangreiche Plattensammlung. Immer wieder brachte er ein paar Alben mit zur Schule, die die anderen dann bestaunten, und so hielt Eku eines Tages die „Alive II“ von KISS in den Händen, und es war Liebe auf den ersten Blick. Die Bilder zogen ihn magisch hinein in die wundervolle neue KISS-Welt und machten ihn kurz darauf auch zum Fan der Musik.

Von da an sammelte Eku alles, was er von KISS in Zeitschriften finden konnte und sortierte es in einen großen Ordner. In seinem Zimmer mussten die Beatles-Poster denen von KISS weichen. Eku begann Gitarre zu spielen, anders, härter. Mit 16 sah er die Band das erste Mal live und lernte wegen Gene danach das Feuerspucken. „Das hat mir ungeheuren Respekt bei den anderen Jungs verschafft." Auf einmal gab es in seinem Leben kaum noch etwas Wichtigeres als KISS. Doch genau das sorgte für emotionale Momente, die eine tiefgreifende Wirkung auf ihn hatten. Etwa, als er 1980 bei einer Autogrammstunde wegen des übergroßen Andrangs einfach nicht zum Zug kam. Die Enttäuschung darüber machte ihm zu schaffen. Er stellte eine gewisse Abhängigkeit von KISS fest, fast wie in einer Beziehung, und Eku ist kein Typ für einseitige Beziehungen. Die meiste Zeit seines Lebens verbrachte er als Single. Und so trennte er sich 1983 von KISS wie von einer Geliebten. „Mir und meiner Kreativität tut eine emotionale Unabhängigkeit einfach besser", sagt er. Zu dem Zeitpunkt hatte die Band beschlossen, das Make-up abzulegen, das machte Eku die Trennung einfacher.

Er hat noch schnell seine KISS-Poster abfotografiert, bevor sie im Müll verschwanden. Bis auf die Schallplatten behielt er kaum etwas, das

Es kostete ihn viel Überwindung, bis Eku das Feuerspucken beherrschte

ihn an die Band erinnerte, und es ging ihm besser damit. Schmerz und Verlustängste waren wie weggeblasen. Eku zog nach Berlin, wo er eine große Musikszene und viel Ablenkung fand. 1997 ging er dort zu einem Open Air der „Reunion-Tour“, und auch wenn es ihm gefiel, dass die vier vereint waren und wieder Kostüme und Masken trugen – seine Leidenschaft von einst war erloschen.

» ***35 Jahre nach der Trennung verliebte sich Eku erneut in seine Geliebte namens KISS***

Seit 2006 reiste Eku regelmäßig nach Indonesien, 2014 blieb er dort. Er hatte in Jakarta eine Agentur gegründet und sich verguckt in dieses Land der Gegensätze. „Eine Fundgrube für neue kreative Impulse und so reich an Kultur und Geschichte“, schwärmt Eku. Indonesien besitzt mit 275 Millionen Einwohnern die viertgrößte Bevölkerung der Erde. Sie ist sehr jung und offen für westliche Einflüsse. Und hat eine eigene Rock-Szene, sogar eine KISS-Army existiert.

Mit Begeisterung fordern indonesische Fans KISS auf, in ihr Land zu kommen

Seiner Liebe zum Make-up verdankt Eku in Indonesien attraktive Gesellschaft

Seit 2017 pendelt er erneut zwischen Indonesien und Deutschland. 2018, Eku war gerade in Deutschland, als er ein Interview mit Paul Stanley sah, in dem dieser die Abschiedstour von KISS ankündigte. Abschied? Starke Gefühle rührten sich in ihm, große Erinnerungen. Eku kaufte sich ein Ticket für die Show in Hannover, er schminkte sich noch einmal wie Gene Simmons, er wollte sich von seiner ehemaligen Geliebten in aller Freundschaft verabschieden. Doch 35 Jahre, nachdem er sich von KISS trennte, verliebte er sich an jenem Abend ein zweites Mal in die Band: „Mich hatte die Sucht wieder gepackt, die Liebe und auch die Leidenschaft."

Er ließ weitere Konzerte der Tour folgen, zu dem in Zürich nahm er zum ersten Mal seinen 20-jährigen Sohn Philipp mit, der in der Schweiz studierte. Und doch: Die Geschichte von Eku Wand ist eine etwas andere als die der meisten KISS-Fans. Sie erzählt nicht nur von Liebe, Trennung und Wiedervereinigung, sie bleibt vor allem eine unvollendete Geschichte.

Im Juli 2019 war Eku gerade wieder in Indonesien, er lernte Nelwin Aldriansyah, den Chef der KISS Army Indonesia, kennen. Andra, ein befreundeter Musiker, hatte die beiden zusammengebracht. Nelwin merkte schnell: Mit KISS kennt sich Eku aus. An dem Tag entstand eine kuriose Idee: Warum nicht KISS für ein Konzert nach Indonesien holen? Immerhin ist die Liste der Bands, die dort schon gespielt haben, lang und wird von Rockgrößen angeführt wie Deep Purple, Def Leppard, Guns 'n Roses, Judas Priest, Metallica, Linkin Park, Foo Fighters und Green Day. KISS könnten in Bali auftreten, dem Reich der Mythen und Legenden. Bali ist eine indonesische Insel mit gut vier Millionen Einwohnern. Die meisten sind Hindus, was Bali zur „Insel der tausend Tempel" macht. Die Götter leben auf den Vulkanen, heißt es, in den Städten und Dörfern gibt es Tausende von Heilern und Schamanen, die sämtliche Dienstleistungen von der Heilung über das Wahrsagen bis zum Liebeszauber anbieten. Eku hatte ein Projekt ins Leben gerufen, das ihn in den kommenden Jahren beschäftigen sollte. Als Startschuss entwickelte er die Hashtags #KISScome2Bali und #KISSonTheIslandOfGods, die er als Banner drucken ließ, um mit Freunden der KISS Army Fotos für die sozialen Medien zu machen.

Im Garuda Wisnu Kencana-Kulturpark, einem stillgelegten Kalkstein-Steinbruch im Süden Balis, spielten bereits die Scorpions und Iron Maiden. Der Gedanke, auch KISS könnten dort auftreten, hatte et-

Während der Kruise zeigt Eku sein indonesisches KISS-Shirt

was Magisches. Einfach alles würde dort passen: Bali ist die Insel der Masken und Feuertänzer. Sie bietet einen Rahmen, den kaum ein anderer Ort der Welt hat. All die steinernen Dämonen alter Tempelanlagen. Die Rauchschwaden, die von den Reisfeldern herüberziehen. Die Drachenfrüchte, deren rote Variante Fruchtfleisch enthält, das einer Zunge einen rätselhaften purpur-magentafarbenen Look verleiht (Ein toller Effekt für alle Gene-Imitatoren). Der Legende nach ist das Letzte, das ein feuerspuckender Drache ausspeit, bevor er stirbt, sein Karma in Form einer Drachenfrucht. Jeder, der davon kostet, erhält übernatürliche Kräfte. All das klingt schon irgendwie nach KISS.

Die Idee nahm Fahrt auf: Eku entwickelte eine fünfteilige Video-Produktion, Clips für die KISS-Kampagne. Die Dreharbeiten dauerten eine Woche. Es entstanden Zeitungsanzeigen. Im Hard Rock Café von Jakarta fand ein Fantreffen der indonesischen KISS-Army statt. Es spielte Indonesiens einzige KISS-Tribute-Band „i-KISS". Der „Rote-Zungen-Wettbewerb" wurde mit Hilfe der Drachenfrucht ins Leben gerufen. Nelwin Aldriansyah heuerte 2019 auf der KISS Kruise IX an, ausgestattet mit den Bannern, die er an der inneren Reling zur Pool-Bühne des Schiffes anbrachte, mit den fünf Videoclips auf USB-Sticks und mit einem 11-seitigen Prospekt für die vier Bandmitglieder und Manager Doc McGhee.

> **» *Handfächer, auf denen KISS als balinesische Barong-Masken dargestellt werden***

In den nächsten beiden Jahren war Eku auf der KISS Kruise X und XI, er brachte Handfächer mit, auf denen KISS als balinesische Barong-Masken dargestellt waren, auf den Rückseiten waren Infos über Indonesien und die Götter gedruckt. Eku hatte ein neues, fünf Meter langes Banner im Gepäck, zahlreiche Aufkleber, Flyer und ein paar Shirts – einen ganzen Tag lang trug Gene sein indonesisches T-Shirt und erwähnte es stolz während einer seiner Shows im Stardust Theater. Inzwischen hatte Eku auch Kontakt zu einem australischen Promoter aufgenommen. Seine Idee: Bali könnte Teil der nächsten Australien-Tour werden.

Für Dubai ließ Eku eigene Shirts drucken. Doch die Show fiel 2023 aus

Doch dazu kam es nicht. Beim Soundcheck in Dresden erklärte ihm Gene Simmons, warum die Band nicht nach Bali kommen würde. Kein Promoter könne sich dort ein solches Konzert leisten. So platzte der fantasiereiche Traum von KISS in Indonesien. Vielleicht kam die Idee einfach ein bisschen zu spät. Eku fühlte sich an die Anfänge seiner Liebe zu KISS erinnert. Sein Motto („Das wagen, woran du glaubst!") hatte ihn nun schon über so viele Jahre begleitet. Er sagt: „KISS haben mich inspiriert, immer wieder neue Dinge auszuprobieren und dabei die Messlatte etwas höher anzusetzen. Man sollte das, was man beginnt, einfach richtig machen, auch wenn es mal nicht gleich wie gewünscht funktioniert. KISS bedeuten für mich: Glaube an deine Ideen, denn du lebst dein Leben nicht, um anderen zu gefallen, sondern selbst ein glücklicher Mensch zu sein." Schön, dass er zum Abschied zurück in die Arme seiner Geliebten gefunden hat.

Eku Wand, geb. 1963, Düsseldorf, Deutschland

Erster Song: Makin' Love | **Lieblingssong:** Calling Dr. Love
Konzerte: 27 (seit 1980) | **Favorit:** Gene Simmons
Kiss Kruises: 2 (X, XI)

Überall KISS: Alain mit Gene-Axt in seinem Museum

» Kapitel 18 «

EIN MUSEUM MIT MEHR ALS 13.000 KISS-ARTIKELN

Alain Fahrni, La Chaux-de-Fonds, Schweiz

Es ist kurz nachdem das Album „Love Gun" erscheint, 1977, als in Alain Fahrni die große Sammelleidenschaft ausbricht. Es fängt ganz harmlos an und bleibt eine Weile eher unbemerkt. Da sind immer mehr Magazine, die sich stapeln, oder Buttons, die Schubfächer füllen. Doch dann treibt er nach und nach KISS-Gegenstände irgendwo auf, die er anderen gerne zeigen würde. Alain merkt: Er ist er zum Jäger geworden. Also kauft er eine Vitrine, um seine Trophäen darin auszustellen. Dann die nächste. Und noch eine. Schließlich ist ein umfangreiches Sammelwerk von mehr als 13.000 Artikeln daraus geworden, und Alain beschließt, das Ganze zu einem privaten KISS-Museum zu machen.

Heute kommen mit der Post wieder zwei Neuerwerbungen in La Chaux-de-Fonds in der Schweiz an: Darin sind das Set der POP Alive II Tour 1978 und die original Dynasty-Figuren. „Wunderbar", strahlt Alain, er freut sich noch immer, als seien es seine ersten Stücke. Dabei werden sie dem normalen Betrachter in dem Meer an Figuren und Puppen kaum auffallen, Alain schon. Seine Wohnung hat er mehr und mehr zwischen sich und KISS aufgeteilt, immer deutlicher zu seinen Ungunsten. In einem Zimmer sind ausschließlich Shirts, Musik in jeglicher Form,

Videos, Noten, Bücher. In einem anderen sind vor allem Spielsachen mit speziellen Effekten aus Lichtern und Rauch. Und im Flur dazwischen befinden sich die größeren Stücke, darunter viele Instrumente. Voila.

Wer hindurch schlendert, glaubt nicht, dass dies alles einem einzelnen Fan gehören soll. Bis zur Decke sind die Räume befüllt, das Auge kann sich kaum entscheiden – schaut es nun nach links zu den kaum zählbaren Kaffeebechern oder nach rechts, wo Miniaturgitarren aufgereiht sind. So viel Kleinkram, so liebevoll zusammengestellt. „Das habe ich überall auf der Welt gefunden", sagt Alain. „Auf Conventions und Ausstellungen, außerdem liebe ich es, Dinge, die ich doppelt besitze, mit anderen Sammlern zu tauschen." DVD's, Picture Disc, Gitarrenplectra, Figuren und Spielzeug, daran hat der Schweizer am meisten Spaß. Er hat aber auch einige witzige ausgefallene Sachen wie WC's, Kondome oder Eiscreme. Natürlich steht auch ein KISS-Flipper herum, und worauf er besonders stolz ist: Der original Kramer Bass von 1980, unterschrieben von Gene Simmons. „Die Produktion wurde damals bei 175 Stück gestoppt", erzählt Alain. „Ich habe den Bass einem amerikanischen Freund abgekauft."

Alain ist 56 Jahre alt, er arbeitet für die Stadt, ist seit 1991 verheiratet und hat zwei Kinder. Seine Liebe zur Musik hat er erfolgreich an die Familie weitergegeben. Ehefrau, Sohn und Tochter lieben KISS, sagt Alain, außerdem spielen sie alle Schlagzeug. Der Sohn hat sogar seine eigene Schlagzeugschule. Mike ist 31, Vater und Sohn verbindet unheimlich viel, sagt Alain: „Mike ist mein Idol." Und so folgt er ihm, wenn er auf Tour geht, und das tut Mike häufig, denn in einer Band spielt er Schlagzeug, in einer anderen Gitarre.

In Alains Museum kann man stundenlang durch KISS-Kleinkram stöbern

Nur Alains Mutter, die mag KISS noch immer nicht. Das war schon früher so, dabei hat ihr der junge Alain einiges in Sachen Musik zu verdanken. Die Mutter arbeitet nämlich in einem Restaurant und bringt am Ende eines jeden Monats die ausgetauschten Singles aus der Jukebox des Restaurants mit. Johnny Hallyday, Elvis Presley, die Rubettes. So wächst bei Alain sehr früh etwas heran, das noch größer ist als die beiden KISS-Tattoos, die er sich später auf seine Oberarme stechen lässt, nämlich seine große Musikleidenschaft. „Ohne Musik geht bei mir nichts. Ich höre sie, ich organisiere Konzerte, ich besuche Konzerte, ich vergleiche und kritisiere sie." Über 2000 Konzerte hat er gesehen, 33 davon waren von KISS. Alain hat allein mehr als 2300 CDs mit Rock-Musik in seinem Wohnzimmer stehen. Er ist ein Macher in Sachen Musik und KISS. Alain organisiert Ausstellungen, Kongresse, Gitarrenkliniken, Stände auf Kongressen, lässt sich als DJ Kissman für Partys buchen. 2008 nähten er und seine Frau vier Monate lang die Kostüme für „Unmasked", eine One-Night-Stand-Show, bei der KISS dann gerade drei Lieder spielten. „Ich habe viel investiert", sagt Alain, nicht nur Geld, vor allem auch Zeit, „indem ich Busse und Flugzeuge für die Fans organisiert habe, damit sie es zu den Konzerten schaffen".

» *Eine Band mit sexy Mädchen zu ihren Füßen, ich war hin und weg*

Alain ist elf, als sich sein Leben verändert, wie er sagt. Es ist 1977, und er kommt gerade von der Schule nach Hause, schaltet den Fernseher ein, und da wird über amerikanische Musiktrends berichtet. Er sieht den Trailer für das KISS-Album „Alive II". Ein kurzer Trailer nur. „Vielleicht 30 Sekunden lang", sagt Alain, „aber er ließ mich glatt auf den Boden fallen. Ich konnte nicht glauben, dass es so etwas wirklich gibt." Alain geht in einen Plattenladen, dort entdeckt er das Album „Love Gun". Das Cover macht ihn an: „Eine Band mit sexy Mädchen zu ihren Füßen, ich war hin und weg." Als er es sich zu Hause anhört, ist es Liebe auf den ersten Beat. „Seitdem ist die Band jeden Tag in meinem Leben präsent."

1980, Alain ist gerade 14, da spielen KISS in Basel. Die Eltern aber lassen ihn nicht allein dorthin gehen. So viele seiner Freunde dürfen es, weil sie ältere Brüder haben, die als Begleitung mitkommen, Alain nicht. Drei Jahre später, 1983, Alain ist 17 und macht eine Lehre als

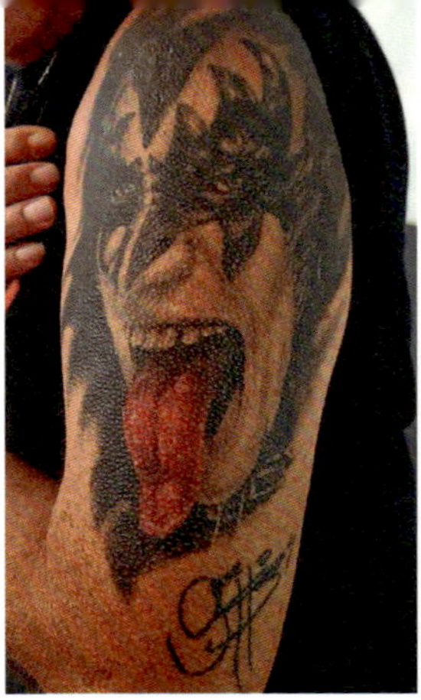

Gene-Tattoo

Da staunt sogar das Original

Bäcker und Konditor. KISS kommen erneut in die Schweiz. Alain wohnt zu der Zeit bei seinem Chef, und auch der verbietet ihm, zu dem Konzert zu gehen. Doch Alain läuft einfach weg. „Ich wollte das nicht noch einmal erleben." Als er in Basel ankommt, ruft er die Eltern an, damit sie sich keine Sorgen machen. „Ich wusste, dass ich eine Strafe bekommen würde, wenn ich wieder zu Hause bin, aber das war mir völlig egal."

Das schönste Konzert erlebt Alain am 17. August 1996. Er ist mit 40 Freunden zum Festival in Donington Park bei London gereist. 80.000 Menschen, aber für Alain wird es das erste Konzert, bei dem er KISS mit Make-up sieht, und sie zelebrieren das großartig. KISS kommen geschminkt mit einem Hubschrauber eingeflogen. „Ich weinte vor Glück", erzählt Alain. Einen besonderen Moment erlebt er auch am 4. Juli 2019 in Zürich. Alain hat einen Bus für 50 Leute organisiert, denn es ist sein Geburtstag. Am Ende der Show versuchen seine Freunde, so viele Luftballons wie möglich zu fangen, die von der Decke fallen, um sie Alain zu schenken. „Das gab mir das Gefühl, das Konzert hätte extra für mich stattgefunden, ein wunderbares Geschenk!"

Eine besondere Rolle in Alains Beziehung zu KISS spielt Gene Simmons. Alain glaubt: „Gene liebt KISS so sehr wie wir Fans." Er hat jahrelang selbst alles gesammelt und stellt seine Exponate nun in einem Museum in Las Vegas aus. „Dort gibt es vieles, aber nicht alles", sagt Alain. „Im Mai 2013 hat mich Gene einmal kontaktiert, weil er bei mir Bücher entdeckt hat, die er nicht besitzt. Er wollte sie mir abkaufen, aber ich habe ihm einen Deal vorgeschlagen."

Alain und seine Frau Lydia

Simmons lädt Alain und seinen Sohn Mike zum „Meet and Greet" nach Zürich ein. Der Zufall will es, dass KISS dort am 20. Juni spielen, also nur wenige Wochen später. Mit einem großen verschnürten Karton gehen Alain und Mike zum vereinbarten Treffpunkt. 60 Menschen warten dort bereits. Es dauert eine knappe Stunde, bis sich die Tür zur Halle öffnet. Alle bekommen Pässe, und Alain und Mike dürfen zum Soundcheck in die Halle. KISS spielen drei Songs und anschließend 30 Minuten lang noch akustisch weiter. Danach gibt es Autogramme, jeder durfte zwei Gegenstände zum Unterschreiben mitnehmen. Gene signiert für Alain das Cover des Albums „Monster", als sein Bodyguard zu ihm sagt: „Gene, schau dir sein Tattoo an." Gene blickt auf, guckt auf das Gene-Simmons-Tattoo auf Alains Arm, nimmt sein Handy und fotografiert es. Er sagt auf Französisch: „Merci beaucoup." Dann gibt er Alain ein Autogramm auf den Arm.

» Gene tauscht ein signiertes Schlagzeug-Becken gegen ein Buch

Alain spricht kein Englisch, Mike schon. Er sagt: „Gene, wir wollten hier noch über ein Geschäft sprechen." Gene antwortet: „Achso? Davon weiß ich ja gar nichts." Mike erklärt ihm die Sache mit den Büchern, doch Gene wirkt weiter ahnungslos. Er sagt: „Ich bin bald 50 Jahre im Geschäft, habe über 5000 Konzerte gegeben, wie soll ich mich da an alles erinnern?", so erzählt es Alain. Mike zeigt Gene die Emails zwischen ihm und seinem Vater. Gene dreht sich zu seinem Bodyguard und sagt: „Diese beiden werden mich nachher begleiten, wenn das hier vorbei ist." Etwas später stehen die drei in einem Raum hinter der Bühne. Gene schaut sich die Bücher an und fragt, was Alain dafür verlangt. Alain sagt: „Ich möchte sie dir gerne schenken", und Gene antwortet: „Wenn das so ist, habe ich nachher, wenn wir das Foto mit der geschminkten Band machen, auch ein Geschenk für dich." Alain und Mike stellen sich extra als Letzte in die Schlange, alles geht sehr schnell. Als sie an der Reihe sind und Gene sie erkennt, lässt er sich ein Schlagzeug-Becken reichen, auf dem er die ganze Band unterschreiben ließ. „Es war ein unglaublicher Moment. Wir verstauten das Geschenk im Auto, dann gingen wir zur Absperrung, um ganz vorne zu stehen und die Show zu erleben."

Ein Jahr später, 2014, treffen sich Alain Fahrni und Gene Simmons erneut. Diesmal auf der KISS Kruise IV zwischen Florida und den Bahamas. Simmons signiert das Foto, das in Zürich entstanden ist, und Alain ist glücklich, weil ihn Gene erkennt. Er darf sogar Fotos dessen Frau Shannon, seiner Tochter Sophie und Pauls Sohn Evan machen.

Im Juli 2018 fährt Alain mit Freunden nach Luxemburg. Dort spielt die „Gene Simmons Band". Alain steht ganz vorn vor der Absperrung. Als Gene zu ihm schaut, zeigt er ihm sein Tattoo. Am Ende des Liedes deutet Gene auf Alain und sagt: „Hey Du, Typ mit dem Tattoo, komm zu mir auf die Bühne!" Die Sicherheitsleute ziehen Alain aus der Menge heraus, und kurz darauf steht er neben Simmons. Sie singen gemeinsam „I Love It Loud". Wundert es noch jemanden, dass dieser Song Alains Lieblingslied ist?

Nur eine Woche später, Alain ist nach Deutschland weitergefahren. In Stuttgart soll er von Gene den Tresor übergeben bekommen, den er ersteigert hat. „The Vault" gibt es in einer Auflage von 5000 Exemplaren. Alle Tresore haben ein personalisiertes Zertifikat, sind durchnummeriert und signiert. Inhalt: Ein Buch mit Anekdoten, 11 CDs mit unveröffentlichten Songs/Demos, eine Gedenkmünze, eine Gene-Simmons-Figur und eine persönliche Überraschung, die in einem Geheimfach ist. 80 Personen kommen in ein feines Hotel, eine von ihnen ist die deutsche

Treffen mit Paul Stanley

Alain sieht KISS live in Lyon

Rocksängerin Doro Pesch. Die Tresorübergabe geht dann ganz fix: Gene empfängt nacheinander alle Fans in einem separaten Raum. Jeder darf zwei Dinge mitbringen, die er signiert bekommt. Plus den Tresor, dazu gibt es ein gemeinsames Foto, das Ganze dauert etwa zwei bis drei Minuten. Nicht so bei Alain.

Er bringt Gene ein Poster von seinem Museum mit. Der lacht und sagt: „Du bist verrückt!“ Dann lässt ihn Alain eine Platte von seinem Flipperautomaten unterschreiben und einen Becher mit Blut vom Konzert in Zürich 2013. Er hat noch ein altes, sehr seltenes Werbeplakat dabei und einen Abdruck von Genes Gesicht. Simmons staunt nur noch, er signiert alles. Zum Schluss zeigt ihm Alain noch ein Foto des Konzerts in Luxemburg, als beide gemeinsam auf der Bühne standen. „Er kam wirklich aus dem Staunen nicht mehr raus und hat alles signiert“, erzählt Alain. Sechs Minuten dauert sein Treffen mit Simmons, doppelt so lange wie das aller anderen. Als Sahnehäubchen entdeckt Alain in dem Geheimfach des Tresors auch noch eine Sonnenbrille von Gene, genau der persönliche Gegenstand, den er sich so gewünscht hatte.

Irgendwann, jedenfalls träumt Alain Fahrni davon, da wird Gene einmal in seinem privaten Museum in La Chaux-de-Fonds vorbeikommen. Der ehemalige Gitarrist Bruce Kullick war schon fünfmal dort, Schlagzeuger Eric Singer einmal. Simmons aber hat eine besondere Bedeutung für Alain und auch eine besondere Wirkung auf ihn: „Bei ihm zittern meine Beine. Er ist der einzige Mensch, der eine solche Wirkung auf mich hat.“ Und das wird auch nicht weniger, je häufiger er ihn sieht. Bis dahin sammelt Alain Fahrni weiter und weiter. Gibt es denn überhaupt noch Dinge, die er unbedingt haben möchte? Alain lacht: „Oh ja, enorm viele. Mein Museum wird nie ganz fertig sein.“

Alain Fahrni, geb. 1966, La Chaux-de-Fonds, Schweiz

Erster Song: God of Thunder | **Lieblingssong:** I Love it Loud (live)
Konzerte: 33 (seit 1983) | **Favorit:** Gene Simmons | **Kiss Kruises:** 1 (IV)

Kreativ: Rebecca mixte alle sechs KISS-Masken in eine

» Kapitel 19 «

STAR DER CONVENTION

Rebecca Lenga, Brisbane, Australien

Ihr Einstieg in die KISS-Familie hätte besser kaum laufen können. Zwei Tage vor ihrem ersten Konzert nimmt sie an einer KISS-Convention in Brisbane teil. Rebecca Lenga kommt ein bisschen zu spät, weil sie so lange an ihrem Outfit herumgebastelt hat. Als sie den Saal betritt, wird sie schnell zum Blickfang. Ein Freund ruft sie zur Bühne, er hat bei der Organisation der Veranstaltung geholfen. Als Rebecca nach vorne geht, tobt die Menge. Sie sieht nicht nur aus wie Ace Frehley, sie sieht mit ihrem glitzernden blauen Umhang aus der „Dynasty"-Zeit aus wie ein Star.

Die KISS-Geschichte von Rebecca ist keine lange. Sie ist kein Kind der 70er-Jahre, auch wenn ihre Mähne aussieht wie die von Cher aus dieser Zeit. Sie hat den rasanten Aufstieg von KISS als Fan nicht miterlebt, die Band nicht 50 oder mehr Male live gesehen wie andere, und sie war auch nicht auf acht Kruises. Rebecca ist erst 25, also etwa so alt wie das Album „Psycho Circus", und eigentlich beginnt ihre Geschichte an jenem Abend in der Mansfield Tavern, als sie 39,90 australische Dollar Eintritt bezahlt und den ersten Platz für das beste Kostüm belegt. Rebecca bekommt als Preis ein Foto von KISS mit allen vier Autogrammen darauf.

Die Australierin ist eine Überlebenskünstlerin. Sie macht mal dies, mal das, lebt noch im Haus der Eltern, ist irgendwie auf angenehme Art ein bisschen verrückt und sprüht nur so vor Ideen und Kreativität. Vor allem ist sie lustig und mag Menschen, die das auch sind. Eines nachts scrollt sie im Handy durch TikTok und stößt dabei auf ein seltsames Interview, das Tom Snyder mit der US-Band KISS geführt hat. Rebecca kennt die Musik von KISS aus dem Radio und mag sie, vor allem „Detroit Rock City", das Interview von 1979 dagegen hat sie noch nie gesehen, es packt sie.

„Ace lacht in dem Video so unglaublich süß", sagt Rebecca, „ich habe mich sofort in ihn verliebt." Sie fühlt sich von ihm und seiner Persönlichkeit magisch angezogen und sagt: „Ich wurde über Nacht ein ganz anderer Mensch." Einer, der von KISS auf einmal alles wissen möchte, vor allem von Ace Frehley, der zu dieser Zeit schon gar nicht mehr mit der Band spielt. Und so liest sie später auch: Es ist ein legendärer Auftritt der Band an jenem 31. Oktober 1979 in der „Tomorrow"-Show. Es dauert ganze 18 Sekunden, als ein sichtlich betrunkener Ace Frehley anfängt zu gackern und billige Witze zu reißen. Niemand lacht darüber herzhafter als Frehley selbst. Moderator Tom Snyders gefällt das, er geht voll auf Comedian Ace ein. Peter Criss unterstützt Ace, er schreibt später in seiner Biografie über den Abend: „Ace und ich hatten zum ersten Mal ein Interview von Gene und Paul gestohlen. Und das Ergebnis war urkomisch."

Zu dieser Zeit hatten sich KISS in zwei Lager geteilt. Criss und Frehley warfen Simmons und Stanley vor, die Band kontrollieren zu wollen.

Sieg beim Lookalike bei der KISS Convention

Sexy Catwoman

Dabei war das eigentliche Problem ihre Drogen- und Alkoholsucht. Frehley benimmt sich an diesem Abend wie ein Kind, das sich bei einer Familienfeier mit Absicht schlecht aufführt, um die Eltern für irgendetwas zu „bestrafen", obwohl er stets das Gegenteil betont: „Ich habe mich in der Show amüsiert und nicht versucht, jemanden zu verärgern." Über sich selbst sagt Frehley: „Wie ernst kannst du dich selbst nehmen, wenn du in einem Superheldenkostüm und Vollgesichts-Make-up in einer Fernsehshow sitzt?" Gene und Paul hätten das nie verstanden, und das werden sie wohl tatsächlich auch nicht.

Es ist fast bizarr, dass das Ende der Originalbesetzung von KISS der Anfang der Liebe zu dieser Band für Rebecca ist. Sie schließt sich der KISS Army Australia an und erweitert ihren Freundeskreis mit immer mehr KISS-Fans. Wir sind im Oktober 2020, und es dauert zwei lange Jahre, bis sie die Band endlich live sehen kann: Am 6. September erlebt Rebecca in Brisbane ihr erstes KISS-Konzert und schon am 10. September 2022 in Gold Coast ihr letztes. „Sie haben Maßstäbe gesetzt. Es waren die besten Konzerte aller Zeiten!"

> ***Eric Singer schenkt ihr zum Abschied noch einen Lolly***

Sie bucht das große Vip-Paket mit allem Drum und Dran. „Beim Meet and Greet war ich so aufgeregt, dass ich mich ganz bewusst als Letzte in die Warteschlange fürs Foto gestellt habe." Eric spricht sie als Erster an, und auf einmal ist sie ganz entspannt. Gene gibt ihr eine „Brofist", und Paul sagt, ganz Gentleman: „Danke fürs Kommen." Wie ein alter Freund, den sie eine Weile nicht gesehen hat, erzählt Rebecca. Eric schenkt ihr zum Abschied noch einen Lolly, „wie süß von ihm!"

In Gold Coast stellt sie während eines Q & A eine sechsteilige Frage (O-Ton Eric), Rebecca hat einfach etwas Nachholbedarf, was KISS-Informationen angeht. „Ich habe tolle Kiss-Freunde, denen ich ewig dankbar bin, weil sie mir Geschichten aus der Vergangenheit erzählen. Ich liebe es, sie zu hören. Gleichzeitig bin ich immer ein wenig traurig, weil ich wünschte, ich hätte die Hysterie um KISS vor langer Zeit selbst miterlebt. Ich wünschte ich hätte eine Zeitmaschine."

Ein seltenes Bild: Rebecca ungeschminkt

Rebecca hat viele gute Ideen. Wie den Ace im As

Wieder gibt es am Ende ein Geschenk von Eric, diesmal sind es signierte Schlagzeugstöcke. Der Drummer kletterte in Rebeccas persönlicher KISS-Liste gerade weit nach oben. Paul fällt ihr spezielles Make-up auf, das sich Rebecca extra für diesen Abend ausgedacht hat. Er findet es toll, und das ist es wirklich. Sie hat alle vier Masken in den Farben der Solo-Alben zu einer einzigen verschmolzen. Über den Augen trägt sie Gelb und Orange, was für Eric Carr und Vinnie Vincent stehen soll. „Ich habe mich auch ein wenig an dem Cover von Hotter Than Hell orientiert", verrät Rebecca. „Als Kiss Chick strebe ich danach, anders und einzigartig zu sein, aber trotzdem ich selbst. Deshalb versuche ich, mit dem Make-up mein eigenes Ding zu machen."

Begonnen hat sie damit an Halloween 2020. Seitdem schminkt sie sich häufig mal, immer ein wenig anders. Als „Catwoman" sieht sie extrem heiß aus. Sie sagt, sie sei keine Künstlerin, auch wenn ihr Make-up ein Kunstwerk ist, und es ist ganz sicher kein Zufall, dass der leidenschaftliche Maler Paul Stanley auf sie aufmerksam geworden ist. Rebecca bemalt sich freihändig und braucht dafür „eine Ewigkeit. Aber ich habe viel Geduld."

Beim Meet and Greet in Gold Coast sieht sie Paul und die anderen wieder. Rebecca hat zwei Schilder und einen Blumenstrauß dabei. Auf den Schildern steht geschrieben:„Thank you KISS for 50 years of Rock'n'Roll." Verfasst von einer jungen Frau und ein Beleg dafür, wie die

Idee KISS über Generationen hinweg weiterlebt. Für Rebecca sind KISS keine verkleideten alten Männer. Sie sagt: „Sie sind nur so alt, wie sie sich fühlen, und das Alter ist nur eine Zahl. Ehrlich gesagt, bewegen sie sich auf der Bühne, als wären sie in den Dreißigern." Keith, ein KISS-Mitarbeiter, nimmt ihr das große Schild ab. Er reicht es vor dem gemeinsamen Foto Gene, und Rebecca ist entzückt: „Ich hoffe, dass ich es eines Tages signiert bekomme, damit ich es mit ein paar anderen Sachen zusammen einrahmen kann, die ich von der Tour mitgebracht habe, einschließlich Erics Lolly und den Drumsticks."

Selbst bei einem so jungen Fan wie Rebecca Lenga ist es KISS gelungen, sich auf Anhieb ins Herz zu spielen. „KISS haben mein Leben buchstäblich über Nacht verändert und zwar zum Besseren", sagt die Australierin. „Sie haben mir geholfen, aus meinem Schneckenhaus herauszukommen. Sie haben mich dazu inspiriert, mit Kriegsbemalung und der Wahl meines Outfits zu experimentieren. Ich bin jetzt selbstbewusster, und das tut gut. Eine Erinnerung daran, einfach du selbst zu sein, denn es gibt nur ein Du und das macht Dich YOUnique."

Nach ihrem Erfolg bei der Convention in Brisbane muss Rebecca noch gut eine halbe Stunde vor dem Banner auf der Bühne stehen, weil so viele Leute ein Foto von ihr machen möchten. Sie hatte gemeinsam mit einem Jungen gewonnen, der wie Paul Stanley verkleidet ist. Und so stehen die beiden eine gefühlte Ewigkeit da oben. „Die Leute wollten einfach nicht aufhören, Fotos von uns beiden zu machen", sagt sie. „Wir scherzten, dass wir für jedes Bild fünf Dollar verlangen könnten", was die beiden an diesem Abend reich gemacht hätte. Aber Geld ist in diesem Moment überhaupt nicht wichtig. Rebecca ist angekommen in der KISS-Familie und fühlt sich – auch mit 25 Jahren – zu Recht als Teil von ihr.

Rebecca Lenga, geb. 1998, Los Angeles, USA (zog 2000 nach Brisbane)

Erster Song: I Was Made for Lovin' You | **Lieblingssong:** Beth
Konzerte: 3 (since 2022) | **Favorit:** Eric Singer | **Kiss Kruises:** –

Das As der Tribute-Band: Erwin beim Gitarrensolo

» Kapitel 20 «

DAS TATTOO, DAS DIE WELT DES SPACEMAN VERÄNDERT

Erwin de Werd, Zoetermeer, Niederlande

Es ist genau zehn Jahre her, als jemand mit einem ganz besonderen Wunsch in das Tattoostudio von Erwin de Werd kommt. Ton Meersschaert aus Den Haag hat da so eine Jugendsünde auf dem Rücken. Sie stammt aus den Zeiten, als er noch lockige Haare hatte, so lang, dass sie den Rücken teilweise überdeckten. Ein Ritter und ein Drache waren da in Nähe der rechten Schulter tätowiert, ziemlich düster und verschwommen. Erwin soll daraus jetzt etwas zaubern, und als er hört, was sich sein Kunde genau vorstellt, bekommt er glänzende Augen: Ton möchte ein richtig großes KISS-Tattoo auf dem Rücken haben.

„Ich schenkte meinem Sohn zu seinem 18. Geburtstag sein erstes Tattoo", erzählt Ton Meersschaert. Also besuchen die beiden einige Tätowierer, um den richtigen zu finden. Im „Studio44tattoos" von Erwin de Werd wird Ton überrascht, weil er dort einen großen KISS-Fan antrifft. „Seit Jahren war es mein Wunsch, ein KISS-Tattoo zu haben, um meine Liebe und Hingabe für die Band zu zeigen, in die ich mich verliebt hatte, als ich etwa acht war", erzählt Ton. „Als ich Erwin traf, wusste ich, dass er der richtige Mann dafür war."

„Als mich Ton wegen seines Tattoos ansprach, war ich begeistert", sagt Erwin. „Ich konnte es kaum erwarten, ein Tattoo meiner Helden auf einem Mann mit der gleichen Leidenschaft zu stechen." Er beginnt, ein passendes Bild zu entwerfen. Ton hatte sich etwas aus der Love Gun-Alive II-Zeit gewünscht, die 1977/78 etwa war. Erwin wählt einen schwarzen Hintergrund mit dem KISS-Logo und zeichnet darüber die Köpfe von Paul, Gene, Peter und Ace. Das funktioniert exzellent, so entsteht ein fabelhaftes Cover Up von KISS. Vor allem das Gesicht von Paul Stanley wirkt extrem ausdrucksstark. Dass sein Bild keine „saubere Leinwand" hatte, sieht man ihm nicht an. Erwin sagt: „Wegen des alten Tattoos gab es große Hindernisse zu überwinden. Es dauerte drei lange Sitzungen von je sechs Stunden. Viel Zeit, um Geschichten über unsere Jugend und KISS auszutauschen." Am Ende ist Ton von dem Ergebnis begeistert: „Als Fan kannte Erwin viele Details, um ein richtiges KISS-Kunstwerk zu schaffen. Er hat die Liebe zu KISS in seine Arbeit gesteckt, als er mein Tattoo machte."

Das übergroße KISS-Tattoo brachte Erwin und Ton zusammen

Heute sind die beiden (KISS-)Freunde

Ton vertraut Erwins Tattoo-Künsten. Das Studio gleicht einem Hard Rock Cafe

Die Kreativität hat Erwin de Werd vom Vater geerbt. So erzählt es jedenfalls die Mutter. Der Vater stirbt viel zu früh, Erwin ist da gerade vier Jahre alt. Der Junge verarbeitet seine Trauer, indem er viel zeichnet, das kann er schon richtig gut und wird immer besser. Grenzenlose Kinder-Fantasien, die so manchen Erwachsenen erstaunen lassen. Als Erwin neun ist, zeigt ihm sein älterer Bruder Arthur in einem Musikmagazin eine illustrierte Fotogeschichte. Sie handelt von KISS, und Erwin spürt sofort, dass das genau die Welt ist, in die er tiefer eintauchen möchte. Er beginnt, sich für die Musik von KISS zu interessieren. „Love Gun" trifft ihn wie der Blitz: „Das Schlagzeug, das Gitarrensolo, was für ein Höhepunkt, so cool", schwärmt Erwin. „Ich habe das Album und den Song bestimmt eine Million Mal gespielt."

Erwin ist ein ganz normales Kind, meist spielt er mit den Kids aus der Nachbarschaft in Voorburg, einem Vorort von Den Haag, irgendwo draußen Fußball. Zeichnen und später Malen aber ist seine große Leidenschaft. „Wenn ich vom Fußball kam, habe ich mich schon darauf gefreut, zu Hause noch mehr KISS-Figuren zu zeichnen und meine neuesten KISS-Alben dazu zu spielen“, erzählt er. Erwin malt seine neuen Superhelden und wird auf diese Art eins mit ihnen, noch bevor er sich das erste Mal wie sie verkleidet. 1978, Erwin ist gerade zehn, schlüpft er in das Kostüm des Spaceman. Zusammen mit seinem Bruder Arthur und den beiden Neffen Tommy und Stefan gründet er eine Playback-Band. Die Jungs basteln sich Kostüme oder besser: sie geben ihren Müttern genaue Anweisungen, wie sie die Kleidung zu nähen haben und sind immer auf dem neuesten Stand. Als die Band 1980 ihre schrillen Dynasty-Outfits präsentiert, beginnen die vier sofort, sie nachzuschneidern. Wieder wird Erwin der Spaceman, jetzt mit diesem eleganten blauen Kostüm und weißem Umhang, den auch Ace Frehley trägt.

» *In Rembrandts Geburtsstadt sieht Erwin KISS live*

Es ist das Jahr, in dem Erwin in Leiden, der Geburtsstadt Rembrandts, sein erstes KISS-Konzert sieht. Schon Iron Maiden beeindrucken ihn als

Schon mit 12 spielt Erwin in einer Tribute-Band

Singender Spaceman

Vorband, aber KISS schießen den kleinen Spaceman völlig aus der Umlaufbahn. Zwei Jahre später, Erwin ist 14, beginnt er Gitarrespielen zu lernen. Und im Windschatten dieser neuen Leidenschaft folgt eine zweite, sehr kostspielige: Erwin sammelt Signature-Gitarren.

Seit 1988 ist Erwin Grafikdesigner und Illustrator, als er beschließt, mit seiner Frau Stella 2010 ein eigenes Tattoostudio zu eröffnen. Sein erstes Tattoo sticht er Stella, das zweite sich selbst, inzwischen arbeiten auch die Zwillinge Bo und Luke, beide 21, im Studio mit, der eine als Tätowierer, der andere als Piercer, wobei Bo inzwischen auch Luftfahrt studiert – kein Wunder bei dem Spaceman-Vater. Das Familiengeschäft hat den Ruf einer Hall of Fame des Rock and Roll und den Look eines eleganten Hard Rock Cafes. Über 40 handsignierte Gitarrenmodelle hängen in seinem Rock-Studio in Zoetermeer, einer 127.000-Einwohner-Stadt zwischen Den Haag und Utrecht. Aber auch Bilder, Schallplatten und Figuren – bis hin zu einem Spaceman in Lebensgröße, der gleich am Eingang die Gäste begrüßt.

In der oberen Etage seines Studios probt Erwin mit seiner Band „KISS MY S“

Erwin und sein Sohn Bo beim Konzert in Amsterdam. Die beiden sind Musiker. Bo Drummer, Erwin Gitarrist, gemeinsam spielen sie bei „Kickstart“

Erwin sagt, Stella sei die treibende Kraft im Studio und in der Familie. Sie kümmert sich um Planung, Kommunikation und Marketing, ist Piercerin und vor allem eine großartige Mutter. Ihm gibt das die Möglichkeit, in der oberen Etage seinen Traum auszuleben. Da hat er eine Bühne samt PA und Lichtanlage gebaut. Erwin probt dort mit seiner Tributeband „KISS MY S“. Er übernimmt den Part von „Ace Thayer“, wie er sagt. Sie spielen unmaskiert, ansonsten überwiegend die Klassiker der 70er-Jahre. Erwin darf bei „Shock me“ und bei „New York Groove“ als Leadsänger ran und macht das gut.

» ***Alle vier Bandmitglieder haben am Bizeps das gleiche Tattoo***

2011 begann Erwin in seiner ersten Tribute-Band Gitarre zu spielen, damals noch in den Kostümen der 1975er „Alive“-Zeit, die er am liebsten mag, und maskiert. Die Band zerbricht, und Erwin findet in Tony van Reeuwijk (Drums), René Teuben (Lead Vocals und Gitarre) and Arjo Miedema (Lead Vocals und Bass) die Besetzung für „KISS MY S“. Das Lustige: Erwin und die anderen Bandmitglieder haben an ihrem linken Bizeps alle das gleiche KISS-Tattoo.

Mittlerweile ist Ton Meersschaerts Sohn Mark guter Kunde im Tattoostudio de Werd. Kinder, wie die Zeit vergeht. Ein KISS-Tattoo hat er noch nicht, dafür gute Ideen: Mark organisiert, dass Erwins Band auf der Überraschungsparty zum 50. Geburtstag seines Vaters Ton auftritt. Und so schließt sich ein ganz wunderbarer Kreis. Ton berichtet davon, wie er 2018 Gene Simmons bei dessen Vault Experience in Amsterdam trifft. „Ich hatte endlich die Möglichkeit, meinem Allzeit-Helden meine Hingabe zu zeigen. Gene war erstaunt und nahm sich die Zeit, alle Details an meinem Rücken zu betrachten", erzählt Ton. Er ist seit 45 Jahren Fan, in seinem Haus hat er ein Zimmer mit Erinnerungsstücken an die Band gefüllt und sagt: „Jetzt trage ich dieses Kunstwerk mit Stolz, und es war mir eine Ehre, dass ein weiterer engagierter Fan es gemacht hat."

Erwin de Werd, geb. 1968, Den Haag, Niederlande

Erster Song: Love Gun | **Lieblingssong:** Love Gun
Konzerte: 20 (seit 1980) | **Favorit:** Eric Carr | **Kiss Kruises:** –

Jordi Ballera bei einem seiner KISS-Vorträge

Fotos © Antonio Guzman

„Alle großen Marken beginnen mit einem großen Traum“

Jordi Ballera lehrt an der Business School in Madrid Marketing am Beispiel KISS. Er ist der Meinung, KISS sind mehr als AC/DC oder Guns N'Roses, KISS sind eine Marke wie Nike oder Rolex. Gene Simmons nennt ihn deshalb „The Professor“. Ballera ist überzeugt: KISS begleiten ihre Fans von der Geburt bis zum Tod.

? *Jordi, hast Du ein KISS-Tattoo?*

Jordi Ballera: Ja, natürlich. Ich habe vier KISS-Tattoos, und ich bin sehr stolz, sie zu haben.

? *Warum?*

Das ist eine lustige Geschichte. Wie Du weißt, bin ich auch Kommunikationsberater. In Schulungen mit Kunden frage ich sie oft, ob sie stolz darauf sind, für ihr Unternehmen zu arbeiten. In der Regel antworten sie mit einem enthusiastischen JA. Dann frage ich sie, ob sie ein T-Shirt mit dem Logo ihrer Organisation tragen würden. Sie antworten mit Stolz mit JA. Schließlich frage ich sie, ob sie sich das Logo ihres Unternehmens tätowieren lassen würden. An dieser Stelle fangen sie an zu zögern und zu zweifeln, haha. Das nenne ich den "Tattoo-Test". Es gibt Tausende von Marken, von denen sich niemand ein Tattoo stechen lassen würde, ich werde sie nicht aufzählen. Aber es gibt ein paar, die sich die Leute selbst tätowieren würden. Nike, Harley Davidson – das sind die Marken, die den Tattoo-Test bestehen. Sie sind Superbrands. KISS ist eine solche Supermarke. Deshalb habe ich mir KISS auch tätowieren lassen. Ich kann den Tattoo-Test nicht mit meinen Kunden machen, wenn ich nicht selbst ein Tattoo habe.

? *Du bist also begeistert von der Marke „KISS“. Was hast du denn von KISS?*

Ich glaube, ich habe eine sehr umfangreiche Sammlung von KISS-Merchandising. Zu den Stücken, die mir besonders am Herzen liegen, gehören handgeschriebene Originaltexte von „Strutter" und „100.000 Years", die Gene in den 70er-Jahren geschrieben hat. Ich habe auch eine Trommel von Eric Carrs „Crazy Nights"-Tour, die signierte Gitarre, die Paul Stanley am Ende des Madrider Konzerts 2015 zertrümmert hat, und mehrere Fotos, die Gene mir mit großer Liebe gewidmet hat.

? *Wow. Wann hast du damit angefangen?*

Als ich 11 oder 12 Jahre alt war, stand ich auf ELO, Supertramp und Pink Floyd. Ich kannte das Image von KISS, aber ihre Musik hatte ich nie gehört. Ich dachte, sie seien satanisch, wild, schreiend. Eines Tages, als ich bei meinem Nachbarn spielte, legte er eine KISS-Kassette mit zwei Livetracks von „Alive II" ein. Ich war wie weggeblasen. Diese Energie, dieses Echo, dieser Hall, diese Verbindung mit dem Publikum. Ich habe drei Monate damit verbracht, mir „Detroit Rock City" und „Ladies Room" anzuhören. Das war alles, was ich hatte. Ich kaufte deutsche Zeitschriften wie Bravo und Pop Rocky, um KISS-Fotos zu sehen. Es gab ja kein Internet. Diese zwei Songs und die Bravo waren alles, was ich hatte. Später machten es das Internet und eBay deutlich einfacher, Dinge zu sammeln.

Das Gene-Tattoo an Jordis Arm

? *Du bist also ein echter KISS-Fan.*

KISS-Fans sind die fünften Mitglieder der Band. Es gibt keine Fans wie KISS-Fans. Es gibt eine starke Verbindung mit der Band, ihren Werten und dem, was sie repräsentiert. Ich erzähle Dir eine wahre Geschichte. Wie Du weißt, halte ich überall auf der Welt Vorträge über KISS. Eric Carrs Mutter, Connie Caravello, und Erics Schwester, Loretta, erfuhren von

Jordi fesselt seine Studenten mit seinen Thesen zum Marketing-Erfolg von KISS

meinen Vorträgen und interessierten sich dafür. Ich schickte ihnen immer Fotos von den Vorträgen, wenn ich über Eric sprach. Das hat sie sehr gefreut, und sie fragten mich natürlich, was ich denn über Eric erzählte und wie das Publikum auf die Geschichten über ihn und KISS reagierte. Ich weiß, dass Erics Mutter unheimlich gerührt war, sie schrieb mir eine nette Nachricht, die ich sehr schätze. Das ist es, was es bedeutet, ein KISS-Fan zu sein. So schließt sich der Kreis. KISS haben mir viele Dinge gegeben, und ich gebe zurück, was ich kann. Ich bemühe mich, ein Botschafter für die Marke und das, was sie repräsentiert, zu sein.

? ***Gene nennt Dich „The Professor", weil Du KISS von einem geschäftlichen Standpunkt aus betrachtest.***

Wie Du weißt, halte ich Vorlesungen über Markenführung. Viele Experten sprechen über große Marken wie BMW, Rolex, Zara, Levi's und so. Ich mache etwas Ähnliches, aber ich konzentriere mich dabei allein auf die Marke KISS. Es ist eine sehr solide Marke, gut konzipiert, mit einer sehr robusten Struktur. Und das stelle ich in meinen Kursen heraus. Ich führte eine Fallstudie über KISS durch. Gene hörte davon, und als ich ihn bei einem Meet & Greet traf, erkannte er mich und nannte mich „The

Professor“. Gene war sehr stolz darauf zu wissen, dass die Marke KISS an Universitäten und Business Schools gelehrt wird.

? *Was ist der Kern Deiner Forschung?*

Ich konzentriere mich auf die Frage, warum die Marke KISS so stark, beliebt und weithin anerkannt ist und warum sie so gut bei den Fans ankommt. Sie hat eine perfekte, sehr konsistente Struktur. Es gibt nichts Vergleichbares in der Welt des Rock. KISS hat einen Slogan: „The Hottest Band in the World“ und ein Mission Statement: „You wanted the Best, you got the Best“. Da ist das Foto von KISS auf dem Empire State Building, da ist der Vertrag mit den Fans in Form des Marvel Comics. KISS verkörpern universelle Werte wie harte Arbeit, Arbeitsethik, das Streben nach Spitzenleistungen, Liebe zum Detail, Teamarbeit und soziale Verantwortung des Unternehmens, das verschiedenen sozialen Gruppen hilft. Es gibt kein anderes Beispiel dafür, nur KISS.

? *Wie ist es KISS gelungen, ein solches Geschäftsimperium aufzubauen?*

Am Anfang war es intuitiv. Die Band hatte eine gemeinsame Vision von dem, was sie sein wollte.

Podiumsdiskussion: Jordi zeigt KISS in New York

Jordi erklärt den KISS-Comic

Nach und nach wurde es dann professioneller. Aber vor allem Gene und Paul hatten eine sehr klare Vision, einen sehr klaren Traum. Alle großen Marken beginnen mit einem großen Traum und einer Menge harter Arbeit. KISS sind sehr fleißig. Ich erinnere mich an ein Interview in den 70ern während der Europa-Tournee. Der Journalist fragte Gene: „Was ist wichtiger, die Musik oder die Show?“ Und Gene antwortete: „Das Publikum.“ Das ist eine Geschäfts- und Marketingvision. Den Fan in den Mittelpunkt zu stellen.

? ***Wie reagieren Deine Schüler? Du wirst ja nicht nur KISS-Fans in Deiner Klasse haben.***

Viele von ihnen sind mit KISS überhaupt nicht vertraut. Die meisten kennen sie nur von ihrem Image. Einige wenige kennen ein paar ihrer Lieder. Aber alle sind von der Geschichte von KISS begeistert: Es ist eine universelle, klassische Geschichte. Jeder kann sich mit der KISS-Geschichte identifizieren. Vier normale Jungs mit einem großen Traum. Der Rest ist einfach eine Menge harter Arbeit.

? ***Also bist Du der Meinung, Bands sollten ihren Fans grundsätzlich mehr bieten als nur Musik?***

Absolut. Große Bands rufen eine Stimmung hervor. The Smiths, Nirvana, The Who, The Rolling Stones – sie alle sind Stimmungen. Auch KISS. KISS stehen für Spaß, Optimismus, Mut und Selbstvertrauen. Es gibt immer eine Zeit, um KISS zu hören. Wenn du aufwachst, wenn du Auto fährst, wenn du auf eine Party gehst, wenn du dich für eine Party fertig machst. KISS ist wie Starbucks. Es ist deine Zeit, glücklich zu sein und zu genießen. Tatsächlich ist Howard Schultz, der CEO von Starbucks, ein großer Fan von KISS.

? ***Du sagst, dass die Rolling Stones außer ihren Songs nichts erfunden haben. Aber das mussten sie auch nicht, sie haben ihre Musik auf diese Weise verkauft.***

Die Rolling Stones sind erstaunlich. Sie sind großartige Komponisten und Musiker mit legendären Songs. Sie sind einzigartig, die größte Rock'n'Roll-Band der Geschichte. Aber wenn man sich ein Interview mit ihnen anhört, haben sie nicht viel zu sagen. Das Gleiche gilt für andere großartige Bands wie AC/DC oder Guns N'Roses. Sie sind großartige Bands, die ich bewundere, aber sie sind einfach nur das: großartige Bands.

? *KISS sind mehr als AC/DC und Guns N'Roses?*

Viel mehr. KISS ist eine einzigartige Marke. Deshalb können sie alles mit ihrer Marke vermarkten. Das Gebiet der Marke KISS ist unendlich: von Kondomen über Socken, Kaffee, Wein, VISA-Karten bis hin zu Särgen. KISS begleiten dich von der Geburt bis zum Tod. Denn sie haben Werte, die dich dein ganzes Leben lang begleiten. Und die Geschichte von KISS ist die Geschichte von vielen

Jordi zeigt auf den KISS-Comic

von uns. Unsere Träume, unsere Kämpfe, unsere Erfolge, unsere Misserfolge, unsere Herausforderungen, die Entscheidungen, die wir treffen. KISS ist episch. Wahrhaft episch.

? *Eine Deiner Theorien lautet: Du kannst eine Band nicht lieben, wenn Du ihre Mitglieder nicht kennst. KISS haben in den 70er Jahren ihre Gesichter versteckt, die Leute kannten nur ihre Masken. Warum konnte man diese Band trotzdem lieben?*

Ja, deshalb gibt es im Marketing so genannte CEO-Positionierungsstrategien. Der CEO, der General Manager, und sein Team sind Aktivposten, die die Aspekte der Marke kommunizieren. In der Welt des Rock sind sie die Songschreiber und Interpreten. Der Fan verbindet sich mit drei Hauptkontaktpunkten: der Musik, der Marke und den Bandmitgliedern. KISS haben bei allen drei Elementen sehr gut gearbeitet: Sie haben großartige Songs und Alben gemacht und sehr einzigartige und ausgeprägte Persönlichkeiten unter den Mitgliedern entwickelt. Die Marke ist dadurch sehr solide. Ich glaube, dass man einen Song mit einem Moment in seinem Leben verbindet, aber eine Band mit dem ganzen Leben. Der Autor des Songs, das Bandmitglied, ist derjenige, der der Band und der Musik Authentizität verleiht. Über die Musik hinaus sorgt die Marke für die Kontinuität des Projekts, und die Interpreten verleihen der Botschaft Authentizität. Sie legitimieren die Botschaft. KISS sind sehr authentisch und verleihen der Botschaft Glaubwürdigkeit. Die Frage ist, ob KISS ohne Paul und Gene weitermachen können. Ist die Marke stark genug, um ohne sie zu funktionieren? Die gleiche Frage stellte sich bei Queen. Mögen wir Queen auch ohne Freddie Mercury?

? *Mit welchem der vier KISS-Mitglieder würdest du am liebsten ein Bier trinken gehen, und was würdest du ihn fragen oder mit ihm besprechen?*

Auf der Bühne ist Paul unschlagbar. Er ist einer der besten Frontmänner in der Geschichte des Rock. Keiner schafft es wie er, von der Bühne aus eine Verbindung zu den Fans herzustellen. Er beherrscht das Timing wie kein anderer, er bezieht das Publikum ein wie kein anderer. Abseits der Bühne würde ich Gene den Vorzug geben. Er ist ansprechbar, freundlich, kümmert sich um die Fans, hört zu und erinnert sich an dich. Er ist ein sehr liebevoller Mensch. Und er bietet das Wertvollste, was er hat: seine Zeit. Und noch was: Er ist in den sozialen Medien sehr aktiv. Er reagiert auf die Fans, interagiert mit ihnen. Er ist eine fantastische Figur in der Öffentlichkeitsarbeit. Außerdem ist er ein gebildeter, höflicher und neugieriger Mensch. Man kann mit ihm über Politik, Geschichte, Ethik, Religion und vieles mehr sprechen. Kennst Du eine Persönlichkeit des öffentlichen Lebens, die so über ihre Mutter spricht wie er? Ein wirklich sensibler Mensch.

? *Was müssten KISS tun, damit Du Dir noch ein KISS-Tattoo stechen lässt?*

Als ich 13 Jahre alt war, wollte ich mir ein KISS-Tattoo stechen lassen. Meine Mutter riet mir davon ab. Sie sagte: „In sechs Monaten wirst du dich nicht einmal mehr an KISS erinnern." Als ich mein 40-jähriges Jubiläum als Fan feierte, stimmte meine Mutter schließlich zu, dass ich mir ein Tattoo stechen lasse. Heute bin ich seit 43 Jahren Fan, und ich habe noch viele Tattoos vor mir.

**

Stolz zeigt Jim seine von Paul signierte Gitarre

» Kapitel 21 «

ER LEHNT EIN ANGEBOT VON PAUL STANLEY AB

Jim Haupert, Chicago, USA

Es ist schon ziemlich spät an diesem Sonntag im Jahr 1990. Suzi Quatro feiert irgendwo in Detroit mit Freunden ihren 40. Geburtstag, und Jim Haupert aus Algonquin, Illinois, möchte ein großartiges Konzert seiner Lieblingsband KISS im World Music Theatre in Chicago mit einem Drink krönen. Er wohnt im Holiday Inn in Tinley Park und geht noch an die Bar. Es ist erstaunlich leer dort an diesem Abend des 3. Juni. Nur ein einziger anderer Gast sitzt dort mit ihm, schnell kommen die beiden ins Gespräch. Denn Jim hat den Mann mit der Mähne neben sich natürlich längst erkannt, es ist KISS Drummer Eric Carr.

„Das war ein denkwürdiger Moment", sagt Jim. „Wir sprachen über das Konzert und seine Rolle bei KISS. Es war eine Zeit, bevor wir alle Kameras trugen, und ich wünschte, ich hätte ein Foto machen können. Eric war so ein wunderbar normaler Typ." Das sagen viele, die das Glück hatten, den im November 1991 an Krebs verstorbenen Schlagzeuger zu treffen, der eigentlich Paul Charles Caravello hieß.

Als Jim Haupert mit zehn Jahren KISS-Fan wird, ahnt er noch nicht, dass er später jedes KISS-Mitglied persönlich treffen würde. Er sieht die

Jim trifft Paul Stanley

Autogramm von Vinnie Vincent

Band 1976 in einem Halloween-Special des TV-Moderators Paul Lynde, die Masken, die Musik, das gefällt ihm auf Anhieb. Ihm fällt ein, dass seine ältere Schwester gerade das Album „Rock and Roll Over" gekauft hat, „und bald gehört es mir", lacht Jim. Von einem Freund, der Schlagzeuger ist, kauft er das Album „Alive" für nur drei Dollar. Es reißt ihn mit. Und es wird das letzte Mal sein, dass Jim etwas von KISS so günstig bekommt. Er beginnt nämlich zu sammeln, so ziemlich alles, was er kriegen kann. Action-Figuren, Bootlegs, Fotos, Stiefel, er hat auch einen Bally-Flipper, und das Verrückteste sind wohl die bedruckten Paul Stanley-Kondome. Am meisten interessiert sich Jim jedoch für Gitarren.

Seine erste wird gleich eine ganz besondere, eine 1978er PS-10 Iceman. Er entdeckt sie 1983 gebraucht für 300 Dollar. Ein wundervolles Stück, und das findet nicht nur Jim. Tatsächlich möchte ihm Paul Stanley die Gitarre 1993 gerne abkaufen. Jim erfährt vom KISS-Frontmann, dass sie nicht mehr hergestellt wird. „Außerdem sagte mir Paul, dass die ersten Versionen der Gitarre einfach besser gemacht waren." Technisch gesehen wurde dieses Model erst 1979 herausgebracht, Jims Gitarre aber ist bereits von 1978. Einen Verkauf lehnt er ab, er sagt zu Paul: „Sie bedeutet mir mehr, als sie dir jemals bedeuten wird." Heute ärgert er sich darüber. „Ich lehnte so schnell ab, dass Paul nicht einmal dazu kam, mir ein richtiges Angebot zu machen. Später kam ich mir total dumm deswegen vor. Ich hätte doch sicher einen Deal mit ihm aushandeln können. Ich hätte sie gegen eine seiner gespielten Gitarren eintauschen können."

Seine nächste Gitarre wird eine Washburn AF-40. Er fährt mit ihr nach Indianapolis, Ace Frehley spielt dort in einem Club mit seiner Band. Jim fragt nach Konzertende einen Roadie, ob es möglich sei, Ace zu treffen, um die Gitarre von ihm signieren zu lassen. Als der Club fast leer ist, kommt Ace in die Halle, und der Roadie spricht ihn auf Jims Gitarre an. Seitdem steht darauf: „Rock and Roll Forever, Ace Frehley". Das Ärgerliche nur: Ein paar Jahre später wird sie ihm gestohlen. Jim hatte sie einem Freund geliehen, dem die Gitarre aus dem Auto geklaut wurde. Erst kürzlich, im Jahr 2022, hat Jim sie ersetzt. Inzwischen umfasst seine Gitarrensammlung einen Kramer Axe Bass, Cracked Mirror Washburn, Ace Frehley Les Paul, Paul Stanley Silvertones und ein paar andere Washburn-Modelle, ein paar weitere PS Iceman-Gitarren, einen BC Rich Geparden-Druck und ein BC Rich Asylum-Modell. Seine Sammelleidenschaft für Gitarren erklärt er so: „Ich habe Gitarren einfach immer geliebt. Wie sie aussehen und wie sie klingen. Ich bin kein Gitarrist, aber ich betrachte sie als Kunstwerke. Vielleicht kann ich sie nicht großartig klingen lassen, aber sie sehen auf jeden Fall toll aus."

Teile von Jims Gitarrensammlung

Seine Sammelleidenschaft hilft ihm dabei, die KISS-Mitglieder persönlich zu sehen. Jim sagt: „Ich kann mich glücklich schätzen, dass ich alle von KISS getroffen habe", also auch Mark St. John, Vinnie Vincent, Eric Carr und Bruce Kulick und natürlich Ace, Paul, Gene, Peter, Eric und Tommy. Auch Bill Aucoin und Doc McGee, den ersten und den aktuellen Manager. Wie so was geht? Jim hat alle öffentlichen Auftritte von KISS-Mitgliedern besucht. Er hat stets herausgefunden, in welchen Hotels die Band absteigt. Von dem kuriosesten Treffen erzählt er am

Jim ist begeistert mit Peter Criss

liebsten: „Es war in einem Stripclub in Nashville, Tennessee. Ich war dort, und auf einmal kommen Gene und Eric Singer herein. Das war der Wahnsinn!“ Er trifft KISS bei einem Auftritt in einem Plattenladen in Chicago, Mark St. John auf der Namm-Show, Bruce Kulick mit seiner 1997 gegründeten Band „Union“, Eric Singer auf einer Convention, Tommy Thayer auf der KISS Kruise, Doc McGhee bei ein paar Shows, Bill Aucoin auf einer Convention. Ace bei zwei Konzerten mit seiner Solo-Band „Frehley‘s Comet“, bei einer Buchsignierstunde, sowie einmal hinter der Bühne während der Psycho Circus-Tour.

Die Treffen mit Ace Frehley sind für ihn etwas Besonderes. Von klein auf ist der begnadete Gitarrist Jims Favorit bei KISS gewesen. Umso größer ist die Enttäuschung, wann immer sich die beiden irgendwo sehen. „Er hat seine Fans nicht sehr gut empfangen“, sagt Jim. „Es hat einige Zeit gedauert, bis ich begriffen habe, dass er ein Musiker ist und nicht mein Freund, deshalb muss er sich nicht wie ein Freund verhalten.“ Der Spaceman wird immer Jims Lieblingscharakter bleiben, sein Favorit aber ist ein anderer: „Eric Carr war einfach ein großartiger Mensch.“

» ***Ich habe KISS fast überall im Haus. Meine Frau unterstützt meine Sucht***

Heute ist Jim Haupert Schulungsleiter bei einer großen Fluggesellschaft, Ehemann, Vater und Großvater. Noch immer kommt er ins Schwärmen, wenn er von KISS-Konzerten erzählt wie von seinem ersten am 22. September 1979. Judas Priest eröffnen den Abend, was Jim sehr gefällt, denn er liebt auch die Musik von Rob Halford & Co. sehr. Es wird ein Konzert der Extraklasse, so ähnlich ergeht es ihm bei der Show während der KISS Kruise VI. „Ich hatte die Creatures of the Night-Tour verpasst. Ich musste damals an dem Tag arbeiten. Wäre ich nicht erschienen, hätten sie mich gefeuert. Jetzt hatten KISS an dem Abend an Bord diese Ära sozusagen nachgestellt, das war großartig", sagt Jim.

Beim Abschiedskonzert in New York gönnte sich Jim sagenhaft teure Tickets in der fünften Reihe des Garde

Seine Frau Sandy ist mit an Bord. Sie und Ashley, die gemeinsame Tochter, finden seine Liebe zu KISS natürlich übertrieben, aber sie spielen mit. „Ich habe KISS fast überall in meinem Haus. Sandy unterstützt meine Sucht, jedenfalls hat sie KISS in unserem gemeinsamen Leben aufgenommen." Sie ist auch diejenige, die vorschlägt, eine zweite KISS Kruise zu machen. „Ich habe eine großartige Frau!" Das ist umso schöner, weil Jim in seiner Jugend auf wenig Verständnis für KISS in der Familie gestoßen ist. Mutter, Vater und auch die Geschwister nannten es eine Phase, die Jim durchleben würde. 40 Jahre später wissen sie, dass es weit mehr war als das. Jim lacht: „Jetzt genießen es meine Geschwister, anderen meine Sammlung und Besessenheit zu zeigen." Das ist Rock'n'Roll.

Jim Haupert, geb. 1965, Algonquin, USA

Erster Song: Calling Dr. Love | **Lieblingssong:** Rock Bottom
Konzerte: 48 (seit 1979) | **Favorit:** Eric Carr | **Kiss Kruises:** 2 (VI, XI)

Nils in der ersten Reihe: So nah kommt man Gene nur auf der Kruise

» Kapitel 22 «

MEINE 36-STÜNDIGE ODYSSEE FÜR KISS

Nils Brekke Svensson, Ski, Norwegen

Man nimmt so einiges auf sich, wenn man etwas wirklich will. Wenn einen die Leidenschaft treibt, erst recht. Der französische Schriftsteller Antoine de Rivarol beschrieb sie einmal so: „Die Vernunft erzählt Geschichten, aber erst die Leidenschaft drängt zur Tat." Viele KISS-Fans kennen das. Der Norweger Nils Brekke Svensson nahm einen Höllenritt auf sich, um KISS einmal ganz nah zu sein.

Es ist im Oktober 2012, als er auf der KISS Kruise II in Miami anheuern will. Eine Mischung aus verfrühtem Wintereinbruch in Norwegen und dem Hurrikan Sandy über den USA macht seine Reise zu einem Abenteuer. Heftige Schneefälle sorgen bereits in Oslo dafür, dass sein Flug nach London verspätet loskommt. Noch vor dem Start ist Nils klar, dass er den Anschlussflug nach Miami verpassen wird. Er steigt deshalb gar nicht erst in die Maschine, sondern sucht nach Alternativen. Doch alle Direktflüge sind ausgebucht, weil Miami zu diesem Zeitpunkt der einzige Flughafen an der amerikanischen Ostküste ist, der seinen Flugbetrieb noch regulär aufrechterhält.

In den USA tobt Hurrikan Sandy. Er hat sich im Karibischen Meer gebildet und zieht nordwärts über Jamaika, Kuba und die Bahamas die US-Küste entlang bis nach New Jersey. Er ist mit 1800 km das breiteste Sturmgebiet, das jemals gemessen wurde. New York droht besonders hart getroffen zu werden: In Manhattan und Brooklyn werden 375.000 Menschen evakuiert, alle Bewohner von Long Island müssen ihre Häuser verlassen. Der New York Marathon wird vorsorglich abgesagt, Flugplatz und Hafen geschlossen, ein benachbartes Kernkraftwerk wird heruntergefahren und sogar die Wall Street setzt aus. Trotz aller Vorsichtsmaßnahmen: Sandys Wucht reißt zahlreiche Menschen in den Tod und verursacht allein in den USA Schäden von mehr als 70 Milliarden Dollar.

Nils hat inzwischen einen Flug von Manchester nach Philadelphia entdeckt, für den nächsten Morgen. Nun muss er nach Manchester kommen, er findet eine Verbindung über Kopenhagen (Dänemark). Der Morgen danach beginnt mit einer Hiobsbotschaft: Sandy hat Philadelphia erreicht, eine Landung dort ist nicht mehr möglich. Um über den Atlantik zu gelangen, muss Nils nun von Manchester nach London fliegen. Von dort würde es genau zwei Möglichkeiten geben, um nach Florida zu fliegen: Über Montreal oder über San Francisco. Nils entscheidet sich für den 12-Stunden-Flug nach Kalifornien. „Die Leute, die neben mir sitzen mussten, taten mir leid. Ich fing echt an zu stinken."

In Oslo trifft Nils 2015 Ace Frehley

Autogramme von Gene Simmons

In San Francisco ist die Schlange an der Immigration so lang, dass Nils Angst hat, den Weiterflug nach Miami zu verpassen. Er sagt: „Irgendwie fühlte es sich so an, als sollten wir einfach nicht nach Miami kommen." Doch Gott schenkte ihm nicht nur Rock'n'Roll, er schenkte ihm auch diesen Flug, der ihn noch nach Miami bringt. Um fünf Uhr früh landet Nils in Florida. Exakt an dem Tag, an dem das Schiff ablegt. Eine 36 Stunden dauernde Odyssee findet ein Ende, jedoch kein Happyend: Das Gepäck von Nils ist irgendwo verloren gegangen. Er geht in Miami also erst mal Shorts, T-Shirts und Flip-Flops einkaufen und fährt dann direkt vom Shopping zum Schiff. Die Leidenschaft hat gewonnen. „Danach war es einfach unglaublich", sagt Nils. So gut, dass er sein Glück noch ein paar Mal auf die Probe stellt und auf den KISS Kruises III, V, VII und VIII anheuert. Jedes Mal klappt die Anreise reibungslos.

» *Es kommt schon mal vor, dass Nils wegen KISS in der Schule gehänselt wird*

Dass Nils 2012 nicht aufgegeben hat, hat einen guten Grund, der in seiner Kindheit zu finden ist. Nils ist ein Einzelkind, und seine Eltern sind schon etwas älter als die Eltern seiner Freunde. Sie mögen die Musik von KISS nicht sonderlich, akzeptieren aber Nils' Vorliebe für die Band. Seit 1978 ist er bereits Fan. 1980 kommen KISS nach Norwegen, und Nils, damals gerade zwölf Jahre alt, kann seine Mutter überreden, mit ihm zum Konzert zu gehen. Die Show findet in Drammen statt, das liegt etwa 43 Kilometer südwestlich von Oslo. Die Familie aber besitzt kein Auto, und die Eltern finden niemanden, der die beiden dorthin fahren könnte. Alle sind tottraurig, aber das Konzert fällt für Nils aus. Der Vater geht mit ihm in einen Plattenladen, Nils darf sich dort ein KISS-Album als Trostpflaster aussuchen. Er kann sich nicht entscheiden zwischen „Dressed to Kill", „Alive II" und „Love Gun". Am Ende kauft ihm der Vater alle drei.

Die KISS-Community in Norwegen ist überschaubar, und es kommt schon mal vor, dass Nils in der Schule für seine Leidenschaft für die maskierten Musiker gehänselt wird. Umso mehr beschäftigt er sich in seiner Freizeit damit, andere KISS-Fans zu finden und mit ihnen irgendwelche Fanartikel zu tauschen. Thomas ist sein bester Freund in dieser Zeit und ebenfalls KISS-Fan. Die beiden besitzen ansehnliche

Auch Nils hat einen Gene-Safe

Sammlungen an Fußballkarten, die sie gegen jede Form von KISS-Zeugs eintauschen. Gürtelschnallen sind besonders gefragt. Es sind spannende Jahre, in denen das Sammeln zur Leidenschaft wird. Das Lustigste, das Nils von KISS besitzt, fällt ihm mehr oder weniger zufällig vor die Füße: Während der KISS Kruise V verliert Gene einen Stollen seines Alive-Outfits. Es rollt von der Bühne und landet direkt vor Nils.

1983 ist es endlich so weit. Seine Mutter überrascht ihn mit Tickets für die Show in Göteborg (Schweden), und die beiden fahren dorthin. Gerade ist das Album „Lick It Up“ erschienen, Nils liebt es. Er sieht KISS ungeschminkt und mit Vinnie Vincent an der Gitarre. „Ich war so begeistert von Lick It Up, dass es für mich damals keine große Rolle gespielt hat, ob sie geschminkt waren oder nicht. Das Animalize-Konzert im Jahr darauf war für mich eine viel größere Enttäuschung. Da war viel weniger Energie zu spüren, und das Album mochte ich nicht mal halb so sehr.“ Als Nils 28 Jahre alt ist, sieht er KISS zum ersten Mal mit Masken. „Natürlich war es etwas anderes als mit 14 oder 15“, sagt er. „Aber die beiden ersten Reunion-Shows, die ich 1996 in Donnington und Oslo gesehen habe, waren trotzdem etwas ganz Besonderes.“ Immer an seiner Seite: Sein Jugendkumpel Thomas.

Er ist es auch, mit dem Nils in den 80er-Jahren häufig versucht, KISS vor deren Hotel abzufangen. 1984 warten sie in Oslo einmal bis 2 Uhr nachts. Es ist bitterkalt, und als Paul Stanley die beiden halb erfroren rumstehen sieht, als er kommt, nimmt er sie mit ins Hotel. „Er hat sich 15 Minuten mit uns unterhalten und alle Sachen unterschrieben, die wir dabei hatten“, erzählt Nils. Später trifft er KISS bei sieben Meet and Greets, bei zwei weiteren mit Ace Frehley und vier weiteren mit Peter Criss. Er nimmt zweimal an der „The Vault Experience“ mit Gene Simmons teil.

Mit Gene, davon ist Nils überzeugt, würde er auch im normalen Leben befreundet sein. Doch Gene Simmons führt kein normales Leben, das bekommt Nils schmerzhaft zu spüren. Während einer KISS Kruise tritt ihm Simmons versehentlich mit seinem Drachenstiefel während der Show auf die Hand. Er kann sich ein Jahr später sogar noch daran erinnern, als sie sich bei „The Vault" in Oslo wiedersehen. Nils auch.

Zwölfmal sieht er KISS in Norwegen, für seine anderen 33 Konzerte muss er reisen. Nach Schweden, England, Holland oder in die USA. Häufig versucht er, ganz vorne zu stehen, erste, maximal zweite Reihe. Das kostet alles viel Geld, doch Nils sagt: „Solange ich es mir leisten kann und es keine Auswirkungen auf die Familie hat, ist es kein Problem." Seine Frau ist verständnisvoll, kann mit KISS aber nichts anfangen, ebenso wenig die 14-jährigen Zwillinge, ein Junge und ein Mädchen. Nils arbeitet für Norwegens größten Vergnügungspark TusenFryd. Wer denkt da nicht sofort an „KISS meets the Phantom of the Park", den legendären KISS-Film von 1978. Nils ist in der Marketingabtteilung tätig. Auf die Idee, seine Lieblingsband in seinem Park auftreten zu lassen, kommt Nils natürlich, aber er hat das nie vorangetrieben.

KISS, sagt er, hätten sein Leben verändert. „Sie haben meine Leidenschaft für Musik geweckt." Eine teure Leidenschaft, denn Nils hat eine extrem umfangreiche Plattensammlung. Eine, die KISS in den vergangenen Jahren leider nicht erweitert haben. Ihm fällt zwar der Abschied nicht schwer, sagt Nils: „Ich habe kein Problem damit, dass alles vorbei ist. Ich wünschte nur, sie hätten im späteren Teil ihrer Karriere mehr Musik aufgenommen." Für ihn schließt sich beim Konzert in Tønsberg, wo er im Sommer 2023 sein letztes Konzert sieht. Emotional hatte er das bereits 2022 in Göteborg. Dort, wo er 1983 zum ersten Mal KISS erlebt, sieht er sie auch zum letzten Mal. Beim Soundcheck, an dem Nils teilnehmen darf, ruft sein Freund Alex Bergdahl Gene und Paul zu, ob sie vielleicht „Let Me Know" spielen könnten, es ist der Lieblingssong von Nils. Sie tun es.

Nils Brekke Svensson, geb. 1968, Oslo, Norwegen

Erster Song: Detroit Rock City | **Lieblingssong:** Let Me Know
Konzerte: 46 (seit 1983) | **Favorit:** Gene Simmons
Kiss Kruises: 5 (II, III, V, VII, VIII)

Eric & Julie: KISS schweißt die beiden zusammen

» Kapitel 23 «

WIR SIND DAS KISS-PAAR

Eric Alberty & Julie Ullman, Woodstock, USA

Die Geschichte von Eric Alberty unterscheidet sich deutlich von vielen anderen KISS-Fangeschichten. Er wird nicht als junger Teenager von irgendwem an die Musik und das Gefühl KISS herangeführt, im Gegenteil. Er wird abgeschreckt und hat geradezu Angst vor KISS. Als Julie, seine heutige Verlobte, 1976 für „Detroit Rock City" und vor allem für Paul Stanley schwärmt, gruselt sich Eric vor Gene Simmons und mag auch sonst die Musik von KISS nicht sonderlich. Dabei wären er und Julie heute ohne KISS niemals ein Paar.

Eric wird 1972 geboren, ein Jahr vor der Gründung von KISS. Er lebt in Cleveland, Ohio, und macht in den späten 70er-Jahren keine guten Erfahrungen mit der Band. Er ist fünf Jahre alt und im Haus eines Freundes, als er zum ersten Mal „diese vier seltsam aussehenden Typen" in Make-up und Business-Anzügen auf dem Albumcover von „Dressed to Kill" sieht. Die Schminke und das Grinsen von Gene Simmons machten ihm irgendwie Angst. Eine Angst, die sich im Laufe des nächsten Jahres noch verstärken wird. Eric hat eine ältere Schwester und einen älteren Bruder, beide bringen ständig Magazine, Poster und Platten von KISS mit nach Hause. „Ohne Übertreibung – mit sechs hatte ich eine Heidenangst vor Gene Simmons. Das kleinste Bild von ihm ließ mein Herz rasen."

Erics Schwierigkeiten, KISS zu akzeptieren, werden am deutlichsten 1978. Eric unternahm eine lange Reise, um Freunde der Familie zu besuchen. An der Wand des Zimmers, in dem Eric schlafen soll, hängt ein Poster von „Alive II“ mit dem blutverschmierten Dämon darauf. An Schlaf ist in dieser Nacht nicht zu denken. Eric lässt auch seine Eltern nicht zur Ruhe kommen und fordert die Heimreise. Im Oktober 1978 lässt er sich von seinen Geschwistern überreden, mit ihnen den Film „KISS Meets the Phantom of the Park“ im Fernsehen zu schauen. Die meiste Zeit sitzt Eric mit geschlossenen Augen auf dem Sofa und verfolgt den „Horror“ durch winzige Lücken zwischen seinen Fingern. Schon im Vorspann sieht Gene größer aus als eine Achterbahn. „Das half überhaupt nicht, mir die Angst vor diesem blutspuckenden, feuerspeienden Monster zu nehmen“, sagt Eric. Und heute kann er darüber lachen.

Trotz aller Angst schafft es an jenem Abend der Song „Shout it Out Loud“, sich einen Weg in Erics Herz zu spielen, und es dauert nicht lange, bis „New York Groove“ und „I Was Made for Lovin' You“ folgen. Bis Eric auch KISS in sein Herz schließen kann, wird es noch bis Anfang der 80er-Jahre dauern. Genauer: Bis die Band 1983 ihr Make-up entfernt. Eric ist elf Jahre alt, als das Album „Lick It Up“ veröffentlicht wird. Er freut sich über den neuen Look von KISS und mag ein paar der Songs, die er hört. Zu der Zeit sind Bands wie Def Leppard, AC/DC, Ratt, Mötley Crüe, Twisted Sister und Bon Jovi diejenigen, die seinen Plattenspieler zum Glühen bringen, nicht unbedingt KISS.

Tolle Idee: Familien-Dynasty

Alle vier Autogramme auf der Dynasty

Viele Jahre später kündigen KISS die Wiedervereinigung der Originalband an. „1996 konnte man in Amerika kein Rockradio hören, ohne zu erfahren, dass Paul Stanley, Gene Simmons, Ace Frehley und Peter Criss wieder zusammen waren und eine Tournee starten würden", erzählt Eric. Im Juli 1996 hatte Eric seinen College-Abschluss gerade ein Jahr hinter sich und arbeitet selbst als Lehrer. In der Turnhalle hört er über einen lokalen Radiosender von KISS-Konzerten am 19. und 20. Juli in der Gund Arena in Cleveland. Er kauft sich ein Ticket. „Und es war so cool, 1996 von der KISS-Welle mitgerissen zu werden. Aber ich glaube, ich war noch nicht bereit, mich in die KISS-Army einzuschreiben."

> **»** ***Mit 12 verliebt sich Julie in Paul – es ist Liebe auf den ersten Ton***

Rückblick: Viele Jahre zuvor, als Gene Simmons den jungen Eric noch in Angst und Schrecken versetzt, verliebt sich Julie Ullman in Paul Stanley. Es ist so etwas wie Liebe auf den ersten Ton, und es geht verdammt schnell. Julie und ihre Schwester Jonna bekommen 1976 „Destroyer" als Weihnachtsgeschenk. Jonna schwärmt zu der Zeit für Aerosmith und überlässt Julie das Album. Sie ist zwölf und so begeistert von der Musik, dass sie „KISS Originals" kauft, eine Sammlung der ersten drei Alben. Songs wie „Strutter", „C'mon and Love Me" und natürlich „Rock and Roll all Nite" laufen in Endlosschleife, wenn Julie zu Hause ist. „Ich war sofort in diese Band verliebt und wusste irgendwie, dass Paul Stanley der Leadsänger war, noch bevor ich irgendwelche Auftritte gesehen hatte, ahnte ich, dass ich diesen Mann immer lieben würde", sagt Julie heute. „Ich war traurig, dass ich erst 12 Jahre alt war und viel zu jung, um mit diesem großartigen Mann auszugehen."

Mitte bis Ende der 70er-Jahre kann Julie kaum mit jemandem über ihre Verliebtheit und die Gefühle, die KISS in ihr wecken, sprechen. Die Freundinnen in ihrer Kleinstadt mögen die Musik der Band nicht und können auch nicht verstehen, warum Julie sie so sehr vergöttert. Außerdem weiß niemand, wie Paul und KISS wirklich aussahen, KISS erlaubten nur Fotos mit Make-up. Ältere Teenager hänseln Julie, KISS sei nur etwas für Kinder. „Es war mir egal, was sie dachten. Ich sah mir KISS im Fernsehen

Eric und Julie als Doppel-Paul

an, wann immer sie auftraten.“ 1979, im Alter von 15 Jahren, trat Julie der KISS Army bei. Sie hatte keine Ahnung, dass ihr zukünftiger Verlobter zu diesem Zeitpunkt noch Angst vor KISS hatte. Eric war erst sieben.

Kennenlernen werden sich die beiden erst 40 Jahre nach ihren ersten KISS-Erinnerungen. Beide haben ein Leben vor ihrem gemeinsamen. Karrieren, Familien. Beide sagen, dass ihre Freude an der Musik aus ihrer Jugend im Laufe der Zeit durch Arbeit und Verpflichtungen immer mehr verblasst. Und so kommt es, dass Julie 2015 eine alleinerziehende Mutter von drei Kindern ist, eines davon mit schweren Behinderungen. Neben dem Alltagsstress und den beruflichen Verpflichtungen befindet sie sich mitten in einem 12-jährigen Kampf gegen Brustkrebs. Das Leben ist hart, und die Musik hilft ihr dabei, ihre Niedergeschlagenheit zu ertragen.

Ein Jahr zuvor, 2014, steht Eric bereits vor Veränderungen. „Ich hörte keine Musik mehr, ernährte mich von Sport- und Nachrichtensendungen im Radio und sah mir mit meinen Töchtern Disney-Filme an. Ich schien alles zu haben, was ich brauchte, einen guten Lehrerjob, ein schönes Zuhause und eine Familie, aber eines fehlte: Spaß!“

Im Mai 2014 beschließt Eric, sich Mr. Speed, eine KISS-Tribute-Band aus Ohio, anzusehen. Es ist schon lange her, dass Eric ein Rockkonzert besucht hat, und so erstaunt ihn, was an jenem Abend mit ihm geschieht: „Ich verwandelte mich in einen jüngeren, entspannteren und weniger besorgten Menschen. Plötzlich wusste ich, was mir gefehlt hatte. Ich hatte all die Jahre damit verbracht, nach etwas zu suchen, das es eigentlich schon seit Jahrzehnten in meinem Leben gab: KISS!“ Er nennt deshalb als Datum für den Tag, an dem er offiziell zum KISS-Fan wird, den 23. Mai 2014. „KISS haben mein Leben verändert. Meine Liebe zu der Band hat zu wunderbaren und dringend benötigten Veränderungen in meinem Leben geführt. Indem ich ein Fan wurde, entdeckte ich ein neues Ich." Und bald darauf auch ein neues Wir.

2018 nimmt Julie an der Veranstaltung „Celebration of Life" der Cancer Treatment Centers of America teil. Ein „magischer Augenöffner", wie sie es nennt, der ihr ein paar Dinge über ihr Leben bewusst macht. Vor allem, dass sie endlich einen Weg finden muss, ihren Kindheitshelden Paul Stanley zu treffen. Sie versucht, auf die ausverkaufte KISS Kruise VIII zu kommen, und Julie hat Glück: Eine Frau namens Annette Lee wählt sie aus Dutzenden von Bewerbern aus, um eine Kabine mit ihr zu teilen. Als KISS die Bühne auf dem Pooldeck für die Sail-Away-Show betreten, überkommt Julie eine ungeheure Welle der Begeisterung. „Nichts, das ich je erlebt hatte, fühlte sich so groß an", sagt sie. „Ich fühlte mich wieder wie ein Teenager." Bis dahin war ihr Leben ein ständiges Auf und Ab gewesen, aber in diesem Moment ergriff eine große Ruhe von Julie Besitz: „Ich hatte das Gefühl, dass mein Leben nie mehr besser werden könnte – ich war im Himmel."

» *Eric bringt Julie zu ihrer Kabine und gibt ihr einen Gutenachtkuss*

Nach der KISS-Pooldeck-Show trifft sie Martin, den sie durch ihre neue Kabinengenossin Annette kennengelernt hatte. Er spricht mit einem Mann mit langen, dunklen Haaren, Schlagzeugstöcken in der Gesäßtasche und Muskeln, die Julie beeindrucken. Martin stellte ihr seinen Freund vor: Es ist Eric, der nach 2017 zum zweiten Mal auf der Kruise ist. „Der Rest des Abends war einfach unglaublich", sagt sie. Julie und Eric gehen auf das Oberdeck, dort spielt Bruce Kulick mit seiner Band, gefolgt von Ace Frehley. „Ich kann mich nicht an einen perfekteren Abend in meinem Leben erinnern", sagt Julie. Eric und sie singen alle ihre Lieblingssongs von KISS mit, dann gehen sie zurück zum Pooldeck und reden die ganze Nacht. Erst als die Crew beginnt, das Deck zu reinigen, merken sie die Zeit. „Es war einfach eine magische Nacht, die ich nicht enden lassen wollte", sagt Eric. Er bringt Julie zu ihrer Kabine und gibt ihr einen Gutenachtkuss.

Das unglaubliche Wohnzimmer von Eric und Julie. KISS, wohin das Auge schaut

Julie hat auf der Kruise ihre Liebe gefunden und ihren Jugendschwarm endlich getroffen. Sie wird ausgelost, mit Paul Stanley zu malen. Auf dem Schiff kommt es für sie und Eric sogar zu einem gemeinsamen Meet & Greet mit Gene Simmons, das die beiden als ihr erstes Date bezeichnen. Mit Julie an seiner Seite muss Eric lachen, als er Gene persönlich trifft. „Eine ziemliche Ironie, wenn man bedenkt, dass ich als Kind eine lächerliche Angst vor ihm hatte", sagt Eric. „Es gibt viel zu bewundern an diesem Mann, der mit nichts in die Vereinigten Staaten kam und unermüdlich arbeitete, um dorthin zu gelangen, wo er heute ist." Er liebt es, dass Gene über sich selbst lachen kann und alles immer mit einem Witz oder einer Prise Frechheit auflockert. „Er gibt einem bei einem Treffen das Gefühl, das Wichtigste auf der Welt zu sein. Er hört zu, stellt Fragen und lässt ein Treffen mit dir nie eilig oder unpersönlich erscheinen. Julie und ich nennen Gene Simmons liebevoll Onkel Gene, denn er kann in einem Moment einen Witz erzählen und im nächsten einen guten Ratschlag geben."

Seit ihrer ersten Verabredung bei Onkel Gene, sagt Julie, „sind Eric und ich unzertrennlich". Ihre Liebesgeschichte macht unter den anderen Fans an Bord die Runde, besonders im folgenden Jahr, als sich die beiden auf dem Schiff verloben. „Ich hätte nie gedacht, dass ich meinen Seelenverwandten in der KISS-Welt treffen würde", sagt er. „Seit ich Eric an Bord getroffen habe, hat sich mein Leben in vielerlei Hinsicht verändert, ich habe meinen Seelenverwandten gefunden", sagt sie. „Wir haben eine besondere Verbindung zu KISS, das haben nicht viele Paare. Wir lieben diese Band gleichermaßen, und wir lieben uns."

Beide sind heute glückliche Menschen. Julie hat sich von ihrem Job bei der Regierung zurückgezogen und geht ihren vielen Interessen und Hobbys nach, darunter Innenarchitektur. Außerdem malt sie gerne, bastelt, stellt rockigen Schmuck her und schneidert Kleidung für Eric und sich selbst, die beide bei Konzerten tragen. Julies Söhne Ryan (29) und Cory (23) haben sie schon zu Konzerten begleitet. Ihre behinderte Tochter Lauren (26) mag es, KISS auf YouTube zu sehen.

Nach 23 Jahren als Lehrer fährt Eric jetzt einen Tankwagen, der Heizöl ausliefert. Seine beiden Töchter Katelynne (20) und Allison (23) sind gemeinsam mit ihm zu KISS-Fans herangewachsen. „Ich habe das große Glück, von Menschen umgeben zu sein, die KISS so sehr lieben wie ich", sagt er.

Wenn man Julie und Eric zu Hause besucht, sieht man beim Durchschreiten der Eingangstür sofort Gemälde, die von Paul Stanley gemalt wurden. Im Keller ist ein großer Raum einem Bereich gewidmet, den sie The KISS Kave nennen. Ihre Sammlung von KISS-Erinnerungsstücken umfasst den Bally-Flipper von 1979, signierte Gitarren und Alben sowie Kostümstiefel. Und natürlich sind die Wände mit KISS-Postern tapeziert. Selbst jetzt, da KISS nicht mehr auf Tournee sind und keine Live-Shows mehr veranstalten, leben Julie und Eric in ihrer eigenen Welt. Sie sind ein KISS-Paar, und das wird sich auch nie ändern.

Eric Alberty, geb. 1972, Cleveland, USA

Erster Song: Shout it Out Loud | **Lieblingssong:** Got to Choose
Konzerte: 30 (seit 1996) | **Favorit:** Gene Simmons
Kiss Kruises: 5 (VII –XI)

Julie Ullman, geb. 1964, Tower City, USA

Erster Song: Detroit Rock City | **Lieblingssong:** Detroit Rock City
Konzerte: 25 (seit 1990) | **Favorit:** Paul Stanley
Kiss Kruises: 4 (VIII –XI)

Viel Gefühl: Alberto überzeugt mit seiner Stimme

» Kapitel 24 «

MUSIK MACHT ER MIT DEM BESEN IN DER HAND

Alberto Raña , Caracas, Venezuela

Das Viertel, in dem er aufwächst, ist kein einfaches. Die wirtschaftlichen Unterschiede in Venezuela nehmen immer mehr zu und mit ihnen die Grausamkeiten einiger Kinder gegenüber anderen an den Schulen. Wer hier KISS-Fan ist wie Alberto Raña, der hat keine Freikarte in die Welt der Fantasien. „Natürlich hört man nie auf zu träumen und diese Band zu lieben, aber man muss sich anpassen", sagt Alberto.

Christoph Columbus ist es, der Venezuela entdeckt, und es scheint ihm ein reiches Land zu sein. Columbus macht das an den Perlen fest, die er an der Küste im Überfluss findet. Doch den wahren Reichtum sprudelt erst das Öl vor die Haustür Venezuelas, es fließen viele Petrodollar, allerdings nie in die Taschen der Bevölkerung. Venezuela gilt in den 80er-Jahren als „Schönwetterdemokratie", weil das System trotz freier Wahlen viele soziale Ungerechtigkeiten aufweist. Die machen es auch Albertos Familie immer schwerer.

Regelmäßig besucht der 10-Jährige seinen Cousin Juan Carlos. Der ist schon etwas älter und spielt ihm das Album „Love Gun" vor. Alberto ist begeistert, vor allem von „Shock Me", überhaupt mag er Ace Frehley für sein außergewöhnliches Gitarrenspiel sehr. Er liebt es, ihn vor dem Spiegel zu imitieren, einen Besen als Gitarre in der Hand, ein Solo besser als das andere. All die Nachmittage, die er in seinem Zimmer mit der Musik der Band verbringt, helfen ihm die Brutalität der Metropole zu verdrängen. „Leider gab es in meiner Gegend in Caracas nur sehr wenige Leute, die ebenfalls KISS-Fans waren." Und auch wenn er diese Zeit größtenteils allein verbringt – es sind die schönsten Kindheits- und Jugenderinnerungen, die Alberto dank KISS hat.

Das Internet hat aus der Welt eine andere gemacht, eine viel kleinere. In den 80er-Jahren aber bedeuten die 2200 Kilometer zwischen Miami und Caracas eine Reise in eine andere Dimension, die für einen Teenager kaum greifbar ist. „Wenn ich mal etwas über KISS irgendwo fand, ein neues Album, einen Aufkleber, ein Poster, dann ist das kaum mit Worten zu beschreiben", erzählt Alberto. „Mein Körper begann regelrecht zu vibrieren." Für ein Konzert kommen KISS nie nach Venezuela. „Natürlich war es immer ein Lebenstraum für mich, meine Lieblingsband einmal auch live sehen zu können."

Alberto mit der Fahne Venezuelas beim KISS-Konzert

In den kommenden zehn Jahren aber verschlechtert sich die Situation in Venezuela zunehmend, die politische und wirtschaftliche Lage wird für immer mehr Menschen unerträglich. Albertos Vater, ein gebürtiger Portugiese, beschließt, mit der Familie das Land zu verlassen. „Das Leben in Caracas hat dich dazu gebracht, immer mehr anderen Dingen den Vorrang zu geben“, sagt Alberto. Die Familie zieht nach Europa, aus der 10-Millionen-Metropole in das portugiesische Dorf Oliveira de Azeméis mit gerade 7000 Einwohnern. „Ein völlig neuer Abschnitt in meinem Leben“, sagt Alberto, „ohne Freunde und ziemlich orientierungslos.“

> **»** ***Ich spüre ihre Freude, wenn sie mir etwas von KISS schenken***

Er ist zwanzig und braucht eine ganze Weile, sich umzugewöhnen. „Tag für Tag, Woche für Woche, Monat für Monat, Jahr für Jahr habe ich mich ein bisschen mehr angepasst“, sagt er. „Portugiesen haben in vielem andere Sichtweisen, sie haben eine andere Kultur. Daran muss man sich erst einmal gewöhnen und einen Weg finden, sich zu integrieren, sich anzupassen, sich zurecht zu finden.“

In Oliveira de Azeméis ist eine Reihe von Industriebetrieben ansässig, vor allem Schuh- und Textilfabriken. Jobs sind dort relativ leicht zu finden. Heute leben in dem Ort 12.164 Einwohner, und Alberto hat dort sein Glück gefunden. Er ist verheiratet mit Maritza, sie war seine letzte Freundin, bevor er Venezuela verließ. Er hat sie Jahre später durch Facebook wiedergefunden und konnte sie überreden, ihm nach Portugal zu folgen. Die beiden haben eine 12-jährige Tochter, Mariana. Beide bewundern Alberto für seine Leidenschaft. „Ich spüre ihre Freude, wenn sie mich nach etwas über die Band fragen oder wenn sie mir etwas schenken, das mit KISS zu tun hat.“ Er arbeitet in der Schuhindustrie und sagt: „Ich höre nie auf zu träumen und suche immer nach Möglichkeiten, das zu tun, was mir Spaß macht. Aber mit dem Erwachsenwerden wachsen auch die Verpflichtungen, und so müssen wir unsere Prioritäten setzen. Natürlich treten unsere Vorlieben und Hobbys dann in den Hintergrund.“

Alberto mit seinem guten Freund Sidney beim Konzert in Iffezheim

Allerdings hat Alberto inzwischen die Vorzüge Europas erkannt. Der Kontinent ist reicher und weiter entwickelt als Venezuela, vor allem musikalisch. Endlich hat Alberto die Chance, KISS live zu sehen. Sein erstes Konzert erlebt er 2017 in der Dortmunder Westfalenhalle, einer Kultstätte für Rockkonzerte in Deutschland. In Baden-Baden darf er 2019 auch am Meet & Greet teilnehmen, und es wird unvergesslich: Erst streckt ihm Gene zur Begrüßung die Faust entgegen. Nach dem gemeinsamen Foto bekommt er dann eine Teilnehmer-Medaille geschenkt. „Am Ende habe ich mich bei jedem einzelnen für das bedankt, was er bei KISS tut." Das Konzert auf der Galopprennbahn in Iffezheim bleibt auch deshalb unvergessen, weil es nach acht Liedern wegen eines schrecklichen Unwetters abgebrochen werden muss. Lange hoffen die Fans darauf, dass es nach einer Unterbrechung weitergehen würde, doch der Sturm ist so heftig, er droht, die komplette Bühne wegzublasen.

» ***Alberto singt in mehreren Bands, und natürlich singt er auch Songs von KISS***

Iffezheim war Teil der Ehrenrunde der Band. Ein Abschied, der Alberto nicht einfach fiel. Er sagt:„KISS waren fast mein ganzes Leben

Töchterchen Mariana singt mit Papa – natürlich KISS

lang ein Teil von mir. Aber das Alter verzeiht nicht, und nichts ist ewig. Sie haben mich durch viele Stationen meines Lebens begleitet, und es macht mich stolz, ein Fan von KISS zu sein.“ Alberto hat der Kunst viel Platz eingeräumt in seinem Leben. Er malt gerne und singt in mehreren Bands. Also wird er Teil des Vermächtnisses von KISS, denn natürlich hat er in seinem Repertoire als Sänger auch einige KISS-Songs wie Beth, Rock and Roll All Nite, Detroit Rock City oder 2,000 Man untergebracht. KISS forever.

Alberto Raña, geb. 1969, Caracas, Venezuela

Erster Song: Shock Me | **Lieblingssong:** Plaster Caster
Konzerte: 3 (seit 2017) | **Favorit:** Ace Frehley | **Kiss Kruises:** –

Dank KISS spielt Graham exzellent Schlagzeug

» Kapitel 25 «

KISS WECKTEN DEN DRUMMER IN MIR

Graham Lyons, Colchester, England

Das erste Mal, dass Graham Lyons KISS sieht, ist in den frühen 80er Jahren im britischen Fernsehen. Er ist gerade neun und weiß nicht, dass die Show auf „Granada TV" eine Wiederholung von 1976 ist, dem Jahr, in dem Graham in Colchester geboren wurde, gut eine Autostunde von London entfernt. Das Programm heißt „So It Goes", und Graham ist sehr fasziniert von der beleuchteten Bühne, all dem Feuer und diesem Sound, den er vorher so noch nie gehört hatte: Rock and Roll. Von seinem Elternhaus ist er viele Musikstile gewohnt, einschließlich Punk und Heavy Metal, aber was er da in diesen wenigen Minuten im Fernsehen sieht und hört, haut ihn um.

Graham begeistert seine ältere Schwester Donna für KISS, das ist clever, denn sie hilft ihm bei der Jagd nach allem, was irgendwie mit KISS zu tun hat. „Das Sammeln von allem, was ein KISS-Logo trägt, war eine teure Reise", sagt Graham. Mit Carl, seinem älteren Bruder, entwickelt er ein schönes Ritual: Jeden Samstag fahren die beiden in die Stadt und besuchen sämtliche Plattenläden. Jedes KISS-Album schauen sie sich ganz genau an: Hat es vielleicht irgendetwas Besonderes? Obwohl sie in Großbritannien sehr beliebt sind, ist es in den 80ern und frühen

Graham konnte schon in der Schule am Schlagzeug üben

90ern nicht einfach, KISS in den Läden zu finden. „Wir mussten hart nach allem suchen, besonders nach Sachen aus den 70ern", sagt Graham. „Aber die Jagd nach KISS-Vinyl brachte uns eine große Befriedigung." Er erinnert sich noch gut daran, wie er endlich genügend Taschengeld gespart hat und sein erstes Album kaufen kann. Es heißt „Hotter Than Metal", ein Live-Bootleg mit neun Songs. Graham wundert sich, dass Eric Carr auf dem Cover abgebildet ist, offiziell ist zu diesem Zeitpunkt noch Peter Criss der Drummer bei KISS.

» Ich wollte immer ein so großes Schlagzeug haben wie Eric Carr

Carr stellt für den jungen Graham schnell eine besondere Attraktion dar. Sein Drum-Kit, sein Spiel, das begeistert ihn sehr. Graham hatte nämlich beschlossen, selbst Schlagzeuger zu werden. Mit richtigen Trommeln üben kann er ausschließlich in der Schule. Es gibt dort ein zusammengestückeltes Schlagzeug, das aus einer Bass Drum, einer Snare, einem Floor Tom und einer Hi Hat besteht. Als Graham beschließt, es mit dem Schlagzeugspielen ernster zu nehmen, legt er sich das KISS-Video „Animalize Uncensored" zu. „Dort sah ich, wie Eric Carr dieses Schlagzeug mit den endlosen Tom Toms bearbeitete, das hat mich absolut umgehauen", sagt Graham. „Ich wollte immer ein so großes Schlagzeug haben wie er."

Doch er hat zu Hause nur ein paar Drumsticks, mit denen übt er zu 99 Prozent in der Luft. Immerhin, das macht keinen Krach und ist sehr synchron zu dem, was Peter Criss und Eric Carr auf den Schallplatten spielen. „Die beiden haben ganz unterschiedliche Stile, die auch den Musikstil ihres Hauptjahrzehnts bei Kiss widerspiegeln", erklärt Graham. „Ich habe beide Stile wirklich genossen. Ich erinnere mich daran, wie ich bei ‚Makin' Love' die Lautstärke von Peters Trommelwirbel am Ende aufgedreht habe. Ich tue das immer noch, man kann sehr gut hören, wie die Techniker beim Abmischen das Gleiche tun und den Fader bewegen, um die Lautstärke des Trommelwirbels zu erhöhen. Ich liebe das."

Obwohl er so wenig auf einem echten Kit üben kann, will Graham schon früh hoch hinaus. Er bewirbt sich bei einer KISS Tribute Band. Zu seiner großen Enttäuschung lehnt man ihn dort ab. Zwar halten ihn die anderen drei Musiker für sehr talentiert, aber Graham hat einen unübersehbaren Nachteil: Er ist zu diesem Zeitpunkt erst elf Jahre alt.

Ein Jahr später sieht er KISS zum ersten Mal live während der „Crazy-Nights-Tour" in Londons Wembley Arena. Natürlich ist das erste Konzert immer ein besonderes. Aber in Grahams Fall nichts gegen das in Originalbesetzung in Castle Donnington. Seine Ehefrau Sophie ist damals

Fünf Musiker unter sich: Graham trifft die vier KISS-Idole

Graham ist Drummer der Band „Found Missing?“

noch seine Freundin und unterstützt ihn dabei, seine Rockhelden endlich auch mal persönlich zu treffen. Graham hatte auf einer Convention in London bereits Peter Criss getroffen und empfand es als „unglaublich, dem Catman so nahe zu sein. Jemandem, den ich schon so lange ganz genau beobachtet hatte und von ihm so viel lernte.“ Im Mai 2010 kaufen sich zehn Mitglieder der Lyons-Familie Tickets für die KISS-Show in London, die beiden älteren Schwestern, der ältere Bruder, vier Nichten, ein Neffe und natürlich Sophie und er. Die beiden haben noch etwas Geld draufgelegt, damit Graham an dem Meet and Greet teilnehmen kann.

Kurioserweise ist es kostengünstiger, eine Limousine zu mieten, um nach London zu fahren, als wenn jeder für die öffentlichen Verkehrsmittel gezahlt hätte. „Wir reisen also mit Stil an“, lacht Graham. Mit KISS-DVD an Bord, dazu Champagner und Snacks. Die Fahrgäste sind aufgeregt, die Partylaune ist in dieser Nacht überragend. Etwa zwei Stunden dauert die Fahrt von Essex nach West London. Sie fahren extra etwas früher los, um dem Berufsverkehr zu entgehen, dennoch passiert, was unbedingt vermieden werden sollte: Bei der der Hälfte der Strecke bleibt die Partygemeinde an der A406, der inneren Ringstraße um London, stecken. Ein Lieferwagen für Zeitungen und Zeitschriften war in Brand geraten und blockierte Teile der Straße. „Meine Nichte hatte auch ein Meet and Greet gebucht, und die Zeit, die wir aufgehalten wurden, schien gerade für uns zwei ewig zu dauern“, sagt Graham. Die Stimmung in der Limousine wird gedämpfter. Die Angst, den Treffpunkt mit Tour-Manager Dean Snowden vor der Wembley Arena zu verpassen, wird unerträglich. „Ich konnte nicht glauben, dass die Garantie, Kiss zu treffen, so schnell vergehen könnte“, sagt Graham. Als sie den ausgebrannten Lastwagen passieren, ist der zeitliche Vorsprung, den sie sich durch die frühe Abfahrt gesichert hatten, futsch. Jetzt stecken sie mitten im Londoner Berufsverkehr. „Ich fühle mich noch immer schrecklich, wenn ich zurückblicke, denn diese paar Stunden haben allen anderen die Reise zu Kiss an diesem Tag verdorben", sagt Graham. Als die alten Türme des Wembley-Stadions näherkommen, springen Graham und seine Nichte aus der Limo und rennen wie Sebastian Coe und Keely Hodgkinson. Sie haben Glück und erwischen gerade noch die Gruppe für das Meet and Greet, sie machen sich gerade auf den Weg hinein.

„Den Backstage-Bereich neben der Bühne zu betreten, war phänomenal", erzählt Graham. „Die Leute bei der Arbeit zu sehen, war ein Trip. Unsere Gruppe wartete geduldig in einem Raum. Nach allem, was passiert war, fühlte es sich seltsamerweise immer noch nicht real an. Dass KISS irgendwann denselben Raum betreten würden, schien surreal." So viele Jahre verfolgt er nun schon die Band, kaufte jedes erdenkliche Erinnerungsstück, doch dieser Moment jetzt würde das Größte werden. Jedes Mal, wenn sich die Tür öffnete, hielten Graham und seine Nichte die Luft an. Und dann: „Als erstes hörten wir die Stimme von Paul Stanley. In dem Raum, in dem wir warteten, lief der Song Modern Day Delilah über einen CD-Player, und plötzlich sang Paul mit. Meine Zeit war endlich gekommen. Mit Gene zu plaudern, war surreal. Es war einer der stressigsten Tage überhaupt, aber er bekam ein Happyend. Das war der Höhepunkt meiner bisherigen KISStory."

Als Schlagzeuger hatte Graham immer davon geträumt, selbst einmal in der Wembley-Arena zu spielen. Bislang hat das nicht geklappt. Inzwischen hat er sich aber zu einem großartigen Drummer entwickelt. Er spielt in zahlreichen Bands: Primary Slave, Quantum Bigfoot. Seine aktuelle Formation heißt „Found Missing?", mit ihr hat er gerade ein starkes Album herausgebracht („Blind Leading the Blind"). Vielleicht wird er mit dieser Band den Backstage-Bereich der Wembley-Arena noch einmal auf eine andere Art kennenlernen.

Graham Lyons, geb. 1975, Colchester, England

Erster Song: Deuce | **Lieblingssong:** Acrobat
Konzerte: 15 (since 1988) | **Favorit:** Gene Simmons | **Kiss Kruises:** –

Auch unmaskiert sieht Gil aus wie Paul Stanley

„Dann spiele ich mit und versüße ihm gerne den Tag“

Gil Garcia lebt in Phoenix, Arizona. Er ist das wohl beste Paul-Stanley-Double der Welt, mit oder ohne Maske. Er ist auf Facebook (Gil Garcia), Instagram (Starchildaz_gilgarcia) und im Web unter Starchildaz.com zu finden. Und er schwört, nichts an seinem Aussehen verändert zu haben

? *Du siehst Paul Stanley verblüffend ähnlich. Wann hast Du das festgestellt?*

Gil Garcia: Ich schätze, ich konnte schon immer eine gewisse Ähnlichkeit erkennen. So richtig zu sehen war es aber erst, als die Jungs ihr Make-up abgenommen haben. Jetzt kann man leicht die Verbindung zu Paul Stanley herstellen, inzwischen sagt mir jeden Tag jemand, dass ich aussehe wie Paul.

? *Trägst Du eine Perücke oder ist das Dein echtes Haar?*

Obwohl ich es in der Öffentlichkeit nie zeige – ja, ich trage zu dem Kostüm auch eine Perücke.

? *Musstest Du viel trainieren, um Deinen Mund genauso zu halten wie Paul?*

(lacht) Nein, ich habe nichts getan, was das betrifft, ich habe einfach mein natürliches Aussehen behalten.

? *Wenn dich jemand für Paul Stanley hält, sagst du ihm dann, dass du es nicht bist?*

Wenn ich mich in der Öffentlichkeit ohne Make-up zeige, ist mein Grundsatz ganz einfach: Wenn man mich fragt, ob ich Paul bin, sage ich nein. Wenn aber jemand annimmt, ich sei Paul, mich also so anspricht, dann spiele ich mit und versüße ihm gerne den Tag.

? *Wie oft wirst Du um ein Autogramm gebeten?*

Normalerweise will jemand ein gemeinsames Foto. Anfragen für Autogramme sind eher selten.

Zum Verwechseln ähnlich: Bei Gil stimmen Make-up, Kostüm und Haltung

? *Und wenn eine kommt, was schreibst Du dann?*

Ich habe 8 mal 10 Zentimeter große Autogrammkarten von mir selbst, mit meiner eigenen Unterschrift, die ich verkaufe. Wenn jemand mich als Paul um ein Autogramm bittet, unterschreibe ich normalerweise mit seinem Namen. Ehrlich gesagt, bin ich ziemlich gut darin. Ich tue das aber nie auf einem wichtigen KISS-Sammlerstück, nur wenn es auf einem normalen Stück Papier ist.

? *Was ist das Lustigste, das Dir in der Rolle, die Du spielst, je passiert ist?*

Ich war der Hauptgast auf einer Spielzeugmesse. An einem der Tage, an dem ich nicht signierte, ging ich selbst einkaufen. Am Ende kam eine Dame auf mich zu, und wir hatten ein etwa 10-minütiges Gespräch. Das war nicht einfach, denn sie war taubstumm. Sie schrieb jede Frage auf, die sie mir stellte, und ich schrieb dann meine Antworten. Ich habe mich schließlich verabschiedet, weil es immer unangenehmer wurde. Am nächsten Tag ging ich erneut zur Messe, und sie erwischte mich draußen vor dem Eingang tatsächlich wieder. Diesmal wollte sie sich aber nicht nur mit mir unterhalten, sie versuchte, mich zu küssen. Ich wendete das geschickt ab und machte mich schnell auf den Weg nach drinnen, doch kurze Zeit später stand sie an meinen Tisch. Ein Herr in der Nähe bemerkte

Hingucker auf der Kruise: Das Arizona Starchild

das. Er beherrschte die Zeichensprache und erklärte ihr, dass ich nicht der echte Paul sei, sondern nur ein Double. Sie kicherte, ziemlich peinlich berührt und ging weg. Ich sah sie nie wieder.

? *Wirst Du als Paul-Stanley-Imitator gebucht? Für welche Veranstaltungen oder aus welchen Gründen?*

Ich werde für die verschiedensten Veranstaltungen als Paul gebucht, vor allem als Attraktion für eine große Spielzeugvertriebsfirma, die exklusive KISS-Figuren herstellt. Das habe ich drei Jahre hintereinander gemacht, zeitgleich mit dem ersten Auftritt von KISS auf der Convention. Während sie signierten, war ich am selben Stand, winkte den Fans zu und machte auf den Auftritt von KISS aufmerksam. Ich habe auch schon für Pauls Schmucklinie gemodelt, die an Bord der KISS Kruise verkauft wurde. Ich bin auf dem Travel Channel, AXS-TV und in verschiedenen anderen Medien aufgetreten.

? *Wie siehst Du Dich selbst am liebsten – mit oder ohne Make-up?*

Manche Doubles schlüpfen in eine Rolle und sind so sehr von ihr eingenommen, dass sie irgendwann glauben, sie seien tatsächlich diese Person. Ich behalte immer eine klare Trennung bei. Wie ein Schauspieler spiele ich eine Rolle und gehe danach als ich selbst nach Hause. Ich fühle mich in beiden Rollen wohl.

? *Paul ist ein Frauenschwarm. Bist Du das auch?*

Als ich aufwuchs, war ich immer unsicher wegen meines Aussehens, was zu einer großen Schüchternheit bei mir führte. Als Paul bin ich viel selbstbewusster. Aber ich bin auch sehr beziehungsorientiert, mit anderen Worten, ich lege mehr Wert auf langfristige Beziehungen als auf Verabredungen oder One-Night-Stands. Deshalb bin ich seit über 32 Jahren glücklich verheiratet.

? *Kannst Du Dich bewegen wie Paul?*

Manche bezeichnen mich als Imitator, aber das bin ich eigentlich nicht, ich bin ein Tributkünstler, der dem größten Frontmann der Rockgeschichte Tribut zollt. Ich versuche nicht, wie er zu handeln, wie er zu reden oder er zu sein, ich möchte den anderen KISS-Fans seinen Look respektvoll näherbringen, damit sie Spaß daran haben. Da ich ihn verkörpere, studiere ich seine Eigenheiten auch nicht, sondern versuche nur, seinen Look so genau wie möglich zu treffen.

? *Woher hast Du all die Kostüme?*

Alle meine Kostüme werden von mir selbst zusammengestellt. Ich bin einer der Wenigen, wenn nicht sogar der Einzige, der eine so große Auswahl an Kostümen aus allen Epochen zusammengestellt hat, einschließlich der Kostüme, die während ihrer Zeit ohne Make-up getragen wurden.

? *Wie hat Paul reagiert, als er dich zum ersten Mal gesehen hat?*

Eric, Ace, Bruce, Tommy und vor allem Gene haben alle gesagt, dass ich total wie Paul aussehe. Paul selbst findet das überhaupt nicht. Ich nehme an, das liegt daran, dass es für ihn einfach surreal und vielleicht sogar unangenehm ist, jemanden zu kennen, der so aussieht wie er. Vielleicht stört es ihn. Er ist schließlich jemand, der schon alles gesehen und getan hat.

? *Bist du ein KISS-Fan?*

Ich bin schon mein ganzes Leben lang ein KISS-Fan, das ist das Sahnehäubchen auf meiner Torte. Dass ich diese Band auch noch liebe, wie eines der Mitglieder aussehe und mittlerweile von der Band auch anerkannt werde. Ich könnte mir nicht viel mehr wünschen.

? *Wie bist du ein Fan geworden und wann?*

Ich war unheimlich jung, etwa in der 2. Klasse in der Schule, da habe ich sie gesehen und mich in ihr Image verliebt. Erst dann habe ich ihre Lieder gehört, und die liebte ich auch. Meine Schwester hatte eine Platte von ihnen, die ich sehr mochte, aber da wusste ich nicht, dass es KISS waren. Die Verbindung habe ich erst hergestellt, als ich älter war.

? *Hast du Paul immer am meisten gemocht? Und warum?*

Ich war eigentlich ein Gene-Typ. Meine Neffen, die ihrem älteren Onkel nacheifern wollten, wurden Gene-Typen. Aus Eifersucht wechselte ich zu Peter, später folgten auch sie wieder, und so wechselte ich ein letztes Mal. Seither bin ich bei Paul geblieben.

**

Nach der Show ist Janet fast so geschafft wie die Band

» Kapitel 26 «

DER HEILIGE GRAL UND EINE NEUE LIEBE

Janet McEwans, Perth, Schottland

Die KISStory von Janet McEwans beginnt in Perth, einer Stadt mit 153.000 Einwohnern an der Ostküste Schottlands. Ihr verdankt die australische Millionenmetropole Perth ihren Namen, weil Kolonialminister Sir George Murray im schottischen Perth geboren wurde. Zu den Attraktionen dieser Stadt gehören in den späten 70er-Jahren die St. John's Kirk, eine baptistische Kirche, der St. Johnstone F.C., der örtliche Fußballverein – und ein Kino mit etwa 800 Plätzen, in das Janet beinahe täglich mit ihrer Cousine Harriet geht.

Immer wieder gerne sehen sie sich „The Champ“ mit Jon Voight an, einen Film um den charismatischen Boxer Billy Flynn. Eines Tages entdecken die beiden Teenager in der Lobby etwas Neues, einen Flipper mit dem Namen KISS. „Ich hatte so etwas noch nie gesehen. Das war sehr aufregend und bunt“, sagt Janet. Die beiden gehen von nun an immer früher zum Kino, manchmal schauen sie gar keinen Film mehr, sondern spielen nur. Der Flipper begeistert sie nicht nur optisch, „er spielt auch Teile von Liedern, und ich mochte sie sehr“, sagt Janet.

Sie hatte keine Ahnung, wer sie waren oder ob sie überhaupt echt waren. Das lag an den Cartoon-Bildern auf dem Automaten. „Es dauerte damals eine Weile, bis ich etwas über KISS herausfand“, sagt Janet. Der Flipper begann, ihr Leben zu verändern, denn die silberne Kugel hat sie 1979 mit 13 Jahren direkt zu KISS geführt. „Die Band hat alles verändert“, sagt Janet, „sie hat mir eine echte Leidenschaft gegeben.“ Vor allem Peter Criss hat es ihr angetan. „Ich fühlte mich sofort von seinem Make-up angezogen, obwohl ich anfangs dachte, es sähe aus wie ein Totenkopf.“ Seine Stimme, sein Schlagzeugspiel, seine tollen Haare, sein Lachen, seine coolen Kostüme, sein Ohrring. Als Janet 18 wird, lässt sie sich ein Ohr genau wie er piercen. Und es trifft sie wie ein Blitz, als sie 1980 in einer US-Zeitschrift lesen muss, dass sich KISS von Peter trennen würden: „Es brach mir das Herz.“

1979 wurde der erste KISS-Flipper von Bally produziert. Er zog Janet magisch an

Sie fleht ihre Eltern an, allein nach London fahren dürfen, um die vorerst letzten Konzerte der Originalbesetzung zu sehen. Um ihn, Peter, zu sehen. Doch obwohl sie sehr tolerante Eltern hat, die sie sogar das Albumcover von „Rock and Roll Over“ an ihre Zimmerdecke malen ließen, ist deren Nein unmissverständlich. Die 14-jährige Janet ist tottraurig, sie weiß zu diesem Zeitpunkt noch nicht, dass sie Peter Criss 1996 doch noch live spielen sehen wird, wenn KISS auf Reunion-Tour nach Großbritannien kommen. Erst einmal spielen KISS 1983 in Glasgow, und Janet sieht die Band zum ersten Mal live. Ihr Vater bringt sie zum legendären Apollo Concert Centre, das zwei Jahre später abgerissen wird. Er bleibt während der Show draußen und wartet auf sie. „Mein erstes Konzert, es war fantastisch. Sie hatten sich allerdings kurz davor demaskiert, das fand ich enttäuschend, aber ich war trotzdem fasziniert", sagt Janet.

» *Für Janet sind KISS eine Flucht vor der Realität*

Es ist nicht einfach, in den 80er-Jaren in Schottland ein KISS-Fan zu sein. „Sie waren Nischenprogramm", erinnert sich Janet. Scott, ihre Jugendliebe, steht auf AC/DC, er kann nichts mit KISS anfangen, sie seien ihm zu extravagant. Janet sieht das anders, für sie ist KISS eine Lebenseinstellung. „Viel mehr als eine Band, eher ein Eskapismus", sagt sie, also eine Flucht vor der Realität. „Alle vier haben einen einzigartigen Look, machen großartige Musik, haben eine total positive Einstellung und bieten die beste und größte Show auf dem Planeten", sagt Janet. „Ich bewundere und liebe alle KISS-Mitglieder."

1988 folgt sie KISS auf deren gesamter UK-Tour, sieht neun Shows, darunter das Monsters of Rock Festival in Donington. Sie wiederholt das 1992 mit sieben Konzerten und 1996 mit drei. „Ein Traum wurde wahr für alle, die die Originalbesetzung verpasst haben." Eine chronische Krankheit hindert sie später daran, weiterhin an Tourneen teilzunehmen. Seitdem wählt sie gezielt einzelne Konzerte aus, ihre letzten beiden Shows finden in Berlin und Glasgow im Sommer 2023 statt. Seit 2010 begleitet sie ihre Schwester Wendy zu Konzerten. Janet sagt: „Es ist wunderbar, das KISS-Erlebnis mit ihr zu teilen."

In ewiger Erinnerung bleiben wird ihr der 5. Juli 1997 in London, es war das Abschiedskonzert der Originalbesetzung: Während der Show verliert Janet ausgerechnet den Verlobungsring ihrer Mutter. Gleich am nächsten Morgen eilt sie zurück zur Halle, um dort danach zu suchen. Ein Roadie hilft ihr dabei, doch auch zu zweit finden sie den Ring nicht wieder. Zum Trostpflaster schenkt ihr der Roadie eine rote Rose. Sie war vom Vorabend übriggeblieben, als Peter Criss „Beth" sang und dabei Rosen ans Publikum verteilte. Janet hatte dem Roadie erzählt, dass

In Berlin lässt sich Janet schminken

Aber nur eine Gesichtshälfte

Peter ihr großer Liebling bei KISS sei. „Das war unglaublich. Obwohl ich den Ring nicht gefunden hatte, schwebte ich an diesem Tag wie auf einer Wolke nach Hause", erzählt sie.

Zur Autogrammstunde bringt sie Paul einen Strauß rote Rosen mit

In ihrer wilden Zeit des Herumreisens lernt Janet endlich auch andere Fans kennen, es sind wunderbare Momente in ihrem Leben. Sie gründet die „KISS Army Scotland UK" und die Gruppe „Peter Criss the Catman UK fans" auf Facebook. Während ihrer Reisen hat sie häufig die Gelegenheit, die KISS-Mitglieder persönlich zu treffen. In besonderer Erinnerung bleibt ihr eine Autogrammstunde von Paul Stanley im HMV Plattenladen in Cardiff 1992. Janet bringt ihm einen Strauß rote Rosen mit. Paul ist begeistert und bedankt sich gleich mehrmals bei ihr. Und Janet? Die ist wie hypnotisiert: „Ich konnte einfach nicht sprechen." Sie schafft es lediglich zu sagen: „Du bedankst Dich bei mir! Ich bedanke mich bei Dir!" Er war freundlich, geduldig und bescheiden, sagt sie. Das letzte Mal traf sie KISS bei einem Meet & Greet in Glasgow im Juli 2023.

Janet hat insgesamt drei Tattoos: Pauls Rose, Peters Trommel, Blitz und die Nummer drei und Peters Gesicht von dem Album-Cover „Rock and Roll Over". Es hat ein paar Jahre gedauert, bis Janet Eric Carr als

Spaß vor der Halle

Janet und ihre Schwester Wendy

Peters Nachfolger akzeptiert hat. „Aber ich habe es geschafft, und er ist mir ans Herz gewachsen", sagt sie. „Sein Schlagzeugspiel mit seiner Doppel-Bass und dem schwereren Sound war deutlich anders als Peters Jazz-Rock-Stil. Eric Singer ist ein weiterer starker Schlagzeuger. Er ist schon lange in der Band und war in der Lage, Peters und Eric Carrs Stile zu spielen, um den von uns erwarteten Sound zu erreichen." Für sie ist er ein respektierter Schlagzeuger. „Aber es gibt nur einen Catman."

Janet bezeichnet sich selbst als Superfan. Sie hat alles gesammelt, was sie in Schottland von KISS bekommen konnte. Ihre Schätze bewahrt sie in fünf großen Plastikkisten auf. Magazine, Fotos, Plakate, Shirts, Zeichnungen, Sticker, Aufnäher, Schals, persönliche Briefe von Loretta, Eric Carrs Schwester, mit der sie sich nach dem Tod des Drummers schreibt, Alben, Singles und das Beste: Die Peter Criss-Gürtelschnalle von Inc Aucoin, für die sie nur fünf Pfund zahlte. Eines allerdings vermisst Janet McEwans in ihrer Sammlung gewaltig: Den Bally KISS Flipper. „Der heilige Gral für viele Fans", wie sie sagt. Das Gerät, an dem ihre Liebe zu KISS einst geboren wurde.

Janet McEwans, geb. 1966, Perth, Schottland

Erster Song: Is That You | **Lieblingssong:** 100.000 Years
Konzerte: 42 (seit 1983) | **Favorit:** Peter Criss | **Kiss Kruises:** –

The Vault: Johan nahm seine Tochter Tindra mit zu Gene

© Erik Hellquist

» Kapitel 27 «

MATROSE DER KISS NAVY MIT ALLEN ORDEN

Johan Carlen, Göteborg, Schweden

Er besitzt heute noch die beiden Tapes, mit denen alles begann. Sein älterer Bruder Kent schenkt ihm zum fünften Geburtstag „Love Gun" und „Rock and Roll Over", das ist im März 1980. Pink Floyd sind mit „Another Brick in the Wall, Part II" gerade auf Rang eins der schwedischen Charts. Aber Johan kann mit der besungenen Unterdrückung der Schüler durch sadistische Lehrer nichts anfangen. Er kennt die Schule von innen noch gar nicht. Also hört er noch bevor er ein Teenager wird lieber KISS.

Seine Eltern sind zwar überrascht über die Leidenschaft ihres Frührockers, aber sie schenken ihm im Mai das neueste KISS-Album „Unmasked", und das haut den Kleinen buchstäblich aus den Kinderschuhen. „Is That You" wird sein erster Lieblingssong, abgelöst von „Tomorrow". Es gibt in Schweden ein sehr populäres Magazin namens „Okej", es erscheint nur einmal im Monat, hat aber immer etwas Neues von KISS zu berichten. „Es war das Magazin meiner Jugend", sagt Johan. Interviews, coole Bilder, sie helfen ihm über die lange Zeit, bis er KISS endlich live sieht: Es ist der 16. September 1988, mit 6.500 anderen sieht er die Band im Campus Frölunda in Göteborg. Das Konzert beginnt mit „Love Gun" und endet mit „Detroit Rock City", von seinem Lieblingsalbum spielen

KISS an diesem Abend keinen Song, sie versuchen sich während der „Crazy Nights-Tour" bewusst von ihren Pop-Ausflügen Anfang der 80er-Jahre ein wenig zu distanzieren. Die Show ist für Johan dennoch der pure Wahnsinn.

Er sieht danach noch viele Konzerte. Das schönste, sagt er, wird für ihn die Sail-Away-Show auf der ersten KISS Kruise 2011. „Es war sehr heiß oben auf dem Pooldeck, und KISS begannen mit Hotter Than Hell." Über die Website der Band war Johan auf die Reise aufmerksam geworden. Von Miami nach Nassau und zurück, eine coole Idee. Er hat zu der Zeit keine Die-Hard-Fans als Freunde, findet aber kurz vor der Buchung doch noch zwei Kumpels, die ihn begleiten. So können sie sich eine Kabine teilen. Diese erste Kruise ist etwas ganz Besonderes, findet er. Nur ganz wenige kennen sich, zaghaft entstehen erste KISS-Freundschaften aus aller Welt.

» *Vor der Kruise muss Johan 15 Nächte in Mexiko bleiben, um einreisen zu dürfen*

Johan ist so fasziniert von der Atmosphäre an Bord, dass er beschließt, sich jedes Jahr als Navy-Mitglied anzumelden. 2021, als Covid die Welt lahmlegt und Politiker zu Entscheidungen treibt, die die Menschen erheblich in ihrem Leben einschränken, muss er 15 Nächte außerhalb Europas verbringen, um überhaupt in die USA einreisen zu dürfen. Also macht er zwei Wochen Urlaub in Mexiko, bevor er nach Miami weiterfliegt. Das alles hat seinen Preis, und seine Freundin schüttelt zu Hause in Göteborg immer häufiger mal den Kopf.

Zumal sich Johan 2012 ein teures Hobby zulegt, er beginnt, Gitarrenpicks zu sammeln. „Ich habe etwas über 1000 Plektra von Kiss. Mein Lieblingsset ist ein komplettes von einem Konzert in Göteborg 1984." Für solche Reichtümer braucht es einen Tresor, auch den legt er sich bei KISS zu: „Ich kaufte mein Vault 2018 in Stockholm. Ich nahm meine Tochter Tindra als Gast mit. Ehrlich gesagt, war das einer der Beweggründe, warum ich das Stück überhaupt gekauft hatte – ich wollte, dass Tindra Gene Simmons kennenlernt." In dem Tresor befindet sich neben den Demo-Songs, die überall enthalten sind, ein Pass der vergangenen

Tour, ein Magazin, ein Werbefoto und ein Aschenbecher von der Reunion-Tour. Johan zahlt dafür 2000 Dollar. Er tut das gern, denn Gene ist am Tag der Übergabe in großartiger Stimmung. „Das hat Spaß gemacht, auch meiner Tochter", sagt Johan. Zum Schluss schenkt er Gene noch ein Set seiner selbstgemachten KISS-Kruise-Kostümpicks.

Es ist nicht nur Simmons, den Johan persönlich trifft, es sind in den vergangenen zehn Jahren alle noch lebenden Mitglieder von KISS. Gene und Paul begegnet er 2014 zum ersten Mal im Hard Rock Hotel in Las Vegas, sie geben dort eine Autogrammstunde. Ace, Bruce, Vinnie und Peter trifft er bei verschiedenen Expos, Tommy und Eric während der Kruises. Gene Simmons kristallisiert sich dabei schnell als Johans Liebling heraus. „Er ist bei allen Treffen einfach großartig."

Johan Carlen arbeitet hart für sein Geld, seit vielen Jahren ist er Teamleiter für ein Gewürzunternehmen in Göteborg. Jessica, seine Verlobte, teilt seine Liebe zu KISS nicht, trotzdem duldet sie das teure Hobby ihres Mannes. „Aber sie denkt, dass es verrückt ist, wie viel Geld ich für KISS ausgegeben habe", sagt Johan. „Ohne Kiss wäre ich reicher, aber mein Leben weniger lustig, das ist sicher. Es ist nicht billig, KISS als Fan zu folgen." Eine Million schwedische Kronen werden es wohl schon gewesen sein, die ihn seine Liebe zur Band gekostet haben könnte. Das sind 95.000 Dollar, denkt man allein an die zwölf KISS Kruises, die vielen Konzerte im Ausland oder seine Sammelleidenschaft für Gitarrenplectra, dann rechnet sich das schnell zusammen, aber wer möchte das schon. Zumal es Johan geschafft hat, seine 17-jährige Tochter Tindra ebenfalls für KISS zu begeistern. Sie begleitet ihn zu Konzerten nach Norwegen, Holland oder in die USA oder zu Expos. Das erleben zu dürfen, dass die eigene Familie mit der KISS-Familie verschmilzt, ist etwas Großartiges. Und jeden Cent wert.

Johan Carlen, geb. 1975, Göteborg, Schweden

Erster Song: Is That You | **Lieblingssong:** Nothin' to Lose
Konzerte: 47 (seit 1988) | **Favorit:** Gene Simmons
Kiss Kruises: 11 (I-X, XII)

Yudai glücklich und bepackt beim Konzert

» Kapitel 28 «

ER LEBT SEINEN TRAUM IM EILTEMPO

Yudai Moriya, Sendai, Japan

Sendai ist eine Millionenstadt gut 350 Kilometer nördlich von Tokio, sie liegt in der Tōhoku-Region, einer Gegend Japans, die so ziemlich alles schon erlebt hat. Ein Napalm-Flächenbormbardement der Amerikaner im Zweiten Weltkrieg, schreckliche Erdbeben, Flut- und Tsunami-Katastrophen. Und ein musikalisches Feuerwerk, das von viel Pyrotechnik, Rauch und Flammen begleitet wurde und den Namen KISS trug.

Yudai Moriya lebt in Sendai und ist ein KISS-Fan der dritten Generation. Und obwohl er wegen seines Alters so spät seinen Weg zu KISS fand, hat er sich Erinnerungen geschaffen, die ihn für den Rest seines Lebens begleiten werden. Und er überließ dabei nichts dem Zufall.

Als KISS 2015 in Sendai gastieren, ist Yudai erst zehn und ein wenig zu jung für ein solches Rockspektakel. Zuhause wird nur japanische Musik gehört, auch Yudai hält sich lange daran, er hört am liebsten das japanische Duo „Kobukuro". Irgendwann bricht er das traditionelle Gebot, als er „I Was Made for Lovin' You" aufdreht. Noch bevor er das zum ersten Mal live hören wird, lernt er Paul Stanley kennen, aber nicht bei KISS.

Im Januar 2018 kommt Stanley mit seiner Solo-Besetzung „Soul Station“ nach Japan. Yudai weiß, dass er keine Songs von KISS spielen wird, ist aber fest entschlossen, Paul Stanley live sehen zu wollen. Es ist nicht einfach, an Tickets zu kommen, der Veranstaltungsort in Tokio wird sonst eher für Dinner-Shows genutzt und fasst nicht einmal 400 Zuschauer. Entsprechend schnell vergriffen sind die Karten. Yudai aber hat Glück, er bekommt zwei Tickets und fährt mit seiner Mutter nach Tokio, und die Reise lohnt sich.

Die beiden sitzen am zweiten Tisch, sehr nah an der Bühne und damit zu Paul Stanley. „Ich war sprachlos, als Paul auf der Bühne erschien“, erzählt Yudai. Er erinnert sich an eine besondere Situation während des Konzerts: Die Band spielt gerade „Who's That Lady“, ein Cover der Isley Brothers. Während eines Instrumentalteils steht Paul Stanley ganz ruhig da und schaut ins Publikum. Yudais Mutter stachelt ihren Sohn an, seine Hand nach Paul auszustrecken. Als er das tut, sieht Stanley den Jungen, macht einen Schritt nach vorn und greift nach Yudais Hand. Japaner finden so wunderschöne Worte für solch besondere Momente. Yudai sagt: „Er hält meine Hand, tanzt minutenlang vor mir und meiner Mutter und hinterlässt Rosendüfte.“ Als die Show beendet ist, bekommt Yudai von Eric Singer auch noch die Drumsticks, mit denen er das Konzert gespielt hat, und der Schlagzeuger zwinkert ihm zu. „Ich erinnere mich an den Tag, als wäre er gestern gewesen“, sagt Yudai. Ein paar Monate später sieht er an demselben Ort auch Ace Frehley.

Yudai vor dem Brandenburger Tor in Berlin

Der junge Japaner ist viel herumgekommen, hier steht er in Köln am Rhein

2019 kommen KISS erneut nach Sendai, diesmal wird Yudai die Show nicht verpassen. Wieder hilft ihm seine Mutter dabei. „Sie erkennt meine Liebe zu KISS an und lässt mich tun, was ich gerne tun möchte, soweit es möglich ist. Ich bin ihr so dankbar dafür“, sagt Yudai. Es ist kurz vor Weihnachten, die Xebio Arena, Heimat der lokalen Basketballer Sendai 89ers, ist ausverkauft. KISS bieten dem jungen Yudai alles, was sich der 14-Jährige von seiner ersten großen Show gewünscht hatte. Viel Power, eine tolle Party, sie spielen „I Was Made for Lovin‘ You“ und als Zugabe auch noch seinen Lieblingssong „Crazy Crazy Nights“. Yudai erzählt, wie es im Konzert sogar ein bisschen Japanisch wird: Paul Stanley singt allein mit seiner Gitarre „Ue o muite aruko“, einen Song, der 1963 unter dem Namen „Sukiyaki“ der einzige Welthit in japanischer Sprache wurde. Nummer eins in den US-Charts, Nummer eins auch in Australien, Nummer zwei in Deutschland, Nummer sechs im UK. Paul sagt, er hätte das Lied als kleiner Junge in New York häufig gehört, wusste aber nie, wovon es handelt.

Liebeserklärung nach der Show in Tokio

» *Yudai springt hoch und fängt Paul Stanleys Gitarrenplektrum*

Das Stück heißt übersetzt „Während ich laufe, schaue ich nach oben“, viele halten es für ein Liebeslied, bei dem der damals erst 19-jährige Sänger Kyu Sakamoto seinen Trennungsschmerz versteckt, indem er seinen Kopf so hoch trägt, dass die Tränen nicht zu Boden fallen. Für viele Japaner hat das Lied allerdings eine politische Message. Es erzählt von der Hoffnung auf Selbständigkeit und ein Ende der fremden Militärpräsenz. Stanley singt das Lied gemeinsam mit den gut 4000 Zuschauern, und auch der junge Yudai lässt sich an diesem Abend von dem japanischen Gefühl tragen. Er sitzt in der vierten Reihe, ziemlich genau in

Yudai trifft Eric Singer backstage

Beim Soundcheck mit Doc McGhee

der Mitte, sieht Paul Stanley also direkt vor sich. Einmal, während des Songs „Let me go Rock and Roll", da fängt er ein Gitarrenplektrum, das Paul in die Menge schnipst. „Es war eine der besten Nächte, die ich je erlebt habe."

Zu diesem Zeitpunkt ist er bereits sechs Jahre KISS-Fan. Wie man das 40 Jahre nach deren Gründung mit nur acht Jahren wird, erklärt Yudai so: „Im Oktober 2013 sah ich KISS in einer Musiksendung im Fernsehen. Ich war wie weggeblasen, als ob ich auf etwas gewartet hätte, und nun war es da: KISS. Alle mit Kabuki-Make-up, der Bassist streckte die Zunge heraus, der Gitarrist spuckte Plectra aus seinem Mund. Diese Band ging mir nicht mehr aus dem Kopf." KISS spielten „I Was Made for Lovin' You", und Yudai sagt: „Auch neun Jahre später ist meine Begeisterung für dieses Lied eine außergewöhnliche. Dieses Lied reißt mich mit, es wird nie alt."

Danach verliebt er sich in so viele Songs. In „Strutter",„Detroit Rock City", in „Shout it Out Loud" und „ Shandi". „Crazy Crazy Nights" aber wird sein Favorit. Ende 2022 sieht er KISS zum dritten Mal live. In Tokio ist er sogar beim Soundcheck dabei. Danach dürfen er und andere mit der Band sprechen. Yudai bedankt sich für alles, was ihm KISS in den vergangenen neun Jahren gegeben haben. Und wieder ist es Paul Stanley, der reagiert. Er sagt: „Liebt einander, respektiert einander und seid freundlich." Yudai ist ein sehr emotionaler Mensch und extrem empfänglich für solche Sätze: „Pauls Worte brachten mich zum Weinen. Das werde ich niemals vergessen. Es war einer der besten Momente meines Lebens. Es war der, in dem ich dachte, dass es eine bessere Welt geben würde, wenn jeder ein solches Herz hätte wie er."

» ***Es ist schwer für mich, alles zu bekommen. Mein Budget ist immer begrenzt***

Nach diesem Erlebnis tut Yudai das, was viele vor ihm seit den 70er-Jahren getan haben – er beginnt, KISS-Merchandising zu sammeln. Shirts, Magazine, KISS-Plüschfiguren, und das Lustigste ist sicher seine japanische Sake-Tasse von KISS. Yudai ist inzwischen 17 Jahre alt, ein Schüler, der noch bei den Eltern lebt. „Es ist schwer für mich, alles zu bekommen, was ich möchte. Mein Budget ist immer begrenzt", sagt er. „Einige Sachen habe ich zu einem Spottpreis oder von anderen Fans geschenkt bekommen. Mein Zimmer ist jedenfalls voll mit KISS-Sachen, und ich sammele weiter. Ich bin überzeugt, das Sammeln ist ein Schlüssel, um ein absolut fröhliches Leben zu führen und sein Leben zu bereichern. Das will ich tun." Er sammelt auch KISS-CD's, Sonder-Veröffentlichungen, limitierte, Promo, Importe, Vinyl, „alles, was mich fasziniert hat".

So lernt er Michael Koehler kennen, er arbeitet in Deutschland für Universal Music und vertreibt nebenbei KISS Vinyl. Die beiden freunden sich über die sozialen Medien an, und in Yudai wächst ein verrückter Plan heran: Er möchte nach Deutschland fliegen und dort ein paar Konzerte sehen. Yudai hatte in der Grundschule Englisch, für ihn ein großes Glück. Er kann mit Menschen aus aller Welt kommunizieren. „Die meisten Leute, die ich kennenlerne, sind aus der Generation meiner Eltern", lacht Yudai. „Aber ich habe auch KISS-Freunde in meinem Alter gefunden – in Schweden und in den USA."

Er wird viele, die er über die sozialen Medien kennenlernte, in Europa treffen. Ein Jahr dauert die Planung, aber dann ist es so weit: Am 14. Juni 2023 fliegt Yudai nach Frankfurt. Der Flug dauert 20 Stunden, und er führt ihn in einen Traum, aus dem er am liebsten nicht mehr aufwachen würde. Sein deutscher Freund Michael Koehler nimmt sich seiner an. Er kümmert sich um Yudai, begleitet ihn, nicht nur zu den Konzerten nach München, Dresden und Berlin, er führt ihn auch herum. Yudai entdeckt Neuschwanstein, dieses Märchenschloss, das Walter Elias Disney als Vorbild für sein Schloss in Disneyland nahm. Es entstand im 19. Jahrhundert auf Wunsch des bayrischen Königs Ludwig II. Er starb noch vor dessen Fertigstellung. Heute ist Neuschwanstein eine der größten Attraktionen Deutschlands und zieht jährlich 1,5 Millionen Besucher an. Yudai ist davon so fasziniert wie von den österreichischen Alpen.

» ***Die Show war magisch. Ich habe die ganze Zugabe über geweint***

Das Magischste aber sind die Konzerte. In München spielen KISS vor 30.000 Fans auf dem Königsplatz. Er sollte einmal architektonisch die Verbundenheit des bayrischen Königs mit dem König Griechenlands symbolisieren. Durch die vielen Säulen weht ein Hauch von Athen durch die Metropole in Süddeutschland. Yudai ist von alledem sehr bewegt, er sagt: „Die Show war wirklich magisch und so etwas habe ich noch nie zuvor gesehen. Ich habe die ganze Zugabe über geweint." In Dresden trifft er Alexander Kinds, der für das Make-up und die Haare von Gene Simmons verantwortlich ist. Mit ihm hatte er sich auch über die sozialen Medien angefreundet. Nun nimmt er Yudai mit hinter die Bühne und verschafft ihm die Möglichkeit, ein gemeinsames Foto mit KISS zu bekommen, „meinem langjährigen Traum". Paul Stanley spricht ihn an, er erinnert sich an Yudai. „Ich war so erstaunt und konnte nicht glauben, dass das wirklich passierte."

Am nächsten Tag spielen KISS in Berlin. Noch nie hatte Yudai die Band an zwei aufeinanderfolgenden Tagen gesehen. Die Show ist ausverkauft und wird erneut ein Highlight für den jungen Japaner, sie wird die letzte für ihn sein. Jetzt ist er angekommen, am Ende der Straße. Am nächsten Tag sitzt Yudai im Flugzeug nach Hause. 20 Stunden, in

Yudai direkt unter der Bühne

Gleich fällt in Sendai der Vorhang

denen er diese intensive Woche Revue passieren lässt. Er sagt: „Dank KISS konnte ich meine Flügel ausbreiten, unglaubliche KISS-Freunde auf der ganzen Welt haben und mir diesen Traum verwirklichen. Manchmal sagen die Leute, dass so etwas unmöglich ist, aber manchmal wird dein Traum eben doch wahr, wenn du nur an ihn glaubst. Das ist es, was ich durch dieses große Abenteuer gelernt habe."

Yudai Moriya hat noch ein langes Leben vor sich, sicher länger als die meisten anderen KISS-Fans. Er ist davon überzeugt, dass seine Leidenschaft für KISS weit über diese Live-Konzerte hinaus halten wird. „Meine Liebe zu KISS", sagt Yudai, „wird nie vergehen. Aber ich bin mir sicher, dass mir etwas fehlen wird, jetzt, wo der letzte Vorhang gefallen ist. Dass ein Teil meines Herzens leer ist."

Yudai Moriya, geb. 2005, Sendai, Japan

Erster Song: I Was Made for Lovin' You
Lieblingssong: Crazy Crazy Nights
Konzerte: 6 (seit 2019) | **Favorit:** Paul Stanley | **Kiss Kruises:** –

Für Marco ist KISS eine Familienangelegenheit

» Kapitel 29 «

DER GLAUBE AN DEN WAHREN GEIST DES ROCK'N'ROLL

Marco Garibaldi, Mexiko-City, Mexiko

Man mag ein bisschen schmunzeln, dass es ausgerechnet ein Albumcover ist, das es Marco antut. Denn er ist kein KISS-Kind der 70er, und es ist keines dieser von Ken Kelly gezeichneten Superhelden-Alben, über die er stolpert. Vielmehr begeistert ihn „Hot in the Shade", das ganz ohne KISS auskommt und stattdessen die große Sphinx von Gizeh zeigt. Sein Onkel Benjamin kauft ihm 1992 das Album und setzt damit, wie Marco es ausdrückt, das Biest in ihm frei.

The Number of the beast ist in diesem Fall auch noch die 13, so alt ist Marco bei seinem ersten Konzert 1997 in Mexiko-Stadt. Er geht mit seinen Brüdern zur Reunion-Tour. Als der Vorhang fällt und die ersten bengalischen Explosionen die Halle erleuchten, wird ihm eines klar: „Ich wusste in diesem Moment, dass sich mein Leben sofort ändern würde." Es werden insgesamt 13 (!) Konzerte, die Marco sieht, elf in Mexiko, eines in Florida und eines in Bogota/Kolumbien. Dieses Gefühl zu Beginn der Show wird ihn nicht mehr verlassen: „Dieses Spektakel zum ersten Mal zu erleben, ist die schönste Erinnerung, die ein 13-jähriger Junge sein Leben lang mit sich tragen kann", sagt Marco.

Der junge Mexikaner hat wundervolle Eltern mit einem großen Herzen für seine neue Leidenschaft. „Ich war so begeistert von der Musik, die KISS spielten, dass meine Eltern nach und nach alle Alben für mich kauften." Marco sorgte in seiner grenzenlosen Begeisterung dafür, dass alle Menschen in seinem Umfeld sie auch zu hören bekamen. „Sie mussten diese großartige Band einfach kennenlernen. So habe ich viele Leute dazu bekommen, KISS zu mögen." Die Band wurde für ihn zu einem Lebensstil. „Wann immer die Leute, die mich kennen, irgendetwas über KISS hören oder sehen, denken sie sofort an mich."

> ***Paul Stanley ist der Anführer – wegen seiner Energie und Hingabe***

Paul Stanley ist sein großer Liebling bei KISS. „Wegen seiner Professionalität", sagt Marco. „Er ist der Anführer mit seiner unglaublichen Energie und Hingabe in der Öffentlichkeit. Ich bewundere ihn sehr, auch in seinem Soul Station Projekt bringt er mich richtig zum Vibrieren, alles was er macht, ist einfach gut." Leider hat er ihn nie persönlich getroffen, ein Traum, den sich Marco tatsächlich für das große Finale aufgehoben hat.

Der eingerahmte Drumstick…

… und das Autogramm von Eric Singer

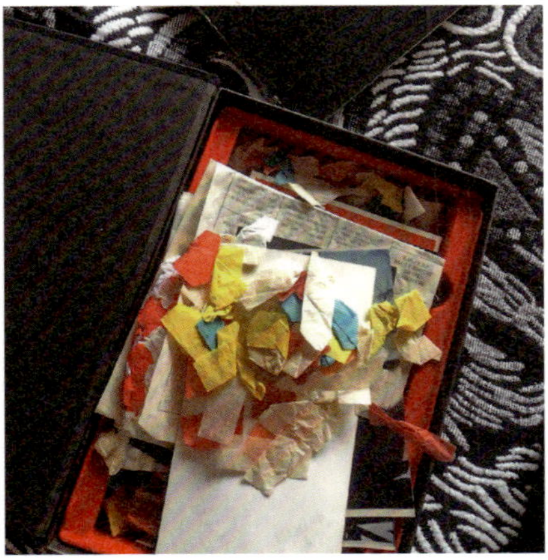

KISS-Box mit Tickets und Konfetti

Eric Singer und Bruce Kulick trifft er dagegen zweimal in Mexiko-Stadt. „Sehr bodenständige Leute“, findet Marco, freundlich und ehrlich. „Das hat mich unheimlich gefreut.“ In Monterrey erwischt er auch Gene Simmons einmal, als er KISS 2004 am Flughafen abfängt. „Ich sagte ihm, dass er viel für mein Leben bedeuten würde und dass ich ihn sehr bewundere. Er lächelte mich an und zeigte mir seinen Daumen.“ Eine kleine Geste mit großer Wirkung.

Es ist nicht einfach, KISS-Fan in Mexiko zu sein. Das Land liegt so nah zu den USA und ist ihm in Vielem doch so fern. Wer die Band nicht kennt, der macht sich in Mexiko lustig über sie, erzählt Marco und sagt: „Man wird als Fan ständig kritisiert.“ Für die verrückten Outfits, die geschminkten Gesichter und auch für die Musik. Das sei alles so typisch amerikanisch, heißt es dann nur abwertend. Nur wer die Gemeinschaft der KISS Army sucht, hat es ein bisschen leichter. „Sie ist sehr engagiert und sorgt für eine starke Verbindung zwischen KISS und Mexiko“, sagt Marco. Paul Stanley spricht während der Konzerte in Mexiko ein paar Sätze auf Spanisch, das kommt unheimlich gut an. Auch, dass Gene Simmons einen Mariachi-Hut trägt, oder wie wir sagen, einen Sombrero, finden die Mexikaner aufregend. Damit stellt er sogar Paul mit dem berühmten Feuerwehrhelm bei „Firehouse“ in den Schatten.

Marco sucht sein KISS-Glück in einer Sammelleidenschaft. Plakate, Brillen, Spielsachen, Shirts, Videos, am liebsten hat er seine vier KISS-Bären. Er bezeichnet sich selbst als „den größten Fan Mittel- und Südamerikas“. Er macht das an dieser Geschichte aus dem Jahr 2012 fest: Marco war bei einer Schul-Abschlussfeier für einen Cousin in Baja California, das ist eine Halbinsel, die an die US-Bundesstaaten Kalifornien und Arizona grenzt. Mit Ausnahme von Tijuana ist diese Gegend dünn besiedelt, sie hat einige hohe Berge und eine wundervolle Küste. Im Westen befindet sich der Pazifische Ozean, im Osten der Golf von Kalifornien. Viele Mexikaner kommen hierher, um Urlaub zu machen.

Auch Marco hatte geplant, an die Feier seines Cousins zwei Wochen Ferien zu hängen. Doch als alles geplant ist, erfährt er, dass am Tag nach der Party KISS mit Mötley Crüe als Opener in seiner Heimatstadt spielen würden. In Baja California trennen ihn 2300 Kilometer von Mexico-City, „also flog ich dorthin, um die Show zu sehen“, erzählt Marco. Flugzeit: 4 Stunden und 42 Minuten. „Am nächsten Morgen flog ich gleich wieder zurück zur Familie. Das war ziemlich verrückt, denn es hat unheimlich viel Geld gekostet. Aber das war es mir wert.“

Als die Abschiedstour noch einmal verlängert wird und dabei ein paar allerletzte Shows in Südamerika herausspringen, gönnt sich Marco eine KISS-Reise nach Kolumbien. Er ahnt nicht, dass er sich in Bogota seinen größten Traum erfüllen wird: Endlich trifft er Paul Stanley persönlich.

KISS spielen beim Monsters of Rock Festival gemeinsam mit Deep Purple und den Scorpions. 50.000 Menschen sind im El Campin Stadion, Marco hat seine mexikanische Fahne dabei, und es wird genau der Rahmen, den er sich für seinen Abschied von KISS gewünscht hatte. Am nächsten Tag möchte er seine Reise entsprechend abrunden und geht

In der Jugend möchte Marco gerne sein wie Ace Frehley

Marco mit seinem Sohn Alessandro beim Konzert

ins quirlige Restaurant Andres Carne de Res, eine gute Adresse Bogotas. Der Kellner spricht ihn auf seinen Dialekt an, und Marco sagt, dass er nur für KISS aus Mexiko angereist sei. Der Kellner lacht und gibt ihm den Tipp, dass in einer Ecke schräg gegenüber drei Leute von KISS sitzen würden. Und tatsächlich, es sind Tommy Thayer, Doc McGhee – und Paul Stanley.

» ***Marco ist so aufgeregt, da nimmt ihn Tommy Thayer in den Arm***

Als sie aufbrechen, hat sich Marco längst am Ausgang positioniert, er fängt einen nach dem anderen dort ab. „Als ich Paul gesagt habe, dass ich extra aus Mexiko-City gekommen bin, hat er sich bei mir bedankt und mit mir ein Foto gemacht“, erzählt Marco. „Das war immer mein Traum – endlich hatte ich es geschafft. Ich zitterte regelrecht vor Rührung und Euphorie.“ Tommy sieht das und nimmt Marco in den Arm.

KISS sind für Marco Garibaldi weit mehr als eine Band. „Ich empfinde eine Art von Zuneigung, wie ich sie sonst nur für Mitglieder meiner Familie habe.“ Er hat eine 11-jährige Tochter und einen 12-jährigen Sohn. Ihn hat er bereits mit zum KISS-Konzert genommen. „Das war einer der befriedigendsten Momente meines ganzen Lebens“, sagt Marco. Ihm ist es wichtig, den Geist von KISS weiterzugeben, weil die Band Generationen vereint. „Bei Konzerten sehen wir Söhne, Väter und Großväter mit Make-up, sie alle genießen die größte Show der Welt zusammen. Das ist es, was KISS ist: Der Glaube an den wahren Geist des Rock and Roll.“

Marco Garibaldi, geb. 1984, Mexiko-City, Mexiko

Erster Song: Rise to It | **Lieblingssong:** Goin' blind
Konzerte: 13 (seit 1997) | **Favorit:** Paul Stanley | **Kiss Kruises:** –

Gene 2011 an der Business School in London

» Kapitel 30 «

ICH GING MIT GENE SIMMONS ZUSAMMEN ZUR UNI

Paul Finn, Northamptonshire, England

Die Website ist natürlich ein Resultat seiner Liebe zur Band, sie öffnet ihm aber auch einige Türen. Wie die zur London Business School im November 2011, als Paul Finn direkt hinter Shannon, Sophie und Nick Simmons im Hörsaal sitzt, während Gene Simmons vor etwa 100 Wirtschaftsstudenten unter dem Titel „Dream Big" darüber philosophiert, dass jeder Millionär werden kann, wenn es ihm nur gelingt, eine richtige Marke zu erschaffen. Seine Message: Der Mensch hat sein Schicksal selbst in der Hand. Das gilt für jeden einzelnen, genauso wie für Unternehmen oder ganze Länder. Niemand solle auf die Idee kommen, seine Bank dafür verantwortlich zu machen, wenn er seine Hypothek nicht mehr bezahlen könne. Das sei, als würde man dem Bäcker die Schuld dafür geben, dass man dick sei, sagt Simmons. Ein Vortrag, von dem es lohnt, etwas mehr zu erzählen, weil er lebhaft ist – und die ganze Familie einbezieht.

Gene erzählt von seinem Leben als Chaim Witz und wie schwer das Aufwachsen für ihn war, als er als jüdischer Junge in die USA kam. Er spricht viel von seiner Mutter und davon, welche Jobs er ausüben musste, um die Familie zu unterstützen. In einer Metzgerei habe er zum Beispiel

Fett von der Haut toter Hühner gekratzt, erzählt Simmons. In dem Moment ruft ihm Shannon zu, er solle zwischendurch auch mal was trinken. Gene aber hört sie nicht, also geht Shannon auf die Bühne und gibt ihm Wasser. Eine Studentin möchte daraufhin von ihr wissen, wieso sie Gene so spät noch geheiratet hat, und Shannon rät ihr und den anderen Frauen im Saal, doch einmal aufzuschreiben, was die Beziehung zu ihren Männern ausmacht, dann wüssten sie, ob sie diesen Schritt gehen möchten.

» *Die unglaubliche Nacht, als er mit Mark St. John zu Pizza Hut ging*

Ein spannender Tag, den Paul Finn da erlebt. Er schreibt darüber auf seiner Website „KISSINUK“. Die hat er 1996 eigentlich nur gegründet, „weil es sehr wenige Informationen im Internet für britische KISS-Fans gab“. Er fing damit ganz klein und einfach an, doch die Seite wuchs schnell, vor allem, weil Paul und seine Freunde dafür auch Interviews führten wie mit Bruce Kullick, Eric Singer, Ace Frehley, Peter Criss oder Mark St. John. Der ehemalige Gitarrist war als Special Guest auf der UK KISS Expo in Nottingham. Dort hörte er von Pauls Website und bot an, ihm ein Interview dafür zu geben. „Ich sollte ihn einfach in seinem Hotelzimmer anrufen“, erzählt Paul. Unmittelbar nach der Expo rief Paul bei Mark an, doch der schlief bereits. Er sagte: Triff mich in 15 Minuten unten in der Lobby. Und tatsächlich: Mark kam und stöhnte, er habe Hunger. Also ging er zusammen mit Paul zu Pizza Hut. Die beiden kauften eine Pizza und gingen zurück ins Hotelzimmer von Mark St. John. „Du glaubst nicht, wie surreal es war, mit dem ehemaligen KISS-Gitarristen durch die Straßen von Nottingham zu laufen“, erzählt Paul. „Ich kann nur sagen, dass

Simmons spricht davon, wie er KISS zur Marke aufgebaut hat

Gene zeigt Stücke seiner Kollektion

er sehr freundlich war und ein sehr cooler Typ, mit dem man sich unterhalten konnte. Wir saßen bestimmt eine Stunde lang in seinem Zimmer, redeten über KISS und aßen Pizza."

Das Interview kommt bei den Fans gut an. Die Website aber macht immer mehr Arbeit. Am Anfang programmiert Paul alles noch per Hand selbst. Mit der Zeit helfen immer mehr gute Freunde, auch mit Artikeln. „KISSINUK" eröffnet Paul die Möglichkeit, die Bandmitglieder zu treffen, mit ihnen zu sprechen und sie zu einigen Veranstaltungen zu begleiten. Unvergessen bleibt Genes Besuch in „The One Show", das ist gar nicht so lange her. Paul trifft ihn in den White City Studios in London. „The One Show" ist eine sehr erfolgreiche Sendung im britischen Fernsehen. BBC One lädt prominente Gäste ein und bespricht mit ihnen auf einem grünen Sofa eine Vielzahl von Themen – humorvolle, ernste, tragische. „Gene hat das gut gemeistert und ein paar nette Kommentare über das Tragen einer Mohnblume gemacht", erzählt Paul. „Manche Leute wussten seine Ansichten zum nationalen Gesundheitssystem nicht zu schätzen, Twitter drehte nach der Sendung ziemlich durch." Paul durfte die Show gemeinsam

Paul and Paul 2014 in Las Vegas

mit Shannon aus dem Green Room verfolgen. „Das war unglaublich!" Überhaupt kam ihm das Ganze völlig surreal vor, denn er konnte sich frei im Fernsehstudio bewegen und wurde sogar gebeten, bei den Vorbereitungen für das Set zu helfen. Zwischendurch gab es immer wieder Gelegenheiten, mit Gene zu plaudern. „Wir hatten eine wirklich tolle Zeit im Studio."

Paul Finn nennt sich selbst einen KISS-Spätstarter. „Ich muss 16 oder 17 gewesen sein, als ich mein erstes Album bekam." Er hatte der Band bis dahin nie sonderlich viel Aufmerksamkeit geschenkt. Er wusste, dass KISS in England mit „Crazy Crazy Nights" erfolgreich waren, aber das war es auch schon. Doch dann hörte er den Bill & Ted-Soundtrack „God Gave Rock and Roll to You II". „Der Song schwirrte mir tagelang im Kopf herum", sagt er: „Ich war heiß auf das Album Revenge." Als er es hat, lernt er die echten KISS kennen: „Mit einem wahnsinnigen Spektrum vom grungigen ‚Unholy' bis zu den Streichern von ‚Every Time I Look At You'. Großartiges Zeug!"

» ***Paul hat alles gesammelt, irgendwo sind auch noch KISS-Kondome***

Zurzeit arbeitet Paul in der IT-Branche und entwickelt Software für Schulen. Er kann gut einschätzen, was den Kids helfen könnte, denn Paul ist auch ein qualifizierter Lehrer. Vier Jahre lang war er an einer Schule tätig, jetzt hilft er dort noch einmal in der Woche aus. Die Familie hat sich mit seiner KISS-Leidenschaft gut arrangiert. „Sie nehmen es jetzt einfach hin!", lacht Paul. „Sie geben mir immer Bescheid, wenn sie irgendwo etwas sehen, das mit KISS zu tun hat, und meine Tochter und meine Frau kaufen mir ab und zu coole Sachen. Das letzte, das ich bekam, war ein KISS-Puzzle. Ich habe über die Jahre viele Dinge gesammelt. Ich bin mir nicht sicher, aber ich habe auch ihre Kondome irgendwo.“ Sein Lieblingsstück ist Eric Carrs persönliches Tourbuch von der „Animalize Tour“. „Das habe ich von seiner Schwester bekommen.“

Solche Tourbücher wurden an alle Bandmitglieder und KISS-Mitarbeiter verteilt, um sicherzustellen, dass alle zur richtigen Zeit am richtigen Ort waren. Im Tourbuch waren alle Angaben zu sämtlichen Flügen, Hotels, Veranstaltungen, Plattenfirmen, ein vollständiger Kalender, eine schlecht gedruckte Karte und sogar eine Umrechnungstabelle vom Dollar zum britischen Pfund. Paul hat ein paar Seiten aus dem Buch veröffentlicht. „Das war schon etwas Besonderes. Ein solches Tourbuch haben außerhalb der Band nicht viele Leute jemals zu sehen bekommen.“

Kehren wir noch einmal zurück zur London Business School im November 2011. Paul wird Zeuge, wie stark die Familie Simmons doch zusammensteht, wenn sie gemeinsam in der Öffentlichkeit auftritt. Und wie wichtig die Familie für Gene ist. Shannon erinnert die Zuhörer daran, dass ihr Mann so erfolgreich war, ohne jemals Drogen oder Alkohol dafür gebraucht zu haben. Gene nickt. Er lobt seine Kinder für ihr musikalisches Talent und sagt ihnen eine große Zukunft voraus. Er verspricht ihnen Auftritte in Casinos für 40.000 Dollar, und Nick fragt: „Haben sie unsere Gehaltsschecks etwa schon geschickt?“

Genes Vortrag kommt bei den meisten Studenten sehr gut an. „Aber ohne seine Familie wäre der Abend nicht halb so unterhaltsam gewesen“, sagt Paul. „Ich habe auf jeden Fall vieles gelernt und Gene von einer ganz anderen Seite kennengelernt: Als den selbstbewussten Geschäftsmann und Familienvater, der Shannon, Nick und Sophie braucht, damit er sich nicht blamiert.“

Paul Finn, geb. 1974, Northamptonshire, England

Erster Song: God Gave Rock & Roll To You II
Lieblingssong: Rock and Roll All Nite
Konzerte: 17 (seit 1996) | **Favorit:** Paul Stanley | **Kiss Kruises:** –

Spaceman im Spiegel: Tommy hat sich sein Make-up immer selbst gemalt

„Ich war immer ein Fan und werde es immer bleiben"

Schon als Teenager schminkte sich Tommy Thayer wie der Spaceman. Mit 15 ging er zu seinem ersten KISS-Konzert. Jetzt hat er über 20 Jahre selbst die Gitarre gespielt. Ein Gespräch über die Verwirklichung eines großen Traumes und eine ungeschminkte Zukunft

? *Tommy, wann hast du deinen ersten KISS-Song gehört?*

Tommy Thayer: Das war „Strutter", der allererste Song auf dem ersten KISS-Album. Ich habe das Album zu Weihnachten 1974 bekommen, weil ich das Cover und die Art, wie KISS darauf aussahen, einfach toll fand. Es war interessant: Ich hatte das Cover im Plattenladen gesehen und sofort eine bestimmte Vorstellung davon, wie die Band klingen würde. Aufgrund des Bildes mit den Stiefeln, den Haaren und dem Leder dachte ich, sie würden Hardrock machen. Doch ich war überrascht, denn „Strutter" war vom Stil her eher Humble Pie trifft the Rolling Stones. Ich habe mir das ganze Album angehört, und am Ende gefiel mir „Black Diamond" am besten. Es entsprach am meisten dem, was ich mir vorgestellt hatte, und genau das war damals mein Geschmack.

Volle Konzentration beim Solo

? *Du warst damals 14 Jahre alt. Welchen Song hast du das erste Mal auf der Gitarre gespielt?*

Ich hatte 1974 angefangen, Gitarre zu spielen, das war ungefähr zu der Zeit, als das erste KISS-Album veröffentlicht wurde. Also waren einige der ersten Songs, die ich auf der Gitarre gelernt habe, gleich KISS-Songs. „Cold Gin", „Deuce", „Strutter", „Black Diamond". Ich habe viel Zeit damit verbracht herauszufinden, wie man sie spielen kann. Schließlich habe ich versucht, einige der Gitarrensoli zu lernen. Das von „Cold Gin" hat mich lange Zeit verblüfft, ich habe einfach nicht herausgefunden, wie Ace diese chromatischen Halbtonschritte gemacht hat. Irgendwann habe ich es geschafft (lacht).

Tommy schießt Raketen ab

? *Erinnerst du dich an dein erstes Konzert?*

Klar. Das erste richtige Rockkonzert, das ich besucht habe, war Black Sabbath 1974 im Memorial Coliseum in Portland, Oregon. Die Vorgruppe war eine kanadische Band namens Mahogany Rush und dann spielten noch Montrose vor Sabbath. Zu dieser Zeit war Montrose bereits im Umbruch, und ich war enttäuscht, dass Sammy Hagar nicht sang. Aber es war eine augenöffnende Erfahrung, und es lag eine Menge Gras in der Luft!

? *Und deine erste KISS-Show live im Publikum?*

Auch Portland, 1975 oder 1976. Es war laut und genau so, wie ich es mir erhofft hatte. Das war der Höhepunkt von KISS in den 70ern oder kurz davor. Die Band war Feuer und Flamme. In diesen Jahren waren sie besonders brutal. Ich hatte sie nur in Fernsehsendungen wie „In Concert" und „The Midnight Special" gesehen. Damals wusste man nicht, wie eine Band wirklich aussah oder klang, bevor man sie nicht auch live gesehen hatte. Vergiss nicht, das war vor MTV und all den Videos. KISS rauchten, die Show war spektakulär, so eine Pyro hatte ich noch nie zuvor gesehen. Ich hatte noch keine Band gesehen, bei der es Konzertprogramme, T-Shirts und all das Merchandising zu kaufen gab. Das war lange vor den meisten anderen Künstlern und Bands, die so etwas damals noch für Ausverkauf hielten. Auch hier waren KISS ihrer Zeit weit voraus.

? *Wenn du auf der Bühne stehst, siehst du dich jemals wieder dort unten im Publikum zwischen all den anderen?*

Ich sage dir: Ich bin immer noch ein Fan und werde es immer sein. Ich hatte die Ehre, über 20 Jahre lang mit KISS auf der Bühne zu stehen. Und es mussten nicht allzu viele Shows in großen Hallen oder Stadien sein, dass ich mir die Frage gestellt habe: Wie konnte das passieren?

? *Erzähl es uns. Wie bist du mit KISS in Kontakt gekommen?*

Ich habe Gene und Paul bei einem Meet & Greet vor ihrem Konzert in der Long Beach Arena 1985 kennengelernt, und ich habe mich gefreut, als Gene sagte: „Ich habe gehört, dass eure Band Black 'N Blue gut sein soll." Es dauerte nicht lange, und wir eröffneten Ende 1985 24 Shows für KISS in den USA. Dann brauchten wir jemanden, der unser drittes Album produziert, also fragten wir Gene. Wir dachten, dass er unseren Sound vielleicht etwas aufpeppen könnte, denn unser zweites Album „Without Love" war damals einfach zu poppig. In Las Vegas fragten wir ihn, ob er Interesse hätte, uns zu produzieren, und er sagte zu. Ich weiß noch: „Lass uns nach der Show in meiner Suite im Caesars Palace treffen." So lernte ich Gene besser kennen. Und irgendwann baten er und Paul mich, in Teilzeit für KISS zu arbeiten. Ich habe sechs oder acht Jahre lang hinter den Kulissen von KISS gearbeitet und alles Mögliche gemacht, bis sie mich fragten, ob ich ihr neuer Gitarrist werden möchte.

? *Was hast du in dem Augenblick gefühlt?*

Ich war überglücklich, ist doch klar, aber ich fühlte sofort auch eine Menge Druck. Die ersten Auftritte hatte ich 2002 als Ersatz für ein paar Fernsehshows und ein Privatkonzert in Jamaika. Mein erster offizieller Auftritt war im Februar 2003 in Melbourne, Australien, für „KISS Symphony". Es war natürlich nervenaufreibend, weil die Show für ein Live-Album und eine DVD-Dokumentation gefilmt und aufgenommen wurde, aber ich war glücklich, dass alles geklappt hat, und ich war auf dem Weg.

? *Du bist viel länger KISS-Mitglied als es Ace Frehley jemals war. Wie kommt es, dass einige Fans nach all den Jahren trotzdem noch die Originalbesetzung glorifizieren?*

Wie bei jeder Band schwingt die Originalversion bei den Leuten weiter mit. Es gibt eine Art von Sentimentalität für sie. Ich bin doch selbst ein großer KISS-Fan und liebte es, was sie in den 70ern gemacht haben. Das war der Grundstein und der Anfang von allem, was danach kam. Es war eine wichtige Zeit, besonders für die Leute, die die Band jetzt seit über 50 Jahren lieben. Ich weiß das, ich bin schließlich einer von ihnen.

? *Bekommst du von den Fans die Liebe, die du als KISS-Gitarrist verdienst?*

Ja, das tue ich auf jeden Fall! 22 Jahre lang habe ich eine Menge Liebe von den Fans bekommen. Du darfst nicht vergessen, dass 99,9 % der Leute da draußen mögen, was wir tun. Sie kommen zu den Konzerten, kaufen die T-Shirts und sind bedingungslose Unterstützer. Es gibt einen sehr kleinen Prozentsatz an Leuten, die online gehen und sich dort über alles beschweren, die haben für mich eine Macke. Es ist ja nicht nur KISS, worüber sie sich beschweren, sondern alles, weil sie unzufrieden sind mit ihrem Leben.

? *Gibt es jemanden, der KISS besser kennt als du? Du warst ja quasi immer dabei, erst hinter den Kulissen, dann auf der Bühne.*

Ich weiß wahrscheinlich genauso viel wie jeder andere (lacht). Ich war immer in der einzigartigen Position, zuerst ein Fan zu sein, dann wurde ich mit Gene und KISS zusammengebracht und schließlich landete ich in der Band. Ich glaube nicht, dass irgendjemand sonst diese einzigartige Perspektive hatte. Das gibt mir eine besonders abgerundete Sichtweise; ich glaube, das hat mir sehr geholfen.

? *Was ist deine lustigste Anekdote aus 22 Jahren KISS-Gitarrist?*

Eine lustige Geschichte ereignete sich, als KISS gerade im Dodger Stadium aufgetreten waren, an Halloween 1998. Wir sind von der Bühne gerannt und direkt zurück zum Hotel in Hollywood gefahren, um uns abzuschminken und zu waschen. Der Verkehr in Hollywood war schlimm, und die Straßen waren wegen der Mardi-Gras-Party in der Halloween-Nacht gesperrt. Wir waren nur ein paar Blocks vom Hotel entfernt, also stiegen alle aus und begannen, den Rest des Weges zu laufen. Es war lustig, denn man sollte meinen, dass es ein toller Anblick wäre, KISS in voller Montur die Straße entlanglaufen zu sehen, aber niemand schenkte ihnen Beachtung, die Leute sagten nur: "Hey, tolle Kostüme!

Tommy war mehr als 20 Jahre lang ein sehr zuverlässiger Gitarrist

? *Du hast auch mal in einer Tribute-Band gespielt. Ist es möglich, dass sich eine solche Band nach dem Ausscheiden der Original-KISS etabliert?*

Nicht für mich, aber es gibt buchstäblich Hunderte von KISS-Tribute-Bands, die weltweit spielen, ein wahres Zeugnis für die Band. Kein Witz – es gibt wahrscheinlich mehr KISS-Tribute-Bands auf der Welt als von irgendeinem anderen Künstler. Wenn es jemals eine andere Version von KISS gäbe, dann wäre es nicht unbedingt eine Tribute-Band, die sie spielt. KISS zu sein und bei KISS mitzumachen, erfordert eine einzigartige Kombination an Persönlichkeiten und Menschen, Musikalität und Charisma. Das ist nicht einfach. Dafür die richtigen Leute zu finden, ist verdammt schwer.

? *Gene und Paul werden sich zurückziehen, aber KISS wird weiterleben wie James Bond oder Mickey Mouse, heißt es. Was bedeutet das für dich und Eric? Ihr seid doch noch zu jung, um in den Ruhestand zu gehen, oder?*

KISS werden weiterleben. Es gibt Ideen und Pläne, wie es in Zukunft weitergehen soll. Vergiss bitte nicht: KISS sind nicht etwa verschwunden. Wir sind immer noch KISS. Und wir werden mit vielen coolen neuen Ideen und Projekten weitermachen. Ich kann dir jetzt nicht mehr sagen und beschreiben, was das alles ist, aber wir haben einige Dinge in Arbeit, und es wird eine Menge geben, das wir in der Zukunft noch machen werden.

? *In den 90er-Jahren hast du die KISS Conventions ins Leben gerufen. Wie war das damals?*

Es war eine revolutionäre Idee. Eine Band macht Star Trek-ähnliche Conventions, auf denen Erinnerungsstücke gehandelt und verkauft werden, mit einem kompletten Museum, in dem Original-Outfits, Stiefel und Instrumente der Band ausgestellt sind. Später am Tag kamen KISS zu einem Q and A und einer Autogrammstunde. Das war alles nur für die Fans, so etwas hatte es noch nie gegeben. Es war groß und einzigartig und für mich ein wenig überwältigend, da ich die ganze Sache im Grunde organisiert hatte. Die KISS Conventions waren der Übergang zu KISS Unplugged und schließlich zur Wiedervereinigung der Originalmitglieder im Jahr 1996.

? *Ist das das Werkzeug, das die Fans zu einer Army werden lässt?*

Das beste Beispiel ist die KISS Kruise, ein eigenes Franchise, das wir nun schon seit 12 Jahren in Folge durchführen, länger als jeder andere Künstler. Fans aus 34 Ländern kommen jedes Jahr zusammen, um zu feiern. Es wurde zu einer Art Wiedervereinigung, nicht nur für uns und die Fans, sondern auch für die Fans selbst. Jedes Jahr treffen sie sich auf einem Schiff und feiern alles, was mit KISS zu tun hat. Ich habe gehört, dass keine andere thematische Kreuzfahrt seit so vielen Jahren durchgeführt wird wie die KISS Kruise.

? *Also tut KISS mehr für seine Fans als andere Bands?*

Ja, absolut. Die KISS-Fans sind natürlich einzigartig, es ist die KISS-Army, nicht zu vergleichen mit anderen Fangemeinden anderer Künstler oder Bands. KISS-Fans sind einzigartig engagiert. Sie leben ihr Leben für die Band, es ist fast wie eine Religion. Keine andere Band hat Fans, die sich ihre Bilder auf den Körper tätowieren lassen, die das Make-up und die Kostüme der Band für die Shows anziehen. Es ist wie ein Ritual, und die Fans verbinden sich mit uns, wie es bei keiner anderen Band möglich ist.

? *Was ist sonst noch das KISS-Geheimnis?*

Die Bilder, die Philosophie, die Musik, die Show – KISS ist einzigartig und anders als alle anderen Künstler, die das tun, was wir seit 50 Jahren tun. Es hat auch mit der Beharrlichkeit zu tun, angefangen bei Gene und Paul, und was wir alle als Band tun, um weiter voranzukommen. Wir sind alle einzigartige Persönlichkeiten, aber irgendwie stimmt bei uns die Chemie, die die Band intern stärker macht als je zuvor. Aber man muss es Paul und Gene lassen, ihre Erfolgsbilanz spricht für sich selbst. Als es nach der letzten Show im Madison Square Garden am 2. Dezember vorbei war, hatte ich das Gefühl, dass es wirklich die Show von Gene und Paul war. Sie haben den größten Verdienst daran, KISS über 50 Jahre lang immer wieder vorangebracht zu haben.

**

Das Interview erschien am 29. Januar 2024 in „Welt“

DANKESCHÖN

Mein besonderer Dank gilt den Menschen, ohne die dieses Buch niemals so großartig geworden wäre, wie ich es jetzt empfinde. Allen voran Cheryl Rixon Davis, die wie eine Mutter über dieses Projekt gewacht hat und mir immer mit Rat und Tat zur Seite stand. Außerdem Vanessa, Eku, Didi und Tina, meine guten Geister, die mich motiviert haben und halfen, wo sie nur konnten.

Ich danke meiner Frau Birgit, dass sie mich all die vielen Tage und Nächte hat machen lassen, was immer ich auch gemacht habe und KISS all die Jahre als Teil unseres gemeinsamen Lebens akzeptiert hat. Ich danke Bastian für sein Vertrauen und Jenny für ihre Geduld. Und ich danke Doc McGhee, dass er sofort an dieses Buch geglaubt und mir seine Unterstützung zugesagt hat.

Und natürlich danke ich KISS. Dafür, dass Ihr mich abgeholt und in Eure magische Welt mitgenommen habt, als ich ein Kind war. Ihr habt mein Leben dadurch so viel aufregender und vielfältiger gemacht. Ihr wart immer ein Teil meiner Familie und werdet es immer bleiben.

IMPRESSUM

Verlag:
Köllen Druck + Verlag GmbH
Ernst-Robert-Curtius-Straße 14
53117 Bonn
Tel. 0228 / 98982 - 87
verlag@koellen.de
www.koellen.de

Autor:
Stefan Frommann

Verantwortlich für den Inhalt:
Stefan Frommann

Gesamtherstellung
Grafik, Satz und Druck:
Köllen Druck+Verlag GmbH, Bonn

ISBN: 978-3-88579-590-2

Fotos: Will Byington, Nicola Ciccarone, Magnus Fredriksson, Bianca Graf, Daniel Guzmics, Jim Haupert, Liana Hubbard, Erik Hellquist, Martin Lengemann, David Luu, Rama Raditya, Cheryl Rixon Davis, Rebecca Sevrin, Francis Stüber, Eku Wand, Bine Weinberger

Cover Design: Marco Hartmann